W0371510

BASTEI
LÜBBE

PETRA HAMMESFAHR

BRUNOS GROSSE LIEBE

BASTEI-LÜBBE FRAUENKRIMI

BASTEI-LÜBBE-TASCHENBUCH
Band 17101

Erstveröffentlichung
Copyright © 1993 by Gustav Lübbe Verlag GmbH,
Bergisch Gladbach
Printed in Great Britain September 1993
Einbandgestaltung: Gisela Kullowatz
Titelfoto: Elke Hesser, Paris
Satz: hanseatenSatz-bremen, Bremen
Druck und Bindung: Cox & Wyman, Ltd.
ISBN 3-404-17101-2

Der Preis dieses Bandes versteht sich einschließlich
der gesetzlichen Mehrwertsteuer

Erstes Kapitel

Das hätte ich mir nie träumen lassen, daß ich eines Tages das Bedürfnis habe, meine eigene Geschichte zu erzählen. Eigentlich mag ich sie nicht, diese Lebensbeichten und Erfahrungsberichte. Sie leben meist nur von den Irrtümern der Betroffenen, von Schicksalsschlägen, die mit ein bißchen Vernunft hätten abgewendet werden können. Solche Geschichten sind fast nie das, was man von ihnen erwartet. Zum Großteil sind sie banal. Meine eigene bildet da keine Ausnahme. Ich weiß das.
Aber ich bin dankbar, daß ich noch darüber reden kann. Dankbar für die Tatsache, daß Bruno den Cassettenrecorder bei unserem letzten Urlaub hier zurückließ, zusammen mit einem guten Dutzend bespielter Cassetten. Schumann und Vivaldi, Adamo und die Beatles, Rod Stewart und Julio Iglesias. Eine merkwürdige Mischung, die Bruno sich selbst zusammengestellt hat. Und sie paßt zu ihm. Sie paßt nicht nur, sie gehört zu ihm. Sie macht mehr als alles andere deutlich, was für ein Mann Bruno ist.
Nein, nicht ist! Jetzt muß ich sagen: war! Was für ein Mann Bruno war.

Er ist tot!
Er liegt hinter mir auf dem Bett. Ich kann nicht hinsehen, deshalb habe ich mich ans Fenster gestellt. Von hier aus sehe ich nur den Himmel. Den unbewölkten, glasblauen Himmel Spaniens, der alles so klein und nichtig macht. Die Landschaft, genaugenommen trist, nur grün und braun und einsam. Sie gibt einem Menschen das Gefühl, daß er ganz auf sich allein gestellt ist. Sie gibt zwei Menschen das Gefühl, im Paradies zu leben. Es ist alles so unwirklich.
Brunos Wagen kann ich auch sehen. Er steht ganz dicht beim Haus. In diesem Wagen sind wir hergekommen. Die Fahrt war anstrengend, aber Bruno mochte nicht fliegen. Ich glaube, er hat nie in einem Flugzeug gesessen. Da setzte er sich lieber hinter das Lenkrad. Stunde um Stunde, Tag und Nacht, ein paar Pausen dazwischen. Irgendwo auf einem Rastplatz am Rand der Autobahn.
Und kaum hatte er den Motor abgestellt, schaute er mich an mit diesem Blick, der mir immer die Bluse von den Schultern streifte. Ich habe ihn geliebt, diesen Blick. Ich habe Bruno geliebt. Ich habe ihn mehr geliebt, als ich selbst begreifen kann. Ich habe ihn so geliebt, daß ich darüber zeitweise den Verstand und jegliche Kontrolle über mich verloren habe. Ich war verrückt nach Bruno. Vielleicht war ich nur verrückt.
Und jetzt ist er tot!
Ich würde so gerne sein Gesicht sehen. Aber ich wage nicht, mich umzudrehen. Eben habe ich es

gesehen. Es ist irgendwie friedlich, fast entspannt. Brunos Gesicht ist nicht verzerrt. Kein Ausdruck von Schmerz darauf, eher ein Lächeln. So wie ich es eben gesehen habe, habe ich es oft gesehen. Immer nach diesem bestimmten Augenblick. Wenn er sich über mir aufbäumte, die Augen geschlossen, fast schon gewaltsam zusammengepreßt, den Mund leicht geöffnet. Diese Laute, tief aus der Kehle kommend, nicht sehr laut, nur sehr intensiv. Dieser eine Moment, der Gipfel von Lust. Und dann die Entspannung, das allmähliche Ausklingen, die Zufriedenheit.

Einen Augenblick lang hat mir der Ausdruck auf seinem Gesicht das Gefühl gegeben, es sei alles in Ordnung. Ich dachte, er schläft nur. Dann sah ich, daß er nicht atmete. Ich dachte, er will mir nur einen Schreck einjagen. Er hält so lange den Atem an, bis ich zu schreien, zu betteln, zu weinen anfange. Bis ich mich auf ihn werfe, vielleicht mit den Fäusten auf ihn einschlage. Und wenn ich das tue, wird er lachen und mich an sich reißen. Er wird mich küssen und mir sagen, daß er mich liebt. Nur mich, daß ihm keine andere Frau jemals etwas bedeutet hat.

Daß Bruno mich betrog, wußte ich seit langem. Er hat es mir selbst einmal gesagt, ganz zu Anfang. »Ich kann an keiner Frau vorbeigehen . . .« Zuerst war es ein Schock, natürlich war es das. Aber dann stellte ich fest, daß ich ganz gut damit umgehen konnte. Bruno hat mir nie das Gefühl gegeben, daß es neben mir noch andere Frauen in seinem

Leben gab. Die gab es auch nicht, nicht in seinem Leben, nur in seinen Armen. Ich konnte wirklich damit umgehen, wenn er abends aus dem Haus ging. Wenn er vorher mit diesem typischen Griff den Krawattenknoten zurechtrückte.
Komisch, wie schnell man einen Menschen durchschaut. Wie schnell man begreift, was diese oder jene Geste zu bedeuten hat. Wenn er einen rein geschäftlichen Termin hatte, rückte er den Knoten nicht zurecht. Das tat er nur, wenn er zu einer Frau ging. Es hieß nicht automatisch, daß er mich an dem Abend betrügen würde. Es bestand lediglich jedesmal die Möglichkeit, daß er es tat. Es kam auf die Frau an. Wenn sie ein bißchen Bereitschaft zeigte . . .
Aber zwei Stunden später kam er zurück. Und ich habe mich bemüht, nicht darüber nachzudenken, wie er diese beiden Stunden verbracht hatte. Ich habe mich in die Arme nehmen und lieben lassen. Bis ich dann erfuhr, daß es gar nicht mehr viele Frauen waren. Es war nur noch eine.
Jetzt weiß ich nicht weiter.
Ich habe Angst, entsetzliche Angst. Ich fühle sie in allen Gliedern, bis in die Haarwurzeln. Es ist, als ob die Kopfhaut abstirbt. Der Nacken ist ganz steif, und der Rücken macht sich hohl, als ob er ein Messer erwartet. Meine Hände zittern. Ich muß reden, es lenkt ein bißchen ab. Und worüber soll ich reden, wenn nicht über uns? Nur, wie beginnt man solch eine Geschichte? Mit dem Ende? Mit den letzten Tagen? Da ist nicht viel geschehen.

Heute ist Freitag. Für die Fahrt haben wir wie immer fast zwei Tage gebraucht. Wir sind am späten Dienstagabend hier angekommen. Es war Brunos Idee, für zwei Wochen in unser Ferienhaus nach Spanien zu fahren. In sein Haus, um genau zu sein. Ich hatte es ihm noch vor der Trauung überschrieben.

Das Haus liegt sehr einsam. Bis zur nächsten kleinen Ortschaft braucht man mehr als eine Viertelstunde. Mit dem Wagen!

Wir waren beide verzweifelt am Sonntagabend. Wir wußten nicht, wie es weitergehen sollte mit uns. Kurz vorher hatte ich erfahren, wer die Frau ist, zu der es ihn zweimal die Woche hintrieb. Das war mehr, als ich verkraften konnte. Ich konnte einfach nicht mehr so mit ihm weiterleben wie bisher. Brunos Vorschlag klang vernünftig. Zwei Wochen Einsamkeit, keine Möglichkeit, einander aus dem Weg zu gehen, keine Ablenkung, nur wir beide. Und dann in Ruhe über alles reden.

Aber reden wollte Bruno gar nicht, auch nicht hören, wie ich mir unsere Zukunft vorstellte. Er hat sich alle Mühe gegeben, mich davon zu überzeugen, daß sich zwischen uns nichts verändert hat. Daß sich nie etwas verändern wird. Daß ihm diese andere Frau nicht viel bedeutet. Nicht mehr als ein guter Kaffee am Nachmittag.

»Ich liebe dich! Nur dich, Angelique.«

Angelique – auf solch eine Idee konnte auch nur Bruno kommen. Ich heiße Angelika. Das war ihm zu nüchtern, zu kalt. Der Name passe nicht zu mir, sagte er immer. Und er meinte auch, ich hätte Ähnlichkeit mit dieser Romanfigur. Angelique, die romantische Heldin, die Frau, die jede Situation ihres Lebens bewältigt. Im Innern geduldig, leidenschaftlich, kämpferisch. Und außen wallendes Blondhaar, ein Gesicht wie aus Porzellan geformt, eine Traumfigur. Üppiger Busen und eine Taille, die ein Mann mit den Händen umfassen kann, lange, schlanke Beine. Eine Frau eben, nach der sich alle Männer umdrehen.

Als ich Bruno kennenlernte, war ich alles andere als das. Dünnes braunes Haar, ein Gesicht wie ein Weihnachtsapfel mit leuchtend roten Backen. Eine Figur . . .

Papa nannte mich Geli. Und wenn wir allein waren, sagte er manchmal: »Mein Pummelchen.« Wenn Papa das sagte, klang es noch niedlich. In der Schule klang es ganz anders.

Ich war schon als Kind so entsetzlich dick. In den Sportstunden habe ich mich zu Tode geschämt. Eingezwängt in schwarze Gymnastikhosen, deren Gummibündchen meine Taille und die Oberschenkel einschnürten, als hätte jemand ein paar Stücke Kordel um einen prallen Sack gebunden. Und dann im Verein mit den grazilen Rehen und Elfen hüpfen und springen! Wie ein Wildschwein kam ich mir vor. Es fiel wohl auch hin und wieder der Ausdruck fette Sau.

Was habe ich nicht alles unternommen, um ein paar Kilo loszuwerden. Aber ich mußte einen Teller nur ansehen, um am nächsten Tag ein paar Pfunde mehr auf die Waage zu bringen. Leider habe ich mich nie damit begnügt, einen Teller nur anzusehen.

Vielleicht hing es mit dem Tod meiner Mutter zusammen. Als sie starb, war ich erst vier Jahre alt. Und auf den frühen Fotos war es noch nicht gar so schlimm. Ein pausbäckiger Engel im Kinderwagen, der von einer Frau geschoben wurde, die zwar ein wenig übergewichtig wirkte, die man aber durchaus noch als hübsch bezeichnen konnte. Ich kann mich gar nicht mehr an meine Mutter erinnern. Aber ich weiß noch, daß es immer hieß, ich sei ein einsames Kind gewesen. Papa hatte nie so viel Zeit, wie er gerne für mich gehabt hätte. Der Verlag nahm ihn sehr in Anspruch.

Es war immer Papas Traum gewesen, Bücher zu verlegen. Als er ihn sich verwirklichte, wurde es sein Lebenswerk. In den ersten Jahren war es nur ein kleiner Verlag. Ihn zu erhalten und auszubauen war ein ständiger Existenzkampf für Papa. Später hatte der Verlag sich etabliert, da blieb erst recht kaum noch eine Minute Freizeit. Selbst am Wochenende hatten wir häufig Autoren zu Gast, oder Papa war unterwegs, verhandelte wegen Lizenzen, Filmrechten, neuen Verträgen und dergleichen.

Da kamen dann die Haushälterinnen, eine nach der anderen, meist ältere Frauen. Und meist glaubten sie, mich für etwas entschädigen oder belohnen zu müssen. Hier ein Schokoladenriegel, dort eine Praline, zum Nachtisch Pudding oder Eis. Und in der Schule sangen die Jungs hinter mir her: »Angelika ist fett, und liegt sie nachts im Bett, dann träumt sie nur von Marzipan, sie kriegt nie einen Mann.«

Herbert Roßmüller hatte diesen Spruch gereimt und sich durch besonders lautes Absingen hervorgetan. Herbert Roßmüller! Wenn ich jemals einen Menschen gehaßt habe, dann ihn, damals jedenfalls. Er war als Junge von zwölf, vierzehn Jahren genau das, was man schön nennt. Sein Körper war schlank und wohlproportioniert, sein Gesicht schmal und exakt gezeichnet. Da störte kein überflüssiges Härchen in den Augenbrauen. Die Wimpern waren lang und gebogen, hatten von Natur aus die Form, die sich die Mädchen später mit Zangen einzudrücken versuchten. Ich auch, und mehr als einmal habe ich mich entsetzlich dabei ins Lid gekniffen.

Herbert Roßmüller hätte Modell stehen können bei einem der großen alten Meister, die in früheren Jahrhunderten die Kirchen mit Engeln ausmalten. Und wie viele wirklich schöne Menschen hatte er absolut kein Gespür für die Nöte der Häßlichen. Manchmal war er richtig grausam. Zum Glück ging er nicht auch noch in die gleiche Klasse wie ich. Er war zwei Jahre älter. Sein Vater war Rechtsanwalt, leider der Rechtsberater meines Vaters. Zu allem Überfluß waren unsere Väter auch noch privat befreundet, trafen sich häufig am Wochenende, so daß mir Herbert auch noch am

Sonntag ungestraft ein paar Gemeinheiten über mein Aussehen zuflüstern durfte.
Röllchen nannte er mich oder Tönnchen. Und wenn ich bei den vermaledeiten Bundesjugendspielen wieder mal nicht von der Stelle kam, brüllte er über den Sportplatz: »Leg dich doch einfach hin, und laß dir einen Tritt geben. Wenn du rollst, bist du bestimmt als erste am Ziel.«
Ich weiß noch genau, daß er mich an einem Sonntagnachmittag fragte, ob ich ihn einmal unter meinen Pullover fassen ließe. Zu der Zeit muß ich vierzehn gewesen sein. Herbert war, wie gesagt, zwei Jahre älter. Unsere Väter saßen im Wohnraum über irgendeinem Rechtsproblem, und er wurde unverschämt. Als ich ablehnte, verzog er sich mit einem blöden Grinsen um die Hausecke. Ich hörte ihn noch murmeln: »War doch nur ein Witz, Speckschwarte.«
Angelika ist fett! Irgendwann wird das zum Trauma. Man kann sich selbst nicht akzeptieren. Aber man muß leben mit den Fettwülsten um die Taille, mit den viel zu schweren Brüsten und den Rückenschmerzen, die sie verursachen, mit den Polstern auf Schultern und Hüften, den speckigen Oberschenkeln und dem runden Gesicht. Und um es einigermaßen ertragen zu können, lebt man allein. Man geht allen anderen aus dem Weg, freiwillig. Oh, man hat seine Sehnsüchte und Träume. Man erwacht morgens auf feuchten Kopfkissen, die Augenlider sind aufgequollen und gerötet. Manchmal ist auch

der Schlüpfer feucht. »Sie kriegt nie einen Mann!«
Nach der Schulzeit verlor ich Herbert Roßmüller aus den Augen. Aber es sah jahrelang so aus, als sollte er recht behalten. In der Tanzstunde saß ich in einer Ecke, bis der Tanzlehrer einen der jungen Männer abkommandierte. Und der verdrehte dann die Augen, trat mir auf die Füße, ächzte und stöhnte und klagte noch Tage später über Muskelkater.
Einen kleinen Trost fand ich damals lediglich in der Schwärmerei für den Schlagersänger Andy Goltsch. Ich hatte die Wand über meinem Bett mit seinen Postern drapiert und besaß von ihm sogar ein richtiges Foto in Postkartengröße, mit Autogramm, versteht sich. Es stand gerahmt auf dem Nachttisch neben meinem Bett.
Nachts träumte ich regelmäßig davon, daß Andy Goltsch auf meiner Bettkante saß. So lieb und sanft und zärtlich, wie er sich in seinen Liedern gab, und daß er sie nur für mich sang. »Wenn Herzen brechen.« Das war sein größter Hit damals.
Aber dann verschwand Andy Goltsch so plötzlich von der Bildfläche, wie er aufgetaucht war. Ein paar Wochen lang waren die Zeitungen voll von bitterbösen Berichten und Anschuldigungen, aus denen immer nur eines klar hervorging: Andy Goltsch sang nicht für kleine Mädchen, höchstens für Knaben. Es war ein böses Erwachen, ich konnte mir nicht verzeihen, daß ich mich so in einem Menschen hatte täuschen können.
Nach dem Studium schickte Papa mich für einige

Jahre ins Ausland, damit ich mich in den internationalen Verlagen umsehen konnte. Als es ihm dann gesundheitlich schlechterzugehen begann, kam ich zurück. Dreißig Jahre alt, knapp einssechzig groß und mehr als zwei Zentner schwer. Immer noch allein, und was schlimmer war, immer noch unberührt. Es hatte sich auch kein barmherziger Engländer oder Franzose gefunden, nicht einmal für eine unverbindliche Nacht.
Papa gab sich alle Mühe, mich auf seinen Sessel im Verlag vorzubereiten. Vielleicht hoffte er, daß mich berufliches Engagement von persönlichen Defiziten oder Überschüssen ablenken würde. Als er begriff, daß es das nicht tat, schaute er sich selbst nach einem Schwiegersohn um. Ein paar Wochen lang hegte Papa die stille Hoffnung, mich mit Nettekoven, unserem Verlagsleiter, verkuppeln zu können.
Erich Nettekoven war ein lieber Mensch, ich arbeitete damals gut und gerne mit ihm zusammen. Er war rund fünfzehn Jahre älter als ich, seit drei Jahren verwitwet und gewiß nicht das, was ich mir unter einem leidenschaftlichen und romantischen Liebhaber vorstellte. Mein Mann fürs Leben – wenn ich das im Zusammenhang mit Erich Nettekoven dachte, schauderte es mich.
Die grauen Anzüge mit Weste gleich dutzendweise. Unter der Weste stand der Bauch immer ein wenig vor: ein Spitzbauch. Dazu ein Schnurrbart, der dem leicht abwesend wirkenden Gesicht ein wenig Strenge verleihen sollte. Sehr gepflegte

Hände. Ich glaube, Nettekoven ließ sich regelmäßig die Fingernägel maniküren. Er war schon ein bißchen eitel. An der linken Hand trug er einen mächtigen Siegelring und rechts die beiden Eheringe.

Einmal ließ ich mich von ihm zum Essen einladen, mehr Papa zum Gefallen, dem es von Woche zu Woche schlechterging. Da saßen wir dann in einem französischen Restaurant, brauchten vier Stunden für die fünf Gänge. Danach kam der gute Erich zum Kern der Sache.

Daß er seine Frau über alles geliebt habe. Daß sein Leben seit ihrem Tod sehr einsam sei. Daß er sich einerseits nach einer Partnerin sehne und sich andererseits nicht vorstellen könne, daß irgendeine Frau die seine ersetze. Aber wir seien schließlich beide erwachsene Menschen, die ein großes, gemeinsames Interesse hätten: den Reuter-Verlag. Und auch eine vertrauensvolle, verstandesmäßige Bindung könne auf Dauer zu einem stillen Glück führen.

Stilles Glück, das höre ich heute noch. Ich wollte kein stilles Glück. Ich wollte Raserei. Ich wollte bersten vor Leidenschaft. Ich wollte, daß mir ein Mann die Kleider vom Leib reißt, ohne vorher zu fragen, ob ich sie mir im Sommerschlußverkauf oder aus einer exklusiven Boutique beschafft hatte. Daß er mich liebt, bis ich den Verstand verliere. Und wenn ich das nicht haben konnte, wollte ich gar nichts. Keine Kompromisse, dann lieber noch ein Eis zum Nachtisch. Und

anschließend das heulende Elend vor dem Spiegel.
»Eine Frau ist nur dann schön, wenn sie sich selbst lieben kann«, sagte Bruno einmal. »Du kannst dich nicht lieben, Angelique, laß es mich für dich tun.«
Anfangs kam Bruno mir manchmal ein wenig pathetisch vor. Später gewöhnte ich mich an seine Art zu reden. Sie war vielleicht nur ein Zeichen von Unsicherheit. In Wortgefechten war Bruno mir unterlegen, er wußte das. Deshalb sprach er langsam und wohlüberlegt. Er legte großen Wert auf seine Aussprache und seine Formulierungen. Das fiel mir schon auf, als ich zum ersten Mal mit ihm zusammentraf. Das ist jetzt zwei Jahre und vier Monate her. Es war kurz nach Papas Tod. Für mich eine schlimme Zeit. Ich war um eine Erfahrung reicher geworden, auf die ich liebend gern verzichtet hätte.
Kann man einen Menschen töten, nur aus dem einzigen Grund, weil man ihn liebt? Man kann! Vielleicht kann es nicht jeder, aber ich konnte es. Papa hat mich zweimal gebeten, es zu tun. Beim ersten Mal habe ich Weinkrämpfe bekommen. Beim zweiten Mal habe ich begriffen, daß es die einzig richtige Lösung war. Nicht nur für Papa, das war das Entsetzliche daran.
Es war einfach so, daß ich es selbst nicht mehr länger ertrug. Das graue, eingefallene Gesicht, das Stöhnen in der Nacht, die Stunden neben Papas Bett, zur Hilflosigkeit verdammt. Deshalb habe ich

zugestimmt und auch gleich das Kissen genommen, als Papa mich zum zweiten Mal bat. Weil ich einen Punkt erreicht hatte, an dem ich die Situation nicht mehr verkraften konnte, an dem ich meinen Frieden haben wollte, bei aller Liebe zu Papa. Und von solchen Punkten gibt es viele im Leben. Die Reue kommt immer erst hinterher.

Es hat niemand einen Verdacht geschöpft, als Papa starb. Unser Arzt legte mir eine Hand auf die Schulter und sagte: »Danken Sie dem Himmel, Angelika, er hat ausgelitten.«

Ich wußte damals gar nicht, wo mir der Kopf stand. Und abends wußte ich nicht, ob ich schon gegessen hatte oder nicht. In den ersten Tagen nach dem Begräbnis war ich häufiger am Kühlschrank als sonstwo. Ich ging mittags zum Italiener, abends zum Griechen. Und wenn ich heimkam in dieses große, furchtbar leere Haus, ging ich gleich in die Küche oder in den Keller. Und dann kam Bruno.

Papa hatte eine Lebensversicherung zu meinen Gunsten abgeschlossen. Wir hatten kurz vor seinem Tod darüber gesprochen. Aber in all dem Elend hatte ich es gleich wieder vergessen. Dann klingelte eines Abends das Telefon, es meldete sich ein Versicherungsvertreter. Ich wollte ihn abweisen, ihn zu unserem Rechtsbeistand schikken, zum alten Roßmüller. Mir stand überhaupt nicht der Sinn danach, einen Versicherungsver-

treter zu empfangen und dumme Fragen zu beantworten. Und es kam noch etwas hinzu.
Ausgerechnet zu dieser Zeit hingen an verschiedenen Stellen in der Stadt Plakate. Die Vorankündigung eines Konzerts. Kein Sinfonieorchester, nur ein Schlagersänger. Mein Idol, mein Jugendschwarm Andy Goltsch war aus der Versenkung aufgetaucht und versuchte ein Comeback.
Obwohl Papas Beerdigung erst so kurze Zeit zurücklag, wollte ich unbedingt hingehen. Nicht um Andy Goltsch singen zu hören. Um mir einen Traum zu verwirklichen. Um seine Hand zu schütteln. Um ihn vielleicht soweit zu bringen, daß er mir einen Arm um die Schultern legte, mich sogar vor ein paar Fotografen auf die Wange küßte.
Ich war kein fettes kleines Mädchen mehr, das Herzflattern bekam, wenn Andy Goltsch mit den Hüften wackelte oder mit schmelzender Stimme sang: »Wenn Herzen brechen.« Jetzt war ich eine fette junge Frau mit einem Verlag im Rücken, die einem Mann, der sich noch einmal darum bemühte, Anerkennung zu finden, durchaus etwas bieten konnte.
Seit ich die Plakate zum ersten Mal gesehen hatte, spielte ich mit dem Gedanken, Andy Goltsch anzubieten, seine Autobiographie im Reuter-Verlag zu veröffentlichen. Ein hübsches Sümmchen als Anreiz und die feste Zusicherung auf eine großangelegte Werbekampagne. Bisher hatte ich nicht den Mut gefunden, mich mit der Konzertagentur in Verbindung zu setzen. Nicht einmal Erich Net-

tekoven gegenüber hatte ich ein Wort verlauten lassen. Einerseits, weil er Einspruch hätte erheben können, andererseits, weil er sich vielleicht persönlich bemüht hätte. Und das war nicht der Sinn der Sache.

Jeden Abend rang ich mit mir. Jeden Abend stellte ich mir vor, wie es dann weitergehen könnte. Nein, ich träumte nicht davon, Andy Goltsch auf meiner Bettkante sitzen zu lassen. Ich war durchaus bereit, mich mit dem Kontakt zwischen Verlegerin und Autor zu begnügen. Und da kam mir Bruno dazwischen, und so einfach ließ er sich nicht abfertigen.

Bruno Lehmann, ein Allerweltsname, der nichts über den Mann aussagt. Gut einsachtzig groß und schlank, breite Schultern, schmale Hüften, ein braungebranntes Gesicht unter dichtem dunkelbraunen Haar, faszinierende Augen und ein schöner Mund.

Ich weiß nicht, warum, aber ich habe bei Männern immer zuerst auf den Mund geachtet. Meiner Ansicht nach sagt die Form der Lippen eine Menge über den Charakter aus. Wenn sie zu schmal sind, ist das ein Zeichen von Härte. Sind sie zu voll, zeugt das von Genußsucht. Es ist nur meine persönliche Philosophie, ob sie zutrifft, ist mir egal. Bei Bruno gibt es ohnehin keine Deutung. Seine Lippen waren nicht zu schmal und nicht zu voll, sie waren ideal geschnitten wie alles an ihm. Und er konnte mich damit in einen Zustand versetzen, fast als hätte ich ein Rauschmittel geschluckt: im

Kopf völlige Leere, ein Summen und Singen in den Ohren und hinter den geschlossenen Augen herrliche Farbspiele. Die Beine so schwer und lahm, daß ich nie lange aufrecht stehenbleiben konnte, wenn er mich küßte.

Er war wirklich das, was man einen schönen Mann nennt. Und für mich war er noch viel mehr. Der glühende Kern, um den sich mein Leben drehen konnte. Der Magnet, dessen Anziehungskraft mich in einer Bahn hielt, in der ich optimale Bedingungen vorfand. Meine Sonne vielleicht, mein Leben. Schon seine Stimme am Telefon. Was er sagte, weiß ich nicht mehr. Aber die Art, wie er es sagte, machte mich ganz weich. Nachdem ich ihm minutenlang zugehört hatte, hätte ich ihm stundenlang zuhören können.

Natürlich läßt sich heute behaupten, ich sei eine leichte Beute gewesen. Das war ich ganz bestimmt, bei meinem Aussehen und meinem Gewicht. Das Haar so dünn, daß jeder Friseur daran verzweifelte. Von frühmorgens bis spätabends eingeschnürt in ein Korsett, damit wenigstens die Kleidergröße achtundvierzig paßte. Und ausgehungert. Nicht nach Spaghetti oder griechischen Fleischspießen. Ich weiß nicht mehr, wie oft ich vorher in meinem Bett gelegen hatte, mir vorzustellen versuchte, daß ich nicht allein wäre. Mich nicht überwinden konnte, selbst für ein bißchen Entspannung zu sorgen, weil es mich ekelte.

Es war wie ein feuriger Klotz im Innern, ein Gefühl, als ob ich verbrenne. Ich hätte vor Schmerzen schreien können dabei. Sehnsucht mag schön sein, für mich war sie grausam. Wenigstens einmal wollte ich es erleben: ein Mann an meiner Seite, der all das mit mir tat, was sich unter dem Gesamtausdruck »Liebe machen« zusammenfassen läßt. Und der es mich tun ließ. Ich wollte ebenso anfassen, streicheln, küssen, wie ich angefaßt, gestreichelt und geküßt werden wollte. Und ich wußte genau, daß ich es nicht haben konnte.

Ich konnte nicht mehr ins Kino gehen, konnte mir nicht einmal mehr im Fernsehen einen Film anschauen, in dem ein Mann und eine Frau sich küßten, von mehr ganz zu schweigen. Jedesmal hatte ich dabei das Gefühl, innerlich zerrissen zu werden.

Bis Bruno kam, mit seinem Aktenkoffer und seinen Formularen. In dezentem grauen Anzug. Ohne Weste! Das war das erste, worauf ich geachtet habe. Das Jackett aufgeknöpft, darunter trug er ein hellgraues Hemd mit blaßrosa und dunkelgrau gestreifter Krawatte. Auf den Knoten habe ich damals nicht geachtet, aber ich nehme an, er saß korrekt.

Bruno füllte die Anträge für mich aus, half mir bei der Zusammenstellung der notwendigen Unterlagen, Sterbeurkunde und dergleichen. Ich fand das alles nicht sofort. Die Behördengänge und den Papierkrieg nach Papas Tod hatte mir der alte Roßmüller abgenommen. Er hatte mir Tage zuvor eine Mappe mit ein paar Urkunden

und andere Papiere übergeben. Ich hatte sie einfach irgendwo zur Seite gelegt.
Bruno half mir, die Mappe zu suchen. Wir fanden sie in Papas Arbeitszimmer. Sie lag auf dem Schreibtisch. Ich wollte danach greifen, Bruno griff ebenfalls danach. Und statt der Mappe bekam er meine Hand zu fassen. Es waren nur zwei oder drei Sekunden. Er ließ meine Hand gleich wieder los und entschuldigte sich für seinen Übereifer.
Dann gingen wir zurück in den Wohnraum. Bruno nahm wieder in dem Sessel beim Tisch Platz, ich setzte mich auf die Couch. Er machte die letzten Eintragungen in seinen Formularen, und ich mußte ihn unentwegt ansehen. In diesen paar Sekunden, die er meine Hand berührt hatte, war irgend etwas geschehen. Eine Art Stromstoß vielleicht oder der vielzitierte Funke, der einfach überspringt und alles in Brand setzt.
Mir ist erst später in der Nacht ein weiteres Spottlied in den Sinn gekommen: »Wenn eine alte Scheune brennt, da hilft kein Löschen mehr . . .«
Gut, so alt war ich noch nicht mit meinen zweiunddreißig Jahren. Andererseits, damals in der Tanzstunde war ich siebzehn gewesen. Die anderen Mädchen waren alle in meinem Alter, manche sogar jünger. Doch selbst die hatten bereits mit ihren Freunden geschlafen, jedenfalls protzten sie damit, zogen Vergleiche. Und ich mußte mir die nackten Männer immer noch in den Illustrierten ansehen. Ich mußte mir immer noch Ersatzbefriedigungen wie Schokoladenriegel oder die Dank-

barkeit eines Schlagersängers beschaffen. Wenn Bruno mich tatsächlich an diesem ersten Abend mit den Augen ausgezogen hat, vielleicht habe ich mir das nur eingebildet. Vielleicht war da einfach der Wunsch der Vater des Gedankens.

Dann sollte ich den Auszahlungsantrag unterschreiben. Aber Bruno schob mir nicht einfach nur das Blatt über den Tisch. Er erhob sich und kam zur Couch, blieb neben mir stehen, schaute auf mich hinunter. Natürlich waren ihm meine Blicke nicht entgangen. Bruno gehörte zu den Männern, denen nie etwas entgeht, was eine Frau betrifft. Bruno gehörte auch zu den Männern, die nur mit einem Finger schnipsen brauchen, um jede Frau haben zu können. Jede! Vielleicht kam es mir nur deshalb so wunderbar und so ungeheuerlich vor, daß er ausgerechnet an mir interessiert schien.
Das schien er ganz offensichtlich. Ich hatte zwar keine eigenen Erfahrungen auf diesem Gebiet, aber die bewußten Blicke kannte ich doch aus etlichen Filmen. Dieses Abtasten mit den Augen. Zuerst das Gesicht, die Stirn, die Augen, die Nase. Beim Mund verhielt der Blick etwas länger. Dann wanderte er über den Hals zu den Schultern, verweilte einen Moment lang auf den Brüsten, glitt weiter zur Taille, sofern man bei mir überhaupt von einer solchen sprechen konnte. Dann die Schenkel. Und ich stellte ganz automatisch die Füße eng zusammen, damit es nicht nach so viel aussah.

Ich trug ein dunkelblaues Kleid an dem Abend, ein schlichtes und weit geschnittenes Kleid, das im Rücken mit einem Reißverschluß geschlossen war. Vielleicht versuchte Bruno nur abzuschätzen, wie viele Pfund Fleisch da zu bewegen waren. Nur empfand ich es im ersten Augenblick ganz anders. Ich fühlte, daß er mir das Kleid auszog, ohne dafür eine Hand ausstrecken zu müssen. Und er begnügte sich nicht mit dem Kleid. Als nächstes löste er den Panzer. Ich fühlte auch, wie mir die Schamröte ins Gesicht stieg. Der Kopf glühte plötzlich bei dem Gedanken an das, was Papa immer so nett als Pölsterchen bezeichnet hatte.
Aber Bruno gehörte auch zu den Männern, die Gedanken lesen können. Er schüttelte den Kopf, ging zurück zu dem Sessel, nahm darin Platz und flüsterte: »Nein, nicht denken jetzt. Nicht denken. Es ist alles in Ordnung.«
Er blieb im Sessel, faßte mich nicht an. Er sprach auch nicht mehr, es ging nur von den Augen aus. Ich stand auf, ging um den Tisch herum und blieb vor ihm stehen. Ich griff nach hinten und bekam den winzigen Zipfel vom Reißverschluß zu fassen. Es muß ein lächerlicher Anblick gewesen sein: Die fette Angelika bemüht sich verzweifelt, ihr Kleid auszuziehen und dabei einigermaßen reizvoll zu wirken. Aber vielleicht bemühte sie sich auch nur um das Gegenteil. Vielleicht wollte sie diesem Traummann nur zeigen, was unter vier oder fünf Metern Stoff verborgen war. Vielleicht wollte sie ihn erschrecken, damit er endlich ging und sie mit

der ganzen Frustration allein ließ. Und wenn sie das wollte, hat sie es nicht geschafft.
Bruno saß zurückgelehnt, wirkte gelöst und entspannt. Doch da war dieser aufgewühlte Ausdruck auf seinem Gesicht. Mehrfach sah ich, daß er heftig schluckte. Nicht vor Ekel. Auch nicht, weil er sich beim Abzählen der Fettwülste, die da zum Vorschein kamen, verrechnet hatte. Es war ganz etwas anderes, heute weiß ich das. Es war Erregung und Unsicherheit. Angst, etwas falsch zu machen.
Dann lag das Kleid endlich wie ein Ring aus Stoff um meine Füße. Ich kam mir so hilflos vor, irgendwie ausgeliefert. Wenn er nur einmal die Lippen verzogen, nur einen Anflug von Spott oder Ekel gezeigt hätte.
Es war eine widersinnige Situation, irreal wie ein Alptraum. Da stand ich, nur noch mit dem Schlüpfer und einem lachsfarbenen Korsett bekleidet, verschnürt und verdrahtet, neben dem schweren Marmortisch im Wohnraum. Vor mir ein Mann, den ich an diesem Abend zum ersten Mal sah. Ein Versicherungsvertreter, der plötzlich die Augen schloß wie unter Schmerzen. Der dann flüsterte: »Warum tust du dir das an?« Damit meinte er nicht etwa meinen Striptease oder die Offerte an sich, nur das Korsett.
Mit den Augen forderte er mich auf, auch den Rest noch auszuziehen. Ich konnte nicht. Vielleicht kam mir plötzlich zu Bewußtsein, was ich tat. Ich! Er rührte ja keinen Finger. Und ich zog

mich aus, bot mich an wie überreifes Obst, einem Fremden. Ich glaube, ich weinte. Und Bruno stand auf, war mit zwei Schritten bei mir, legte mir den Arm um die Schultern, faßte mit einer Hand unter mein Kinn.

»Nicht denken«, flüsterte er wieder. Und dann küßte er mich. Er ging behutsam vor, begann bei der Stirn, tastete sich mit fast geschlossenen Lippen über die Augen, die Tränen, die Wangen, an den Nasenflügeln entlang zu den Mundwinkeln. Es dauerte länger als eine Minute, ehe ich endlich seine Zunge spürte.

Es gibt da diesen Ausdruck von zerfließen, sich auflösen, so ähnlich war es. Ich hätte nicht stehen können dabei, wenn er mich nicht gehalten hätte. Irgendwann lagen wir, nicht auf der Couch, auf dem Boden. Und dieser elende Panzer, der mir so oft die Luft und den Magen abschnürte, der mich daran hindern sollte, mehr als eine Portion in mich hineinzuschlingen, lag unter dem Tisch.

Bruno ließ sich Zeit. Auf einem Ellbogen abgestützt und den Oberkörper halb aufgerichtet, lag er neben mir. Sein Jackett und die Krawatte lagen im Sessel. Das Hemd stand offen bis zum Nabel, darunter eine glatte, nur wenig behaarte Männerbrust. Nicht einmal die Muskeln traten überdeutlich hervor. Es war ein ästhetischer Anblick. Nicht zu vergleichen mit den schreiend bunten Plakaten und dem darauf in Übergröße dargestellten Inhalt des halb offenen Hemdes von Andy Goltsch. Und er roch so gut.

Ich hätte ihn gerne angefaßt, aber ich konnte die Arme nicht heben. Wie Mehlsäcke lagen sie neben mir auf dem Boden. Auch der Kopf war so taub und schwer, daß ich ihn nicht heben konnte. Dabei hätte ich so gerne einmal mit den Lippen seine glatte Haut berührt. Nur um einmal zu fühlen, wie das ist.
Bruno schaute mich die ganze Zeit über an, tastete mit den Augen jeden Zentimeter Haut ab, erforschte das Stückchen anschließend mit den Fingerspitzen. Dabei war sein Gesicht so ernst und konzentriert, auch sein Atem klang nach Konzentration. Er hat wohl sehr schnell bemerkt, daß er der erste war, und war ein bißchen unsicher. Eine Frau in meinem Alter, ohne jede Erfahrung, das war ihm nicht ganz geheuer.
Nach den Augen und den Fingerspitzen kamen die Lippen, die Zunge. Dabei entledigte er sich so geschickt seiner restlichen Kleidung, daß ich es gar nicht mitbekam. Ganz zuletzt, als ich schon glaubte, den Verstand zu verlieren, wenn er noch länger zögerte, nahm er mich dann.
Es war ein kurzer, scharfer Schmerz, einen winzigen Augenblick lang. Gleich danach war es nur noch Lust. Es war ein so unbeschreibliches Gefühl, die Arme um seinen Körper zu legen, mit den Händen über seine Schultern und den Rücken zu fahren, seinen Hals zu küssen und seine Brust. Und ihn dabei in mir zu spüren.
Schon am ersten Abend hätte ich einiges gegeben, um diesen Mann zu behalten. Was heißt einiges?

Alles hätte ich gegeben, Papas Vermögen, diese Lebensversicherung, deren Auszahlungsantrag ich noch nicht unterschrieben hatte, vielleicht sogar den Verlag, Papas Lebenswerk und meine Existenz.
Bruno ließ mich nicht aus den Augen. Zuerst war ich noch bemüht, wenigstens mein Gesicht unter Kontrolle zu halten. Ich wollte nicht, daß es sich verzerrte. Ich wollte, daß es so blieb, wie es immer war. Irgendeiner von den Autoren, die zu Papas Lebzeiten häufig bei uns zu Gast gewesen waren, hatte mir einmal gesagt, ich hätte ein ausdrucksstarkes Gesicht und warme Augen. Er war ein alter Mann gewesen, deshalb habe ich ihm geglaubt. Aber es kam ein Punkt, da war es mir so völlig egal, was in meinem Gesicht vorging. Und an dem Punkt schloß auch Bruno die Augen. Ich hörte ihn murmeln: »So ist es gut, nicht verkrampfen, laß dich einfach fallen.« Danach hörte ich nur noch wirre Laute und war nicht sicher, ob er sie ausstieß oder ich.
Als Bruno sich verabschiedete, war es weit nach Mitternacht. Gekommen war er kurz nach sieben. Für acht Uhr hatte ich einen Tisch in einem chinesischen Restaurant reservieren lassen. Und jetzt ging ich einfach zu Bett. Ich war nicht direkt müde und gewiß nicht hungrig. Nur so weich und so schwer im Innern. Geschlafen habe ich kaum in der Nacht, nur geträumt.

Am nächsten Abend rief Bruno mich daheim an.

Es ging um die Versicherungsunterlagen. Er hatte sie bei mir zurückgelassen. Sie lagen immer noch auf dem Tisch im Wohnraum. Bruno war sehr zurückhaltend und sehr höflich am Telefon, sonst nichts. Das erste unpersönliche Sie ging mir noch wie ein Stich zwischen den Rippen durch. Ich wußte nicht, wie ich reagieren sollte. Mit einem Rest an Stolz und Selbstbeherrschung schaffte ich ebenfalls einen kühlen Ton. Bruno bat mich daraufhin nur noch, zu unterschreiben und die Papiere an sein Büro zu schicken. Bevor er auflegte, sagte er: »Auf Wiederhören, Frau Reuter.«
Kein persönliches Wort, nicht einmal andeutungsweise eine Silbe zu der vergangenen Nacht. Es tat verdammt weh. Einen irrsinnigen Augenblick lang wünschte ich mir sogar, schwanger zu sein. Die Möglichkeit bestand. Ich hatte noch nie zuvor ein Verhütungsmittel gebraucht. Am vergangenen Abend hatte ich daran zuallerletzt gedacht, eher wohl überhaupt nicht. Doch zu dem Zeitpunkt war ich noch einigermaßen bei Verstand.
Der Gedanke an ein Kind hielt sich eine knappe Stunde lang. Dann wurde mir bewußt, wie unfair ich mich verhielt. Nüchtern betrachtet, hatte nicht Bruno mich verführt, er hatte mich angesehen, weiter nichts. Vielleicht hatte er Mitleid gehabt, einfach nur Mitleid. Und jetzt wußte ich wenigstens, wie es war, von einem gutaussehenden Mann . . . nein, nicht geliebt zu werden, so hochtrabend wollte ich es gar nicht bezeichnen. Von einem Mann zu einem Höhepunkt gebracht zu wer-

den, einem Punkt, um den herum alles seine Bedeutung verliert. Was ich mit Bruno erlebt hatte, konnte mir niemand mehr wegnehmen. Vielleicht war es sogar besser, wenn wir uns nicht wiedersahen, damit es nicht am Ende peinlich wurde.
Es verging eine gute Woche, in der ich nichts von ihm hörte. Manchmal spielte ich noch mit dem Gedanken an eine Schwangerschaft. Auf der einen Seite erschreckte es mich, auf der anderen fand ich es reizvoll. Es wäre aller Welt gegenüber ein lebendiger Beweis dafür gewesen, daß die fette Angelika doch einen Mann bekommen hatte. Aber solange es keine Anzeichen gab, wollte ich mich nicht damit beschäftigen. Ich hatte auch vollauf damit zu tun, die Gedanken an Bruno zu verdrängen, all die wahnsinnigen Vorstellungen von Rausch und Leidenschaft.
Auf der Fahrt in den Verlag und zurück stachen mir erneut die Konzertplakate in die Augen. Nur war ich nicht mehr sicher, ob ich mir eine Karte besorgen und Andy Goltsch persönlich begegnen wollte. Mittags und abends ging ich wieder in Restaurants. Morgens ließ ich mir von meiner Haushälterin, Frau Ströbel, ein üppiges Frühstück richten. Und zwischen den regulären Mahlzeiten kaute ich ständig auf irgendwelchen Süßigkeiten herum.
Dann kam ich freitags heim, und unter dem Spiegel in der Halle lag ein kleines Päckchen. In Goldfolie eingewickelt, mit dem dezent angebrachten Aufkleber einer Parfümerie. Eine Karte war daran befestigt. Sie steckte in einem Umschlag. Ich woll-

te sie später lesen, um mir wenigstens ein paar Minuten lang die Illusion zu erhalten.
Das Päckchen enthielt eine winzige Flasche Parfüm. Mein Parfüm, allein das war schon erstaunlich. Welch ein Mann ist denn imstande, einen bestimmten Geruch so im Gedächtnis zu behalten, daß er Tage später das dazugehörige Parfüm kaufen kann? Bruno Lehmann – ich wüßte sonst keinen.
Im ersten Augenblick hielt ich das Fläschchen für eine Art Dankeschön, ein wenig einfallsreicher als Blumen und nicht so pompös. Auf der Karte, da war ich mir sicher, würde das gleiche noch einmal in unverbindlichen Worten wiederholt. Ich war so sentimental, daß ich ihm auch ein paar schwülstige Formulierungen nachgesehen hätte. Aber die gab es ebensowenig wie die unverbindlichen Worte.
»Nun habe ich mir ein paar Tage Zeit gelassen«, schrieb Bruno, ohne Anrede, ohne Einleitung, »um über Ihre Reaktion am Telefon nachzudenken. Sie war nicht danach, mir Hoffnungen zu machen. Vielleicht gestatten Sie mir dennoch einen letzten Versuch. Ich war mir an dem Abend mit Ihnen meiner eigenen Gefühle nicht sicher, noch weniger der Gefühle, die mir entgegengebracht wurden. Ich wollte mich Ihnen nicht aufdrängen. Wer wie Sie gerade einen lieben Menschen verloren hat, ist empfänglich für jede Art von Zärtlichkeit. Sollte ich eine Situation ausgenutzt haben, so bitte ich Sie, dies zu entschuldigen. Ich hätte nicht gehen können, ohne Sie geliebt zu haben. Wenn

es jedoch von Ihrer Seite mehr war als nur die Reaktion eines Augenblicks, wenn Sie bei dem Gespräch am darauffolgenden Abend nur auf ein Wort von mir gewartet haben, lassen Sie es mich bald wissen. Ich habe jetzt den ersten Schritt getan. Ich hoffe darauf, daß Sie den zweiten tun.«
Keine Unterschrift, kein herzlicher Gruß, nur dieses ›Ich hoffe darauf‹. Ich weiß nicht, wie lange ich in der Halle stand und seine Handschrift betrachtete. Manchmal verschwammen mir die Zeilen vor den Augen. Ich wollte ihn nicht gleich anrufen, konnte das auch gar nicht, weil ich seine private Telefonnummer nicht kannte. Ich wollte mir Zeit lassen für die Entscheidung, zumindest so viel Zeit, daß der Verstand mitreden konnte. Wie kam so ein Mann dazu, ausgerechnet mir solche Worte zu schreiben? Was wollte er von mir?
Da war der große Spiegel, genau über dem kleinen Tisch in der Halle, auf dem ich das Päckchen und die Karte gefunden hatte. Ich sah nicht mein Gesicht im Spiegel, ich sah nur den Rahmen. Ein kostbarer Rahmen. Alles im Haus war kostbar. Papa hatte immer großen Wert auf eine bestimmte Atmosphäre gelegt, nicht protzig, nicht luxuriös, gediegen, solide und kostbar. Ein Versicherungsvertreter hatte bestimmt einen Blick für den Wert der Gegenstände, die er zu Gesicht bekam. Vermutlich mußte er diesen Blick schon von Berufs wegen haben.
Und ein Mann wie Bruno hatte einen Blick für Frauen. Das mußte mir niemand sagen, das hatte

ich gefühlt. Was ich jetzt fühlte, war schwer zu sagen. Unsicherheit, ein wahnsinniges Verlangen und gleichzeitig ein nüchternes Abwägen. Was würde geschehen, wenn ich den zweiten Schritt tat? Würde Bruno sich damit begnügen, mit mir zu schlafen? Wahrscheinlich nicht, jedenfalls nicht auf Dauer. Würde er versuchen, ein kleines Honorar für sein Entgegenkommen zu kassieren? Ja, damit mußte ich rechnen.

Es war ein beschämender Gedanke, doch ich selbst schämte mich in dem Augenblick nicht. Ich bin ganz ehrlich, ich dachte nicht an eine feste Beziehung, mehr an eine Art feste Vereinbarung. Wenn es für mich die Möglichkeit, diesen Mann in den Armen zu halten, nur gab, solange ich dafür zahlte, dann würde ich eben zahlen. Es ging niemanden etwas an, ich war niemandem Rechenschaft schuldig.

Mit der Karte in der Hand ging ich zum Telefon, suchte Brunos Privatnummer aus dem Telefonbuch, wählte die sechs Ziffern. Ich kam mir sehr überlegen vor, sehr rational und vernünftig. Das Freizeichen ertönte, zweimal, dreimal, viermal. Zuerst achtete ich nicht darauf, legte mir bereits die Worte zurecht, die ich ihm sagen wollte. Ein kleines Dankeschön für das Parfüm. Vielleicht ein paar anerkennende Worte zu seinem Vermögen, von der Haut einer Frau auf die Marke zu schließen. Der Rest war Hoffnung, daß er spätestens an dieser Stelle die Führung des Gesprächs übernehmen würde.

Inzwischen hatte es rund ein dutzendmal geklingelt. Und endlich begriff ich auch, daß Bruno nicht daheim war. Die Enttäuschung war wie ein mit Eiswasser gefüllter Kübel, der sich über meinen Kopf ergoß. Dann kämpfte ein winziger Funken Hoffnung gegen die Kälte an. Morgen abend.
Doch auch am nächsten Abend wartete ich vergebens. Es hob niemand ab. Ich hatte damals noch keine Ahnung, wie sich der berufliche Alltag eines Versicherungsvertreters gestaltet. Dabei war Bruno nicht nur ein Vertreter, der sich die Hacken krumm läuft, um Verträge abzuschließen. Er leitete eine Agentur, die ein bestimmtes Kontingent an Verträgen betreute und verwaltete. Dennoch beschränkte sich Brunos Arbeitszeit nicht auf die üblichen Bürostunden.
Ich wußte nicht, daß er oft abends unterwegs war, weil nur dann ein Großteil seiner Kunden zu erreichen war. Aber der zweite Abend, an dem ich ihn zu erreichen versuchte, war ein Samstag. Wochenende, und er war nicht daheim. Daraus zog ich bestimmte Schlüsse. Eine ernüchternde Erkenntnis. Hatte ich tatsächlich auch nur eine Minute lang glauben können, so ein Mann wäre völlig frei und ungebunden?
Während ich sein Telefon klingeln ließ, war er bei einer Frau, darauf hätte ich jeden Eid geschworen. Auf die Idee, ihn im Laufe der kommenden Woche tagsüber anzurufen, kam ich danach nicht mehr. Das heißt, ich kam schon auf

die Idee, aber ich hätte vom Verlag aus in seinem Büro anrufen müssen, und das war mir zu peinlich.

So vergingen noch einmal vierzehn Tage. Eine gräßliche Zeit, in der mich nur die Arbeit einigermaßen über Wasser hielt. Obwohl ich mich kaum darauf konzentrieren konnte und den größten Teil Erich Nettekoven überließ. Ich war so dicht daran gewesen. Und es gibt nichts Schlimmeres als ein Ziel, das man schon nah vor Augen hat, um es dann doch wieder aus dem Blickfeld zu verlieren. Ich war dankbar für jede Besprechung, die Erich Nettekoven ansetzte. Ich war glücklich über jeden Termin, selbst wenn es sich bei meinem Gesprächspartner nur um den alten Roßmüller handelte. Den fragte ich dann, wie es seinem Sohn ging, was der schöne Herbert so machte, beruflich und ganz allgemein. Gut ging es ihm. Mehr an Auskünften war von seinem Vater selten zu bekommen.
Um wenigstens für einen Abend ein wenig Ablenkung zu haben, besuchte ich am Mittwoch der zweiten Woche doch noch das Konzert von Andy Goltsch, mit weitreichenden Folgen für den Reuter-Verlag.
Sehr gut besucht war die Veranstaltung nicht. Überwiegend Frauen, die meisten in meinem Alter, einige mit Partnern, viele allein. Ich weiß noch, ich saß da irgendwo in den mittleren Rängen, hörte der Stimme zu, die in schmelzendem Ton das gesamte Spektrum der Gefühlswelt abhandelte. In

meiner Jugend hatte sie anders geklungen, schmalziger, jetzt war sie rockig unterlegt. Trotzdem versetzte sie mich in eine sentimentale Stimmung. Den Star selbst sah ich nur wie eine Miniaturausgabe über die Bühne tänzeln. Doch trotz der Entfernung war es offensichtlich, Andy Goltsch hatte ein wenig Fett angesetzt. Die Hüften waren längst nicht mehr so beweglich wie vor Jahren. Aber er gab sich große Mühe, der Applaus war dementsprechend.

Ich fragte mich unwillkürlich, wie viele der Frauen ihn vor Jahren angebetet hatten. Und jetzt hatten sie womöglich Tränen der Rührung in den Augen, wenn er sich dem Rand der Bühne näherte und Anstalten machte, sich zu seinem Publikum hinabzubeugen.

Die erste halbe Stunde bestritt Andy Goltsch mit brandneuen Titeln. Danach ging er zu den alten Hits über. Und plötzlich schlug die Stimmung in der großen Halle um. Es hatte etwas Faszinierendes, etwas von einer Droge. Die Melancholie verflossener Augenblicke, der bittersüße Schmerz schöner Erinnerungen. Ich dachte an Bruno, sah mich im Geist wieder auf dem Fußboden liegen, versuchte die Gedanken beiseite zu schieben. Und nach der Vorstellung fand ich mich dann in dem Gang wieder, der zu den Garderoben führte. Ich kam nicht so problemlos durch, wie ich es mir gewünscht hätte. Der Manager hielt mich mit einem widerlich gönnerhaften Lächeln auf.

Aber schließlich war ich nicht irgendeine Verehre-

rin. Ich kam nicht mit Blumen und Tränen in den Augen. Ich wollte kein Autogramm. Ich hatte selbst etwas zu bieten. Niemals, weder vor mir noch vor anderen, hätte ich zugegeben, was mich wirklich in diesen Gang hineingetrieben hatte. Vielleicht wußte ich es auch gar nicht genau, vielleicht war es einfach ein Schwanken zwischen Frau und Geschäft, ein Pendeln zwischen den Empfindungen, eine Art Haß. Das Bewußtsein, daß ich vor dreizehn oder vierzehn Jahren direkt vor der Bühne hätte zusammenbrechen können, ohne daß Andy Goltsch mich auch nur eines Blickes gewürdigt hätte.
Jetzt hörte er mir aufmerksam zu. Eine knappe Viertelstunde lang saß ich ihm und seinem Manager gegenüber, in keiner Weise ernüchtert oder bei klarem Verstand. Andy Goltsch fühlte sich durch mein Anliegen ganz offensichtlich geschmeichelt. Seine Autobiographie, sein bewegtes Leben, Aufstieg, Niedergang und Comeback, herausgegeben von einem renommierten Verlag. Nicht unbedingt einem der größten der Branche, aber finanzkräftig genug, um ihm einen Anreiz zu bieten und seiner zweiten Karriere einen satten Schub zu geben.
Trotzdem zierte er sich, wollte die Sache erst noch einmal in Ruhe mit seinem Manager und seiner Band besprechen und sich dann mit mir in Verbindung setzen. Die Ernüchterung kam erst, als ich im Taxi saß. Finanzkräftig! Gut, wir hatten ein sicheres Polster, aber Risiko bleibt Risiko. Eine Autobiographie, daran hatten wir uns bislang nie ver-

sucht. Und noch vor einem Jahr hätte kein Hahn nach Andy Goltsch gekräht. Wenn er nun den zweiten Durchbruch nicht schaffte?
Nettekoven würde nach meinem Puls fühlen, wenn ich ihm von meinem Alleingang berichtete, für den ich nicht einmal eine vernünftige Erklärung parat hatte. Ich konnte schließlich nicht zu Nettekoven sagen: »Mir ist ein Mann begegnet, der mir nicht mehr aus dem Kopf geht. Ich wollte einfach zeigen, daß ich Männern etwas zu bieten habe.«
Aber Nettekoven war ganz angetan. Erinnerte an eine Sache, bei der Papa vor langen Jahren ähnlich spontan vorgegangen war, die sich dann als ein voller Erfolg erwiesen hatte. Da klang tatsächlich Anerkennung durch, so in der Art, daß ich nun wirklich dabei war, in Papas Fußstapfen zu treten.
Es waren Stunden, in denen ich oft an Papa dachte und mir einredete, daß er stolz auf mich wäre, weil ich seinen Sessel ausfüllte, nicht nur von der Masse des Fleisches her. Sobald ich dann allein war, brach etwas in mir zusammen.
Ich wollte Bruno und keinen billigen Ersatz, der ohnehin nur aus ein paar Seiten Papier bestehen konnte. Ich wollte Bruno so sehr, daß die erfolgreiche Geschäftsfrau in den Verlagsräumen zurückblieb, daß ich nicht mehr klar denken konnte, sobald ich das Haus betrat und von der Halle aus einen Blick in den Wohnraum warf. Dort vor dem Tisch hatten wir gelegen.
Wir haben später einmal über diese beiden Wochen geredet. Den zweiten Schritt tun. Bruno hielt

mich für zu stolz. Und wie er mir bereits geschrieben hatte, wollte er sich nicht aufdrängen. Aber wie heißt es so schön: Der Klügere gibt nach. Wer ein Ziel erreichen will, der muß mehr Schritte tun als nur einen.

Bruno rief mich an, genau drei Wochen nachdem wir uns zum erstenmal gesehen hatten. Es war noch sehr früh am Abend, mehr später Nachmittag. Ich saß zusammen mit Erich Nettekoven in meinem Büro und blätterte lustlos in einem Vertragsentwurf, den der alte Roßmüller schon einmal vorab von seinem Juniorpartner hatte entwerfen lassen. Nur für den Fall, daß Andy Goltsch mein Angebot aufgriff.

Der alte Roßmüller hielt den Entwurf für ausgezeichnet. Hatte man sich doch mit den einzelnen Klauseln weitgehend an das gehalten, was ich Andy Goltsch in seiner Garderobe versprochen hatte. Und ich hatte ihm eine Menge versprochen, im Beisein seines Managers. Gut die Hälfte davon mußte ich unter irgendeinen Tisch kehren. Inzwischen war ich mir des Risikos durchaus bewußt geworden und fand, daß der alte Roßmüller allmählich senil wurde. Daß er seine Geschäfte komplett in jüngere Hände abgeben sollte. Möglich, daß Herbert Roßmüller die Belange und Risiken im Verlagsgeschäft besser beurteilen und andere Klauseln aufsetzen konnte.

Wo der wohl jetzt war? Ich fragte mich, warum Herbert nicht längst die Geschäfte seines Vaters übernommen hatte. Vermutlich, weil er eine eige-

ne Kanzlei betrieb oder irgendwo eingestiegen war, wo er so richtig brillieren konnte. Wie mochte es ihm gehen? Gut, ausgezeichnet, eine andere Möglichkeit gab es gar nicht. Wahrscheinlich war er glücklich verheiratet mit einer wunderschönen, gertenschlanken Frau, erfolgreich im Beruf selbstverständlich. Und ich fragte mich, welchen Vers er wohl dichten würde, wenn er jemals erfahren sollte, was ich erlebt hatte und mit welchen Gedanken ich mich jetzt beschäftigte.
Irgendwie war es bezeichnend, daß ich gerade in dem Augenblick an Herbert Roßmüller und seinen beißenden Spott denken mußte, als die Sekretärin mir Brunos Anruf meldete. Sie stellte ihn nicht gleich zu mir durch, sondern fragte erst an.
»Da ist ein Herr Lehmann für Sie am Telefon. Er will Sie unbedingt persönlich sprechen. Es geht um eine Versicherungsangelegenheit.«
»Stellen Sie durch«, sagte ich und gab Erich Nettekoven mit einem Handzeichen zu verstehen, daß wir morgen weiter über den Vertrag reden konnten. Es wundert mich heute noch, daß ich auf den Namen Lehmann so ruhig reagieren konnte, daß man den Herzschlag nicht über die Gegensprechanlage hörte. Dann klang mir Brunos Stimme im Ohr. Wieder keine Anrede, nur ein vorsichtiges: »Hallo.«
»Hallo«, erwiderte ich.
»Wenn ich störe, sagen Sie es. Ich lege dann sofort auf und melde mich später noch einmal.«
»Sie stören mich nicht.«

So banale Sätze, so überflüssig. Während ich sprach, sah ich sein Gesicht dicht über mir. Diesen einen Moment, als er die Augen schloß, als er seinen Triumph zu genießen begann und sich ebenso treiben ließ, wie ich es tat.
»Sie haben sich bisher nicht bei mir gemeldet«, sagte Bruno in immer noch zurückhaltendem Ton. »Natürlich waren Sie dazu in keiner Weise verpflichtet. Aber ich wüßte trotzdem gerne den Grund.«
»Ich habe mehrfach versucht, Sie zu erreichen. Anscheinend waren Sie nie daheim.«
In der Art sprachen wir noch ein paar Minuten lang miteinander. Jeder tastete sich vor, langsam, behutsam, darauf bedacht, sich selbst keine Blöße zu geben und dem anderen die Blöße zu ersparen. Dann ging Bruno endlich zum Du über. Seine Stimme wurde um eine Spur drängender dabei.
»Ich würde dich gerne wiedersehen, vielleicht heute abend? Ich weiß nicht, ob es einen Sinn hat, an diesen einen Abend anzuknüpfen. Es war eine spontane Situation, das läßt sich wahrscheinlich nicht wiederholen. Aber vielleicht gibt es doch eine Möglichkeit. Es würde mir sehr viel bedeuten, wenn wir wenigstens einmal darüber reden könnten.«
Und ich antwortete: »Reden? Ich muß nicht unbedingt reden.«
Bruno räusperte sich, murmelte ein Wort, das nach Erstaunen und Unsicherheit klang. Dann

sagte er: »Ich bin in einer Viertelstunde da. Ich werde vor der Tür warten.«

»Gut«, sagte ich, »du brauchst nicht warten. Ich bin in einer Viertelstunde draußen.« Kaum hatte ich den Hörer aufgelegt, rannte ich in den Waschraum. Sich frisch machen ist ein dezenter Ausdruck. Ich hätte liebend gerne geduscht. Aber ich mußte mich mit fließend warmem Wasser und Reinigungstüchlein begnügen. Und mit ein paar Tropfen Parfüm. Dann noch einmal mit dem Kamm durch das Haar und die Reste von Lippenstift abgewischt. Keinen frischen nachgezogen.

Nein, ich habe mich nicht geschämt, nicht eine Sekunde lang. Ich hatte mich ihm erneut angeboten wie überreifes Obst. Das war mir durchaus bewußt. Ich war überreifes Obst. Wenn ich nicht still vor mich hin faulen wollte, mußte ich handeln. Aber schämen mußte ich mich dafür nicht. Immerhin hatte er mich angerufen, also mochte er überreifes Obst. Es brachte auch manchmal einen finanziellen Vorteil, sich dafür zu entscheiden und die knackigen grünen Äpfel liegen zu lassen. Ich habe nur kontrolliert, ob ich mein Scheckheft bei mir hatte.

Schon anderthalb Stunden vorbei. Wenn man spricht, vergeht die Zeit viel schneller. Ich muß eine neue Cassette einlegen, das Band ist gleich zu Ende. Wie viele werde ich brauchen, um die Zeit mit Bruno zu erklären? Zwei Jahre und vier Monate. Da sind so viele Kleinigkeiten, Winzigkeiten, Nichtigkeiten von so großer Bedeutung. Wenn ich mich nur überwinden könnte, sein Gesicht noch einmal anzusehen. Ich weiß, daß er tot ist, aber ich kann es nicht glauben. Ich will es nicht glauben. Und ich will nicht noch einmal davon überzeugt werden, indem ich ihn ansehe.

Allein das Wissen ist ein beklemmendes Gefühl. Damals bei Papa war es so ähnlich. Da ist dieser Augenblick, wo der Atem aufhört. Ich nahm das Kissen weg, und es war alles ganz still. Es war schauerlich. Rein vom Verstand her wußte ich in diesem Moment, jetzt ist Papa tot. Aber gerade eben hatte er noch gelebt. Und das Gefühl wollte nicht akzeptieren, was geschehen war. Da lag eine Leiche im Bett. Und ich hatte Papa in diesen furchtbaren Zustand versetzt. Ich wollte mich auf

ihn werfen, ich wollte schreien, ihn schütteln, damit er die Augen wieder aufschlüge. Aber ich konnte ihn nicht anfassen.
Jetzt ist es mit Bruno genauso. Gestern abend, als wir uns ins Bett legten, waren seine Hände warm. Ich habe sie überall gefühlt. Er ließ sich Zeit, so quälend viel Zeit wie immer, wenn es besonders schön und intensiv sein sollte. Dabei konnte er sich selbst kaum zurückhalten. Ich hörte es an seinem gepreßten Atem. Mit jedem Kuß steigerte sich seine Erregung. Ich durfte ihn nicht anrühren. Als ich es versuchte, hielt er meine Hand fest und drückte sie beiseite.
»Bitte nicht, Angelique«, preßte er hervor wie unter großer Anstrengung, »wenn du mich berührst, ist es gleich vorbei. Ich will noch warten. Ich will jede Minute genießen. Und ich will, daß du es auch tust.« Erst als ich schrie und nicht mehr damit aufhören konnte, drang er in mich ein.
»Es ist gut«, flüsterte er, »jetzt ist alles gut. Ich bin bei dir. Ich bleibe bei dir. Ich bleibe immer bei dir. Es wird nie vorbei sein.« Für mehr reichte sein Atem nicht. Er bewegte sich nur langsam. Sein Gesicht war angespannt und voller Konzentration. Minutenlang hat er mich beobachtet. Und ich ihn. Erst als ich die Augen schloß, ließ er sich gehen, wurde schneller und härter. Es war, als ob er für immer und alle Zeit in mich hineinkriechen wollte. Ich habe sein Keuchen noch im Ohr. Und jetzt ist es still.
Es hat eine so grausame Endgültigkeit. Damals bei

Papa war ich eine Stunde lang wie gelähmt. Ich habe Angst vor einem Toten, nicht etwa Scheu oder Ehrfurcht, nein, panische Angst. Ich hatte sie damals gehabt. Als ob Papa noch einmal die Augen hätte aufschlagen können, als ob er mich hätte bitten können, seinen Tod rückgängig zu machen. »Ich habe es mir anders überlegt, Geli. Ich will es noch ein paar Tage lang ertragen. Die schlimmsten Schmerzen sind nichts gegen diese Leere.«
Ich habe sie heute. Einfach Angst, daß Bruno vom Bett aufstehen könnte. Um dann noch einmal vor mir zu stehen. Um mich anzuschauen mit diesem Blick voller Nichtbegreifen. Um noch einmal vor mir auf die Knie zu fallen, meine Taille zu umklammern, das Gesicht gegen meinen Leib pressend, um noch einmal zu flehen: »Tu es nicht, Angelique, ich bitte dich. Tu es nicht.«
Ich wollte es doch auch nicht tun, nicht wirklich. Ich verstehe es ja selbst nicht. Ich begreife nicht, wie es passieren konnte. Ich war so verletzt, ich war so außer mir, so . . . Ich brauche noch eine Cassette. Sie liegen alle auf dem kleinen Regal. Bruno hat es selbst gezimmert. Er war handwerklich sehr geschickt. Das Regal steht drei Meter hinter mir. Ich kann nicht vom Fenster weggehen! Wenn ich mich umdrehe, muß ich zum Bett hin schauen.
Vielleicht geht es, wenn ich die Augen schließe. Ein Schritt und noch einer, quer durch das Zimmer zum Tisch und weiter. Wen werde ich jetzt auslöschen? Andy Goltsch? Nein, von ihm gibt es

keine einzige Aufnahme in Brunos Cassetten-Archiv. Bruno mochte Andy Goltsch nicht. Manchmal hatte ich sogar das Gefühl, er war ein wenig eifersüchtig auf ihn, weil ich ihm so viel Zeit widmen mußte. Wen dann? Julio Iglesias, die Schmalzstimme, die große Liebe, die große Sehnsucht, auch nicht viel besser. Es ist nicht schade darum, nicht um die Stimme auf dem Band. Nur um Bruno.

Bruno, ich habe dich wirklich geliebt. Ich wollte nicht, daß du stirbst. Ich wollte dich nur für mich allein. Ich . . .

Mir wird schwindlig. Es ist wahrscheinlich nur der Kreislauf. Wenn ich mich aufrege oder anstrenge, habe ich Probleme damit. Wenn wir uns geliebt hatten und ich danach aufstehen wollte, mußte ich mich oft an Bruno klammern, weil ich das Gefühl hatte, das Bett würde wie eine Überschlagschaukel kippen. Ich sollte mich an den Tisch setzen, um weiterzusprechen. Ich kann ja mit dem Rücken zum Bett sitzen. Das Zimmer dreht sich noch nicht, es schwankt nur ein bißchen. Die Wand und das Fenster kippen ganz leicht nach links hinüber. Aber vielleicht wird es schlimmer. Es wird ganz bestimmt schlimmer. Und wenn ich falle, bleibe ich liegen. Bruno ist nicht mehr da, um mir aufzuhelfen.

Es sind vier Schritte bis zum Tisch. Wenn mir nur nicht so elend wäre. Meine Hände zittern stärker als vorhin. Ich habe Mühe, das Mikrophon zu halten. Ich sollte mich wirklich an den Tisch setzen.

So, jetzt sitze ich. Und noch ein Band voll mit der ersten Zeit, mit der Gier, mit dem Wahnsinn. Mit Liebe hatte das anfangs nicht viel zu tun, jedenfalls nicht bei mir. Unsere erste Verabredung. Ich weiß das alles noch so genau.

Eine Viertelstunde nach unserem Telefongespräch saß ich neben Bruno in seinem Wagen. Normalerweise fuhr ich immer mit einem Taxi heim. Ich mochte im Stadtverkehr nicht selbst fahren. Ich fuhr überhaupt nur höchst ungern selbst. Ich saß schon als Kind gern auf dem Nebensitz, wenn die Fahrt nicht zu lang war. Von dort aus konnte ich mich in Muße umschauen.

Ich weiß noch, wie unsere Empfangsdame mir nachschaute, als ich auf Brunos Wagen zuging. So verwundert und ungläubig. Unsere Empfangsdame war eine geborene ›Von‹, worauf sie großen Wert legte. Frau *von* Mühlenberg, unverheiratet wie ich. Aber sie lebte mit einem Mann zusammen, wie mir gerüchteweise zu Ohren gekommen war. Vielleicht heiratete sie ihn nur nicht, weil sie befürchtete, ihren Namen gegen einen bürgerlichen eintauschen zu müssen. Sie war ein bißchen verschroben, aber im Grunde genau das, was man eine attraktive Frau nennt. Anfang Vierzig, stets gekleidet wie zum Empfang eines Staatsoberhaupts, einen dezenten Duft um sich verbreitend, das Haar so akkurat in Form gelegt und das Gesicht so unmerklich geschminkt, daß ich oft das Gefühl hatte, an einer Statue vorbeizuschleichen. Ich war immer nur an ihr vorbeigeschlichen, hatte ihr kurz zugenickt, es jedoch nie gewagt, den Kopf dabei zu heben und sie anzusehen. Jede andere Frau hätte mein Verhalten vielleicht als arrogant empfunden, Frau von Mühlenberg nicht; sie wußte, da zog die gestopfte Gans vor dem Schwan den Kopf ein.

Bruno war nicht ausgestiegen, hatte mir nur von innen die Tür geöffnet. Dann saß ich neben ihm. Und das, womit ich gerechnet hatte, dem ich entgegenfieberte, trat nicht ein.

Er riß mich nicht an sich, er gab mir nicht einmal die Hand. Er schaute mich nur an, aber nicht mit diesem Blick, der das Kleid von meinen Schultern streifte. Es war ein eher skeptischer Blick, voller Zweifel und gleichzeitig voller Erleichterung. Bruno fuhr auch nicht gleich los. »Du hast bestimmt noch nicht zu Abend gegessen«, sagte er statt einer Begrüßung, »darf ich dich einladen?«

Ich war nicht hungrig, nicht im Sinne einer Mahlzeit. Ich war fast ein wenig enttäuscht. Irgendwie war ich überzeugt gewesen, daß ich nur in seine Nähe kommen müsse, damit der erste Abend sich wiederhole. Bruno lächelte und verhinderte damit, daß ich mich lächerlich machte.

»Wir haben doch Zeit, oder?« fragte er und fügte leise hinzu: »Wir wissen beide, was wir wollen, aber wir sollten nichts überstürzen. Genießen wir jede Minute. Die Erwartung ist etwas so Schönes, darum sollte man sich nicht im Übereifer betrügen.«

Er hatte recht. Wir fuhren zu einem kleinen Lokal.

Ich kannte es nicht, aber es gefiel mir. Kleine, intime Nischen, schmeichelnde Beleuchtung. Eine tief über dem Tisch baumelnde Lampe und zwei Kerzen, deren Flammen seine Augen jedesmal in Feuer tauchten, wenn er mich anschaute.
Ich konnte die Speisekarte nicht halten, weil meine Hände plötzlich zu zittern begannen. Bruno nahm mir die Karte aus den Fingern, lächelte über die Kerzenflammen hinweg. »Darf ich für dich wählen?«
Ich erinnere mich nicht mehr an das, was uns schließlich serviert wurde. Nur noch an sein Gesicht, an diesen Blick, der manchmal wie ein stummes Betteln und manchmal wie ein heißes Versprechen war. Zwei Stunden saßen wir uns gegenüber. Ganz zu Anfang sagte er: »Ich mußte dich anrufen. Ich mußte immerzu an dich denken. Ich mußte einfach wissen, woran ich bin.«
Danach sprachen wir kaum noch, und wenn, dann mit den Augen. Damit ließ sich alles sagen, alles erfragen, erforschen, eine stumme Übereinkunft erzielen. Dann beglich Bruno die Rechnung, und gleich darauf standen wir neben seinem Wagen.
Diesmal öffnete er mir die Tür. Als ich einstieg, berührte er flüchtig meinen Nacken. Es dauerte nicht einmal eine Sekunde lang, aber es reichte aus. Da kam dieses Zerfließen wieder. Es zuckte und zitterte tief im Innern, jeder Muskel spannte sich an. Als er ebenfalls einstieg, konnte ich nur noch bitten: »Bring mich jetzt heim.«

Es war alles so selbstverständlich. Schon als Bruno den Wagen in die Einfahrt lenkte, war es eine Art von Gewohnheit. Dann ging er vor mir auf das Haus zu, nahm mir den Schlüssel aus der Hand und öffnete die Tür. In der Halle nahm er mir den Mantel ab. Wieder streifte seine Hand flüchtig meinen Nacken. Ich konnte es kaum noch ertragen, alles in mir brannte. Jeder Nerv vibrierte. Genießen wir jede Minute. Und Bruno ließ sich so viel Zeit.

Wir waren allein im Haus. Nach Papas Tod hatte ich mit Frau Ströbel, meiner Haushälterin, vereinbart, daß sie Feierabend machen konnte, wenn sie mit der Hausarbeit fertig war. Ich aß ohnehin immer außer Haus, warum hätte Frau Ströbel da noch herumsitzen sollen? Und ich mochte es irgendwie, heimzukommen und allein zu sein. Es war schrecklich und furchtbar, es war meine Strafe. Bruno hätte vermutlich gefragt: »Warum quälst du dich so?« Dann hätte ich ihm antworten müssen: »Weil ich meinen Vater getötet habe.«

Aber jetzt war es nicht schrecklich, nur schön, in ein Haus zu kommen, in dem uns niemand stören konnte. Bruno schaute zur Treppe hin. Es war ein fast ängstlicher Blick, als ob er nicht ganz sicher wäre, wieviel er wagen könne. Auch im Restaurant war er mir gelegentlich unsicher erschienen. Also ging ich auf die Treppe zu. Er folgte mir. Dann standen wir in meinem Schlafzimmer. Und ich konnte kaum noch stehen.

Ich bin förmlich über ihn hergefallen, habe mich

mit einem Arm an ihn geklammert und mit der freien Hand sein Hemd aufgeknöpft. Dann den Gürtel der Hose geöffnet. Noch ein Knopf, ein Haken und der Reißverschluß. Und endlich am Ziel. Und auf die Knie. Ich konnte nicht mehr denken, nur weinen.

Bruno ließ mich gewähren. Er stand ganz still. Als ich einmal zu ihm hochschaute, sah ich, daß er die Augen geschlossen hatte. Irgendwann schob er meinen Kopf zur Seite und zog mich vom Boden hoch, schob mich vor sich her zum Bett hinüber. Schon dabei zerrte er an den Knöpfen meines Kleides. Zwei sprangen ab und kullerten über den Boden. Das Kleid fiel mir auf die Füße, im Zurückgehen wäre ich fast darüber gestolpert. Bruno drückte mich auf das Bett hinunter, ganz unvermittelt wurde er wütend. »Warum zwängst du dich in diesen verdammten Panzer?«

Er riß an den Haken und Schnüren, bis er mein Korsett hinter sich zu Boden schleudern konnte. Gleich darauf wurde sein Blick weich, und seine Hände zitterten. Ich spürte es ganz deutlich, als er mit dem Handrücken über meine Wange strich, langsam hinunter zum Hals. Es war so ähnlich wie beim ersten Mal, nur ganz anders. Bruno war anders, ich war anders. Ich empfand es nicht mehr als gar so peinlich, seinen Blick zu fühlen. Und er ging nicht mehr gar so behutsam vor. Alles war drängender, fordernder. Wir trieben nicht, wir schleuderten uns auf den Gipfel.

Schließlich lagen wir nebeneinander auf dem Bett.

Mein Kopf füllte sich allmählich wieder mit Blut. Damit kehrte auch der Verstand zurück und mit dem Verstand die Erinnerung an mein Aussehen. Ich wollte nach der Decke greifen. Bruno hielt meine Hand fest. »Laß das«, murmelte er träge. »Zudecken kannst du dich, wenn du allein bist oder wenn du frierst. Jetzt frierst du nicht, oder?«
»Nein«, sagte ich. Und dann, nach einer endlosen Minute, fragte ich ihn: »Warum hast du mich angerufen? Was willst du von mir?«
Ansehen konnte ich ihn nicht, weil ich dachte, es sei besser, jetzt gleich für klare Verhältnisse zu sorgen. Die Fronten abstecken und zusehen, wieviel von seiner Zeit ich für mich erobern konnte.
Bruno lachte leise und verlegen. »Ich dachte, ich hätte es dir gezeigt. Wenn du es nicht gefühlt hast, muß mit mir etwas ganz und gar nicht in Ordnung sein.«
»Ich meine nicht, daß du mit mir schläfst«, sagte ich.
Bruno grinste. »Das habe ich doch auch nicht getan. Ich schlafe seit Jahren nicht mehr mit einer Frau.«
Er hatte mich aus dem Konzept gebracht. Ich brauchte zwei Sekunden, um den Faden wiederzufinden. »Nenn es, wie du willst, aber es muß doch einen Grund dafür geben. Und jetzt erzähle mir nicht, daß du dich in mich verliebt hast. Das würde ich dir nicht glauben. Es müssen andere Gründe sein. Aber was immer es ist, du kannst offen darüber reden. Ich werde es verstehen und akzeptie-

ren. Es würde mich sogar freuen, wenn deine Gründe regelmäßig auftreten. Einmal in der Woche wäre phantastisch, einmal im Monat immer noch traumhaft und mehr, als ich zu hoffen wage. Ich wäre bereit, eine Menge dafür zu geben, verstehst du?«

Bruno schwieg ein paar Sekunden, richtete sich auf und schaute mit einem Ausdruck von Mißtrauen und Ratlosigkeit auf mich herunter. »Habe ich dich richtig verstanden? Du würdest mich bezahlen dafür, daß ich dich liebe?«

Liebe, dachte ich flüchtig und mit einem Anflug von Ironie. Nun gut, manche nennen es lieben. Es klingt nicht so obszön.

»Wenn es sein muß«, sagte ich, »warum nicht? Alles im Leben hat seinen Preis. Wenn ich ein gutes Essen will, muß ich dafür bezahlen. Wenn ich ein gutes Buch will, muß ich dafür bezahlen. Warum nicht auch für einen Mann, wenn er wirklich gut ist? Ich habe keine Vergleichsmöglichkeiten, aber ich weiß, was ich gefühlt habe. Und ich denke, du bist nicht nur gut, du bist ein Liebhaber, wie man ihn sich wünschen kann.«

Einen Augenblick lang schien es, als würde er erneut wütend werden. Aber dann schüttelte er nur den Kopf. »Ich will nicht dein Geld. Ich will deine Nähe. Ich will dich, auch wenn du das nicht glauben kannst.«

Ich schwieg. Er schaute mich immer noch ratlos an. Sein Blick wanderte von meinem Gesicht langsam hinunter, streifte den Hals, die Brüste, glitt

über den Bauch, an den Oberschenkeln entlang bis zu den Füßen. Ich fühlte ihn auf jedem Zentimeter Haut und spürte, wie mein Körper steif wurde vor Abwehr. Brunos Augen tasteten sich wieder hinauf, langsamer noch. Als sie meine Augen erreichten, begann Bruno zu lächeln.
»Du findest dich unattraktiv«, meinte er und nickte leicht. »Zu dick, ist es das? Aber da muß ich doch nicht mit dir übereinstimmen. Glaubst du, für einen Mann ist es wichtig, wieviel eine Frau wiegt, wenn sie ihm etwas bedeutet?« Er schüttelte den Kopf, fügte hinzu: »Für einen Mann ist eine Frau immer so schön, wie er sie sieht.«
Dann nannte er mich zum ersten Mal Angelique.
»Glaub mir, Angelique«, sagte er, »ich wäre nicht hier, wenn ich nicht etwas Besonderes bei dir finden würde.«
»Und was ist das?« Ich wollte ihm so gerne glauben. Aber es sprach doch alles dagegen.
Bruno zuckte mit den Schultern. »Ich weiß es nicht. Etwas Besonderes eben. Etwas Intensives. Es ist nicht auf den Unterleib beschränkt. Hier drin zieht sich etwas zusammen.«
Er tippte sich mit einem Finger gegen die Brust, lächelte immer noch. »Und das tut es schon, wenn ich nur daran denke, bei dir zu sein. Du bist so stolz und so stark. Vielleicht ist es das. Du kommst allein zurecht mit deinem Leben. Du brauchst einen Mann nicht, damit er deine Probleme für dich löst. Damit gibst du mir das Gefühl, daß ich mir keine Sorgen machen muß. Es ist doch schön, ei-

nen Menschen zu haben, um den man sich keine Sorgen machen muß. Man fühlt sich sehr wohl dabei, selbst ein bißchen stärker. Weil man weiß, daß man auch einmal schwach sein darf. Vielleicht ist das nicht richtig ausgedrückt, aber ich weiß nicht, wie ich es anders ausdrücken soll. Jedenfalls habe ich etwas Vergleichbares bisher bei keiner Frau gespürt.«

»Und du hast viele Vergleichsmöglichkeiten, nehme ich an.« Warum konnte ich nicht aufhören? Warum mußte ich unbedingt versuchen, mich selbst zu verletzen?

Bruno lachte wieder, es klang verlegen und unsicher. »Würde es dich sehr stören, wenn es sehr viele wären?«

»Ich weiß es nicht.«

»Solange du das nicht weißt, Angelique«, meinte er, »werde ich dir deine Frage nicht beantworten. Es wäre nicht gut für uns beide.«

Sein letzter Satz gab mir ein Gefühl, mit dem ich gar nicht umgehen konnte. Eine neue Dimension, es hatte so sehr nach Ernst geklungen. Uns beide – nach Dauer hatte es geklungen, fast ein wenig nach Ewigkeit. Das nahm mir den Atem. Uns beide – es war gewaltig. Ich mußte mich mit aller Gewalt zur Ordnung rufen und zur Nüchternheit, um nicht in einen wahnsinnigen Taumel zu geraten.

»Also sehr viele«, stellte ich fest.

Bruno schwieg. Doch als ich mich aufrichten woll-

te, hielt er mich an den Schultern auf dem Kissen fest. Meine Reaktion war gar nicht auf die letzte Feststellung bezogen. Es war mehr das Bedürfnis, ein bißchen von ihm abzurücken und diese Vorstellung zu verarbeiten, ohne dabei gleich den Boden unter den Füßen zu verlieren. Uns beide! Aber Bruno deutete mein Verhalten falsch.
»Warte«, bat er, »ich dachte mir schon, daß du so reagieren würdest. Du bist nicht die Frau, die andere neben sich akzeptiert. Aber wenn du jetzt aus dem Bett steigst, ist es schon wieder vorbei, das will ich nicht. Es hat doch gerade erst angefangen.«
Er ließ zwei Sekunden verstreichen, dann legte er ein Geständnis ab. Genauso klang es in meinen Ohren. »Ja, es waren sehr viele.« Plötzlich grinste er so verschmitzt wie ein Lausbub. »Ich kann an keiner Frau vorbeigehen, ohne es nicht wenigstens versucht zu haben. Und meist schaffe ich es. Ich schaue sie an, sie schauen mich an. Ich muß gar nicht reden dabei. Meist ist es so, daß die Frauen mich ansprechen. Das kann auf der Straße sein, in einem Lokal oder bei einem Hausbesuch.«
»Hausbesuch«, murmelte ich.
Bruno nickte flüchtig, das Grinsen verlor sich. »Ja, viele sind Kundinnen.« Es schien, daß er noch etwas hinzufügen wollte, doch er stockte plötzlich, schüttelte den Kopf und sagte: »Nein, Angelique! Ich weiß, was du jetzt denkst, aber so war es nicht. Normalerweise fahre ich nach so einem Besuch heim, und die Sache ist vergessen. Beim nächsten

Mal tun dann beide Parteien so, als ob nie etwas Besonderes geschehen wäre. Gut, es kommt vor, daß ich mehrfach mit einer Frau zusammen bin. Aber das sind Ausnahmen. Meist geht die Initiative nicht von mir aus. Ich mag sie nicht zurückstoßen, aber irgendwie mache ich ihnen dann schon klar, daß es keinen Sinn hat. Mich reizt es immer nur einmal.«
Er seufzte leicht, zuckte wieder mit den Schultern. Der Druck seiner Hände auf meinen Schultern verstärkte sich. »Bei dir war es anders. Ich wollte nicht, daß es passierte. Ich wußte, daß es nicht gut für mich war. Nur wollte ich dich auch nicht abweisen oder verletzen. Du warst so verstört.«
Er begann vor Verlegenheit Kreise auf meinen Schenkel zu zeichnen. Dann sprach er weiter, langsam und bedächtig.
»Manche Frauen sind so, wenn sie gerade ihren Mann verloren haben. Sie fühlen sich plötzlich von aller Welt verlassen und ungeliebt. Ich habe es nie gewagt, solch eine Situation auszunutzen. Aber bei dir habe ich irgendwie die Kontrolle verloren. Als ich heimfuhr, wollte ich es vergessen, aber ich konnte nicht. Ich habe mich unentwegt gefragt, ob du wirklich mich gemeint und was du empfunden hast.«
Er seufzte, lächelte und zuckte noch einmal mit den Schultern. »Ich meine nicht körperlich. Frauen wie du nehmen mich normalerweise nicht zur Kenntnis. Sie sind zu stolz und können nicht zugeben, daß sie Gefühle haben. Wenn sie mich wirk-

lich einmal an sich heranlassen – vielleicht sollte ich eher sagen, wenn sie sich zu mir herablassen –, dann tun sie beim nächsten Besuch, als ob ich Luft wäre. Manchmal hat mich das gestört, aber meistens habe ich nicht einmal darüber nachgedacht. Nur bei dir, da wußte ich, daß es mich nicht nur stören würde, es würde mich verletzen. Nur wußte ich nicht, ob ich es wagen konnte, eine Frau wie dich . . .«

Er brach ab, zuckte erneut mit den Schultern. »Ich habe dich am nächsten Tag angerufen«, fuhr er nach einer Weile fort, »weil ich dachte, ich würde vielleicht an deiner Stimme erkennen, was du fühlst. Nach dem Gespräch war ich mir sicher, daß es keinen Sinn hätte, dich noch einmal zu belästigen. Du hast den Abend mit keinem Wort erwähnt, nicht einmal eine Andeutung gemacht.«

Nein, ich hatte darauf gewartet, daß er den Abend erwähnen oder zumindest eine Andeutung machen würde. Jetzt war ich es, die lächelte.

»Danach«, sagte Bruno, »wußte ich nicht, was tun. Es hat mich Überwindung gekostet, noch einen Versuch zu wagen. Und wieder kam keine Reaktion. Ich dachte, deutlicher kann sie nicht werden. Ich dachte, sie ist vernünftig, und sie hat recht. Wir sind zu verschieden, das kann nicht gutgehen. Sie lebt in diesem Haus, ich in einer kleinen Wohnung. Ich kann sie nicht zum Essen in die Lokale einladen, wo sie normalerweise verkehrt. Ich kann ihr keine teuren Geschenke machen, weil ich finanzielle Verpflichtungen habe. Ich kann mit ihr

nicht einmal über den Beruf reden. Von Literatur habe ich keine Ahnung, ich habe auch keine Zeit zum Lesen. Und das Versicherungsgeschäft ist wie ein großer Teich, in dem nur Haie schwimmen. Es gibt keine gemeinsame Basis. Aber das mußte ich unbedingt von dir selbst hören. Also der letzte Versuch. Blut und Wasser habe ich geschwitzt bei der Vorstellung, daß du mir in dem dabei üblichen Ton zu verstehen gibst, ich solle mich zum Teufel scheren. Und du bietest mir Geld an.«
Er lachte einmal laut auf, es klang nicht fröhlich.
»Warum, Angelique?«
»Weil ich dich will«, sagte ich.
»Weil du mich willst«, wiederholte er versonnen und erklärte: »Gut. Du hast mich. Völlig umsonst. Bist du zufrieden?«
Als ich nickte, küßte er mich, blieb mit dem Kopf an meiner Schulter liegen und brachte seinen Monolog zu Ende. »Ich kann nichts für dich tun, Angelique, ohne damit auch gleichzeitig etwas für mich zu tun. Ich kann dich nur lieben und darauf hoffen, daß du mich vielleicht eines Tages ebenfalls liebst und über ein paar Schwächen hinwegsiehst.«
Ob ich ihm geglaubt habe? Natürlich habe ich ihm geglaubt, jedes einzelne Wort. Er sagte doch genau das, was ich hören wollte. Daß er mich liebt, ehrlich und aufrichtig und mit dem Herzen. Daß ich für ihn die Frau bin, neben der er alt werden möchte. Weil später, wenn wir alt sind, wenn die Leidenschaft füreinander nachläßt und nur Liebe

übrigbleibt, mit dieser Liebe noch genug da ist. Daß ich für ihn begehrenswert bin. Daß ihn ein paar Pfund mehr oder weniger noch niemals an einer Frau gestört haben. Und an mir ganz gewiß nicht.

»Zwing dich nie wieder in diesen Panzer, Angelique«, verlangte er. »Du mußt lernen, dich zu akzeptieren, so wie du bist. Vielleicht kann ich dir dabei helfen. Und wenn du Zweifel hast, denk einfach daran: Wenn ich mit einem Mannequin ins Bett will, dann nehme ich mir ein Mannequin. Und das hat dann, verdammt noch mal, nichts mit Liebe zu tun.«

Wäre er nur nicht so ehrlich gewesen: Ich kann an keiner Frau vorbeigehen . . . Wenn ich mit einem Mannequin ins Bett will . . . Daß du mich eines Tages ebenfalls liebst und über ein paar Schwächen hinwegsiehst.

Ein paar Schwächen! Ich hatte es gehört, hatte es irgendwo abgelegt und versuchte, es gleich wieder zu vergessen. Doch so einfach war das nicht. Aber trotzdem, gerade mit seinem Geständnis hatte Bruno mir das Gefühl gegeben, daß er ausschließlich an mir und in keiner Weise an meinem Geld interessiert war. Ich habe ihm das lange Zeit geglaubt, genauso wie ich ihm alles andere geglaubt habe.

In den ersten Wochen war ich überzeugt, daß jeder Tag mit ihm für mich der letzte sein konnte. Natürlich hatte er ernst gemeint, was er mir sagte, aber es bezog sich nicht auf die Ewigkeit. Jede Frau, der ich begegnete, war plötzlich eine Rivalin. Ich schaute mir die Gesichter an und die Körper, die vor allem. Dann stellte ich mir vor, wie Bruno sie sehen würde. Daß er sie sah, wußte ich. Vielleicht wäre es mir nur deshalb lieber gewesen, er hätte Geld von mir genommen. Daß er sich nicht kaufen ließ, war einerseits ein Kompliment, an dem sich mein Selbstbewußtsein allmählich emporrankte, und andererseits eine unerschöpfliche Quelle der Furcht. Mit Geld hätte ich ihn binden können, wenn auch die Summen mit der Zeit ein wenig größer geworden wären.

Ohne Geld gab es nicht viel. Ab und zu den Gedanken an ein Kind, dessen Existenz ihn mir verpflichtet hätte. Deshalb nahm ich auch weiterhin keine Verhütungsmittel. Und meinen Körper gab es, den ich verabscheute.

Immer wieder erklärte Bruno mir, daß ich für ihn schön sei. Dann zählte er mir auf, was er alles an mir liebte. Lauter Dinge, die ich gar nicht besaß: innere Stärke, eine souveräne Ausstrahlung, Geduld, die Fähigkeit zum Verzicht, Großzügigkeit und Humor, die Tüchtigkeit einer selbständigen Geschäftsfrau und den Ehrgeiz, das Lebenswerk meines Vaters zu erhalten und, wenn möglich, zu vergrößern.

Als er nach ein paar Wochen begriff, daß mir das allein nicht half, daß ich trotz all der Worte unter meinem Gewicht und meinem Aussehen litt, führte er mich in ein paar Boutiquen. Bis dahin hatte

ich meine Kleidung überwiegend in der Anonymität großer Kaufhäuser erstanden. Wallende Gewänder, schlicht und einfach und sackartig, weil selbst das strammste Korsett nicht alles in die Form brachte, die mir vorschwebte.
Bruno hatte einen sehr sicheren Geschmack. Er fand immer genau die Dinge, die ich wirklich noch tragen konnte, ohne darin fett oder lächerlich zu wirken. Besonders an unseren ersten gemeinsamen Einkauf erinnere ich mich noch gut.
Ein weinrotes Kostüm mit eng geschnittenem Rock, die Jacke fiel recht salopp, aber sie war leicht tailliert. Ich hätte es aus eigenem Antrieb nie gewagt, so etwas anzuziehen und auch noch damit hinaus auf die Straße zu gehen. Aber Bruno hatte recht, ich wirkte darin keineswegs wie eine eingeschnürte Walze. Dazu eine weiße Bluse mit großzügigem Dekolleté, die lässig über dem Rockbund getragen wurde.
»Du hast herrlich zarte Haut, Angelique«, sagte er. »Um dein Dekolleté werden dich viele Frauen beneiden, auch wenn sie es niemals offen zugeben. Was dich stört, werden wir ein wenig kaschieren, und was du hast, das wirst du betonen.«
Er redete mir die weit geschnittenen und meist einfarbig dunklen Kleider aus, überzeugte mich davon, daß ein wenig Farbe nicht schaden konnte, stets kombiniert mit Weiß. Er liebte weiße Spitze, weiße Seide. Nach den Boutiquen kam ein guter Friseur, dann ein Kosmetikstudio und zuletzt ein Juwelier. Auch dort fand Bruno treffsicher ein

paar Kleinigkeiten aus dem üppigen Sortiment, die nicht protzig wirkten, sondern schlicht und dekorativ. Es ist unbestreitbar, daß ich unter seiner Anleitung ein anderer Mensch wurde. Eine andere Frau, die auch einmal vor einem Spiegel stehenblieb, ohne gleich in Ekel zu erstarren, jedenfalls wenn ich angezogen und ausgehfertig war.

In der ersten Zeit sahen wir uns zweimal die Woche. Jeden Tag wäre mir lieber gewesen. Ihm auch, das betonte er häufig. Aber es ließ sich leider nicht einrichten. Er konnte seine Kunden nicht völlig vernachlässigen. Doch zwei Abende in der Woche gehörten uns. Über die Wochenenden wollte ich nicht nachdenken. Ich habe in der ersten Zeit nicht ein einziges Mal den Versuch gemacht, ihn an einem Wochenende anzurufen. Die Angst vor der Gewißheit ist ein guter Lehrmeister. Und wie hatte ich gesagt: »Einmal in der Woche wäre traumhaft.« Zweimal in der Woche, das war die Steigerung eines Traumes.

Bruno holte mich jeweils dienstags und freitags vom Verlag ab, wir aßen eine Kleinigkeit, immer im selben Restaurant. Schon dabei konnte ich es nicht erwarten, mit ihm allein zu sein. Es kribbelte im Bauch, juckte in den Fingerspitzen. Ich hätte ihn fressen können, wenn er mir gegenübersaß. Plötzlich störte jedes Salatblatt auf dem Teller, weil es einen Zeitaufschub bedeutete.

Ich konnte nicht essen in seiner Gegenwart, dafür saß der Hunger viel zu tief. Ich wollte ihn nur fühlen, diesen herrlich strammen Körper auf dem

meinen. Und dann schweißgebadet neben ihm liegen, kein Atem mehr, aber das Feuer immer noch glühend. Den Blick auf das Zentrum gerichtet, auf das ich nur die Hand legen mußte, um mein Ziel noch einmal zu erreichen. Ein hartes, pulsierendes Stück Leben, Feuerströme von Lust, die sich vom Becken über den gesamten Körper ausbreiteten. Zweimal die Woche.
Und fünfmal in der Woche wartete ich darauf. Dann konnte ich erst recht nicht essen. Quälte mich nach dem Heimkommen mit einem Becher Magerjoghurt ab, duschte, putzte die Zähne und verkroch mich zwischen den Laken. Ich untersagte Frau Ströbel, meine Bettwäsche am Mittwoch zu wechseln, weil den Kissen und Laken manchmal noch Brunos Geruch anhaftete. Dieser Duft nach Mann und Liebe.
Abends nahm ich mir ein Buch mit ins Bett, um die Zeit bis zum Einschlafen zu überbrücken. Nie vorher hatte ich so viel gelesen, vor allem nicht diese Art von Geschichten: Erfahrungsberichte, Lebensbeichten. Ständig suchte ich zwischen den Zeilen anderer Frauen nach Parallelen, doch die schien es nicht zu geben. Was ich mit Bruno erlebte, war einmalig. Das wurde mir jeden Morgen aufs neue bewußt.
Da saß ich dann vor meinem Kaffee, betrachtete das belegte Frühstücksbrötchen und fühlte mich so satt, als ob ich am Abend zuvor doppelte Portionen verschlungen hätte. Ich konnte mich nie überwinden, in das Brötchen hineinzubeißen. Manch-

mal nahm ich einen Apfel mit in den Verlag, manchmal gar nichts. So gesehen war es kaum verwunderlich, daß ich allein im ersten Monat mit Bruno mehr als zehn Pfund an Gewicht verlor. Zu jeder anderen Zeit hätte ich das als ein Wunder empfunden und wäre entsprechend glücklich darüber gewesen.
Das merkwürdige war, ich registrierte es kaum. Ich stieg nicht mehr so häufig auf die Waage, und zehn Pfund weniger fielen bei meinen Gewicht nirgendwo auf. Ich hungerte auch nicht bewußt und mit dem Ziel, für Bruno schlank und attraktiv zu werden. Es war eher so, als ob da etwas in mir den unersättlichen Magen zugeschnürt hatte. Ich mußte mir nichts mehr in den Mund stopfen, um ein bißchen Lust und Trost zu finden. Und wenn doch, dann nur ein Stück von Bruno. Mich interessierten nur noch die beiden Abende, an denen er bei mir war. Genießen wir jede Minute, denn von jeder Minute mußte ich anschließend mindestens zwei Tage zehren.
Manchmal sahen wir uns auch am Vormittag, vor allem in der ersten Zeit, als wir noch all die Einkäufe tätigten. Dann war keine Zeit für Leidenschaft. Doch es war schon ein unvergleichlicher Genuß, mit Bruno in diese Läden zu gehen. Ob Friseur, Boutique oder Juwelier spielte keine Rolle. Die Frauen dort waren in der Regel jünger als ich. Sie waren schlank, selbstbewußt und bildschön, wie aus irgendeinem Magazin herausgeschnitten. Manche versuchten ganz ungeniert, mit

ihm zu flirten. Sie verschlangen ihn mit ihren Augen, und Bruno lächelte unverbindlich. Er war freundlich, höflich, doch er ließ nie einen Zweifel daran, wem seine ausschließliche Aufmerksamkeit galt. Wenn er mich dann mit diesem Namen ansprach, Angelique, war ich noch über dem achten Himmel.

Mit sicherem Gespür wählte er die Garderobe aus, die ich anprobieren sollte. Dann saß oder stand er, ließ mich auf und ab gehen. Und sein Blick war bereits in meinem Schlafzimmer. Nur zweimal in dieser ersten Zeit sprachen wir über Geld. Beim ersten Mal ging es darum, daß ich all diese Einkäufe selbst bezahlen mußte. Bruno fürchtete, ich wäre vielleicht nicht immer mit den Preisen einverstanden. Aber wenn ich etwas besaß, dann war es Geld. Der Reuter-Verlag stand auf kerngesunden Beinen, Papas Lebensversicherung war als Reserve für Notzeiten sicher angelegt. In dieser Hinsicht brauchte Bruno sich keine Sorgen machen.

Beim zweiten Mal wäre es fast zu einem Streit gekommen, als ich in dem kleinen Restaurant die Rechnung begleichen wollte.

»Ich habe dich eingeladen, Angelique«, protestierte Bruno.

Das tat er zweimal die Woche. Immer wenn wir uns sahen, begann der Abend in diesem Restaurant. Die Preise waren nicht ungewöhnlich hoch, für meine Verhältnisse eher niedrig. Aber auch kleine Preise summieren sich. Ich hatte nur eine vage Vorstellung von Brunos Einkommen. Darüber sprach er nicht. Aber über finanzielle Verpflichtungen hatte er gesprochen. Ich wußte nicht, welcher Art sie waren, doch vergessen hatte ich sie nicht.

»Ich kann nicht viel für dich tun«, sagte er. »Es ist mir schon peinlich, daß ich dich in den Geschäften selbst zahlen lasse.«

»Das können wir ändern«, schlug ich vor. »Ich gebe dir eine bestimmte Summe, bevor wir losziehen. Dann kannst du für mich bezahlen.«

Im ersten Augenblick war er mißtrauisch, aber dann begriff er, wie ich meinen Vorschlag gemeint hatte. Und er war damit einverstanden.

Es muß ungefähr vier Wochen später gewesen sein, an einem Mittwochmorgen, als Bruno mich im Verlag anrief und an diesen Vorschlag erinnerte.

»Ich habe ein Armband gesehen«, sagte er. »Ich habe es zurücklegen lassen. Ich bin sicher, es wird dir gefallen. Wenn du es einrichten kannst, hole ich dich nach Mittag ab.«

Ich hätte eigentlich nicht außer Haus gehen dürfen. Am frühen Nachmittag hatte ich einen Termin. Nach etlichen Monaten reiflichen Überlegens hatte sich Andy Goltsch endlich dazu durchringen können, die Rechte an seiner bewegten Lebensgeschichte dem Reuter-Verlag zu übertragen. Mir war gar nicht wohl in meiner Haut, wenn ich darüber nachdachte.

Es waren in letzter Zeit häufig Berichte über

Goltsch in Illustrierten erschienen. Nettekoven hatte mich jedesmal darauf aufmerksam gemacht und sich erkundigt, ob wir nicht noch einmal Kontakt aufnehmen sollten. Aber mir gefielen die Berichte nicht, die Fotos, mit denen sie geschmückt waren, noch weniger. Die Presse bejubelte Goltsch allgemein als Star. Man riß sich um ein Interview mit ihm. Und die alten Geschichten leugnete er vehement, drohte sogar mit Verleumdungsklagen. Ich würde also kaum von ihm bekommen, was ich wollte, die Wahrheit über seinen Untergang.

Vielleicht hatte Andy sich nur so viel Zeit mit seiner Entscheidung gelassen, weil er dachte, diese Zeit würde für ihn arbeiten. Er könne mich ein wenig schmoren lassen und damit den Preis in die Höhe treiben. Wie auch immer, er war mir für fünfzehn Uhr angekündigt worden, zusammen mit seinem Manager. Auch Nettekoven sollte an den Verhandlungen teilnehmen. Und da kam Bruno mit seinem Angebot. Eine Stunde, dachte ich, nur eine Stunde.

Ich hatte nicht viel Bargeld bei mir, und mit meinem Scheckheft war Bruno nicht geholfen. Aber die Bank öffnete um vierzehn Uhr. »Wieviel Geld muß ich mitbringen?« erkundigte ich mich.

»Zweitausend«, erwiderte Bruno.

»Dann muß ich vorher noch zur Bank.«

Und Bruno sagte fast fröhlich: »Gut, würdest du dann bitte dreitausend mitbringen? Es sieht nicht so abgezählt aus. Ich hole dich nach vierzehn Uhr bei der Bank ab. Du gibst mir das Geld, und wir

kaufen ein. Das restliche Geld gebe ich dir natürlich zurück.«
Um ehrlich zu sein, daran glaubte ich keine Sekunde lang. Und ich war zufrieden, fühlte mich irgendwie bestätigt. Ich sagte nur noch rasch meiner Sekretärin Bescheid, daß ich kurz aus dem Haus mußte, jedoch pünktlich zur Besprechung zurück sein würde. Der Sessel hinter Papas Schreibtisch war in letzter Zeit häufig leer gewesen. Niemand stellte mir Fragen, wenn ich erst am späten Vormittag im Verlag erschien. Manchmal gab es einen leicht erstaunten Blick. Die Veränderungen fielen auch meinen Mitarbeitern auf.
Doch nur Erich Nettekoven hatte es bisher einmal gewagt, eine entsprechende Bemerkung zu machen. Ein wenig ungeschickt und mit einem Hauch von Enttäuschung in der Stimme hatte er versucht, ein Kompliment in Worte zu fassen und gleichzeitig ein wenig über den Ursprung meiner Verwandlung zu erfahren. Geantwortet hatte ich ihm mit einem Lachen. Und als er sich dann erkundigte, ob er mich wohl noch einmal zum Abendessen einladen dürfe, hatte ich mir Mühe gegeben, ihn mit der Ablehnung nicht zu verletzen.
Sie wußten es alle, dafür hatte schon Frau von Mühlenberg gesorgt. Allein dieser Gedanke machte mich ein kleines bißchen selbstsicherer.
Kurz vor zwei ließ ich mir ein Taxi rufen und fuhr zur Bank. Ich hob die verlangten Dreitausend ab und stieg wenig später zu Bruno in den Wagen.

Kurz darauf hielten wir vor einem Juweliergeschäft, in dem wir bis dahin noch nicht gekauft hatten.
Bevor er ausstieg, erklärte Bruno, daß er am Vormittag geschäftlich hier zu tun gehabt hätte und dabei auf das Armband aufmerksam geworden wäre. Dann bat er: »Gib mir das Geld, Angelique.«
Er steckte die Scheine achtlos ein, öffnete mir die Tür, faßte mit einer Hand unter meinen Arm. Diese kleine Geste hatte etwas Besitzergreifendes. Natürlich berührte er mich auch sonst häufig, wenn wir in der Öffentlichkeit zusammen waren, aber nicht auf diese Art.
Und dann standen wir vor einer Vitrine, vor uns auf dem Glas ein blaues Samtkissen, darauf das Armband. Es war ein schönes Stück, aber außergewöhnlich war nichts daran. Es war schmal, sehr schlicht gearbeitet, so betrachtet, erschien mir der Preis überzogen. Ich wollte Bruno schon darauf ansprechen, als ich den Blick bemerkte, mit dem er die Frau hinter der Vitrine fixierte. Sie war einige Jahre älter als ich. Ich schätzte sie auf Ende Dreißig, Anfang Vierzig. Sie war sehr attraktiv und sehr nervös.
Während Brunos Blick eine eher ruhige Sicherheit ausstrahlte, bestand der ihre nur aus Abwehr. Ihre Augen wanderten immer wieder flüchtig zu mir herüber. Jedesmal verzogen sich dann die Mundwinkel für den Bruchteil einer Sekunde leicht nach unten. Es hatte etwas Abschätziges, einen Rest

von Stolz, den sie gleich wieder verlor, wenn ihr Blick zurück zu Bruno glitt.
Ich wußte es, ohne daß mir jemand etwas erklären mußte. Sie gehörte zu den Frauen, an denen Bruno nicht hatte vorbeigehen können. Aber jetzt war es vorbei. Sie verstand es nicht, dabei hatte er es ihr erklärt. Auch das wußte ich. Ich fragte mich unwillkürlich, wann er zuletzt mit ihr geschlafen hatte. Bevor er mich traf, dessen war ich mir sicher. So sicher, daß ich das Gefühl hatte, um einige Zentimeter zu wachsen. Brunos Verhalten tat noch einiges dazu.
Er benahm sich anders. Wenn er mit mir zusammen war, fielen mir immer wieder die kleinen Augenblicke von Hilflosigkeit auf. Es gab vieles, was ihn verwirren konnte und unsicher machte. Manchmal genügte es schon, wenn ich im Restaurant nicht gleich zu essen begann.
»Bist du nicht hungrig, Angelique? Schmeckt dir das Essen hier nicht? Möchtest du lieber etwas anderes bestellen?«
Dann lag so viel Unbehagen in seiner Stimme, daß ich mich immer fragte, ob es einen Bruno gab, den ich nicht kannte. Und diesen hier, vor der Glasvitrine, vor dieser Frau, den kannte ich nicht. Ich ließ mir das Armband umlegen, drehte den Arm hin und her, als müsse ich mir erst noch eine Entscheidung abringen. Als ich dann zustimmte, zog Bruno mit lässigem Griff mein Geld aus seiner Tasche, blätterte die Scheine hin, einen nach dem anderen, steckte den Rest achtlos zurück in die Ta-

sche seines Jacketts. Und er genoß es offenbar, dabei in die weit offenen Augen der Frau zu sehen. Er hatte ihr einfach zeigen müssen, daß ihre Zeit vorbei war. Und noch etwas mehr als das. Warum? Da konnte ich nur raten. Vielleicht hatte sie ihn gedemütigt. Vielleicht hatte sie ihm deutlich gezeigt, daß er ihr nichts weiter bieten konnte als ein wenig Abwechslung im Bett. Als wir hinaus auf die Straße gingen, legte er mir einen Arm um die Schultern und zog mich fest an sich. Und bevor er mir die Wagentür öffnete, küßte er mich leicht auf den Hals.

»Du bist wundervoll, Angelique«, murmelte er. »Eines Tages werde ich dir zeigen können, wieviel du mir wirklich bedeutest.« Dann gab er mir das restliche Geld zurück.

Bruno hatte sich den gesamten Nachmittag freigehalten. Er war enttäuscht, als ich ihm von meinem Termin berichtete. Während der Fahrt schaute er mich mehrfach kurz von der Seite an, fragte schließlich: »Kann ich dich irgendwie überreden, bei mir zu bleiben?«

Allein seine Stimme strich so verlockend über meine Haut. »Wenn ich es einrichten könnte«, sagte ich, »müßtest du mich nicht überreden. Aber es ist unmöglich. Der Termin ist wichtig. Wir warten seit Monaten darauf.«

»Mit wem triffst du dich?« wollte Bruno wissen.

Ich erzählte es ihm in ein paar kurzen Sätzen. Er zuckte mit den Achseln, lächelte. Als ich dann ausstieg, gab er mir noch einen Scherz mit auf den

Weg. »Paß auf dich auf, Angelique. Der Knabe hat den Ruf, alles zu vernaschen, was ihm über den Weg läuft.«

Ich antwortete im gleichen Ton: »Dann hat er mich vielleicht nur deshalb an dich erinnert.«

Kurz nach fünfzehn Uhr saß ich wieder in meinem Büro und fühlte mich immer noch so stark, so durch und durch zufrieden. Der Star war noch nicht eingetroffen. Sein Manager kam eine halbe Stunde nach mir. Er erkannte mich nicht. Nun gut, er hatte mir nur einmal für eine knappe Viertelstunde gegenübergesessen. Es schmeichelte mir trotzdem.

Dann warteten wir, anfangs noch zu dritt. Der Manager – ich erinnere mich leider nicht mehr an seinen Namen, nur noch an sein Aussehen und sein Gehabe. Er war klein, eher schon schmächtig, redete zu schnell und zu leise – hielt uns zuerst einmal einen Vortrag über das neue Image seines Schützlings. Vor Jahren war Andy mit Pauken und Trompeten von der Bühne verschwunden, weil es hieß, er sei mehr an seinesgleichen interessiert als am anderen Geschlecht. Er war wohl mehrfach in einschlägigen Kreisen gesehen worden. Und vor Jahren konnte schon der bloße Verdacht eine Karriere ruinieren. Irgendwann war damals auch die Beichte eines jungen Mannes durch die Presse gegangen, der eine Zeitlang mit Goltsch zusammengelebt haben wollte. Dementsprechend war sein Bericht gespickt mit intimen Details.

Aber das war vorbei. Vorbei und vergessen! Wenn

es überhaupt jemals den Tatsachen entsprochen hatte, hatte Andy Goltsch einen wundersamen Sinneswandel erlebt. Er zeigte sich in jüngster Zeit nur noch in Begleitung hübscher und blutjunger Mädchen. Für meinen Geschmack etwas zu oft. Ich wollte nichts aufwärmen, nur einmal deutlich machen, wie einem Menschen zumute war, den man zuerst mitsamt seinem Talent in den Himmel gehoben und anschließend für seine Neigungen und Leidenschaften verdammt hatte. Und ich hoffte, Goltsch davon überzeugen zu können, daß das Ganze nur einen Sinn hatte, wenn er sich zur Offenheit entschließen konnte. Doch bevor ich ihn überzeugen konnte, mußte er erst einmal erscheinen. Und er kam nicht.

Sein Manager versicherte mehrfach, daß Goltsch in der Stadt sei, erklärte im gleichen Atemzug, daß er die Verspätung gar nicht verstehe. Nettekoven verließ mein Büro kurz nach sechzehn Uhr, es gab schließlich noch mehr zu tun. Als er dann mit mir allein war, versuchte der Manager mich davon zu überzeugen, daß er berechtigt sei, im Namen seines Schützlings zu verhandeln. Das mochte zutreffen, aber das war nicht der Sinn der Sache. Und warum hatte er das nicht gesagt, solange Nettekoven noch dabei gewesen war? Glaubte er, mit mir leichteres Spiel zu haben?

Ich war wütend, ziemlich wütend sogar, als klar wurde, daß Goltsch gar nicht persönlich erscheinen wollte. Statt mich in meinem Büro über die sinnlose Warterei zu ärgern, hätte ich bei Bruno sein können. Mag sein, daß ich mich deshalb ein wenig im Ton vergriff. Aber um siebzehn Uhr war ich es einfach leid. Ich überreichte dem inzwischen ebenfalls nervös gewordenen Mann ein Exemplar des Vertragsentwurfs. Darin war auch festgelegt, welchen Inhalt das Werk haben sollte. Mochten sie sich anderswo damit auseinandersetzen, wenn sie die Zeit fanden. Und wenn nicht, auch gut. Ich war nicht angewiesen auf die Autobiographie eines Schlagersängers. Auch das machte ich deutlich.

Es kam ein Zeitpunkt, da wurde Bruno auf die Tatsache aufmerksam, daß ich merklich an Gewicht verloren hatte. Wenn ich meiner Waage glauben durfte, waren es mehr als dreißig Pfund. Wir kannten uns seit drei Monaten. Das waren durchschnittlich gute zehn Pfund pro Monat. Für mich war es ein ungeheurer Anreiz, ganz bewußt weiter zu hungern und, wenn eben möglich, selbst noch auf das Abendessen zu verzichten. Wenn ich es irgendwie durchhielt, aß ich zum Frühstück nur ein Knäckebrot mit Magerquark und zu Mittag einen Apfel. Die Lücken füllte ich mit Mineralwasser. Ich hatte ein Ziel vor Augen, das mir selbst noch utopisch erschien: schlank sein und Bruno allein mit dem Körper halten können. Dafür nahm ich die Übelkeit in Kauf, die mich oft quälte, auch Magenschmerzen schienen mir als Preis nicht zu hoch. Doch Bruno war mit meiner Methode ganz und gar nicht einverstanden.

Da saßen wir an einem Freitag abend im Restaurant, und er stellte ein Menü aus drei Gängen zusammen. Er erklärte anschließend: »Du wirst sowohl die Suppe als auch das Dessert essen, Angelique. Jetzt sei vernünftig. Was du treibst, ist nicht gesund. Du wirst dir ein ernsthaftes Kreislaufproblem einhandeln, wenn du so weitermachst.«
Er hatte mit ziemlichem Nachdruck gesprochen. Dann lächelte er kurz, wurde jedoch gleich wieder ernst. »Für mich mußt du das nicht tun. Natürlich gefällt es mir, manchmal schmeichelt es mir sogar, das will ich gar nicht bestreiten. Weil ich denke, daß du nur für mich hungerst. Aber andere Männer sind auch nicht blind. Und du hast viel mit anderen Männern zu tun. Da mag der eine oder andere dabeisein, der dir mehr bieten kann als ich. Bisher hast du sie dir alle vom Leib gehalten, weil dir der Leib nicht gefiel. Aber du hast dich sehr verändert, Angelique, nicht nur äußerlich. Das könnte Folgen haben, und darüber will ich nicht nachdenken.«
Das wollte ich auch nicht, und ich ging dabei weiß Gott nicht von mir aus. Mir schwirrten von Zeit zu Zeit die anderen Frauen durch den Kopf. All die, an denen Bruno nicht vorbeigehen konnte, ohne es zumindest zu versuchen. Daß er mich bereits betrogen hatte, konnte ich mir nicht vorstellen. Daß er mich eines Tages betrügen würde, war eine Sache, die ich immer wieder fest einzukalkulieren versuchte.

Er hatte, seit wir uns kannten, keine andere Frau erwähnt, hatte nichts gesagt oder getan, was einen Verdacht hätte auslösen können. Aber diese beiden Abende, quasi feste Termine, da lag es doch nahe, zu denken, daß ich nur eine von mehreren war. Manchmal dachte ich es eben: eine für Montag und Donnerstag, eine für Mittwoch und Samstag, eine für den Sonntag. Und dienstags und freitags war ich dann an der Reihe. Er hatte mir nicht versprochen, daß es neben mir keine andere geben würde. Ich wußte nie, ob ich es ertragen konnte, wenn es sich eines Tages als Tatsache herausstellen sollte. Sooft ich auch darüber grübelte, ich kam immer nur zu der Erkenntnis, daß mich allein schon die Vorstellung lähmte.
Dann kam der Spätsommer. Ich hatte nicht an Urlaub gedacht, es war viel zu tun. Bruno machte den Vorschlag, zusammen zu verreisen.
»Irgendwohin«, sagte er, »nur für ein oder zwei Wochen. Gönn mir ein paar Tage, an denen ich morgens neben dir aufwachen darf, Angelique.«
Allein der Gedanke, daß er den nächtlichen Abschied ebenso bitter empfand wie ich, machte mich nachgiebig. Ich überließ ihm die Vorbereitungen, nutzte die Zeit, um mit Erich Nettekoven zu klären, was während meiner Abwesenheit zu regeln war.
Bis zur Buchmesse im Oktober waren es noch einige Wochen, hektische Wochen. Neben den üblichen Vorbereitungen waren da auch noch die zähen Verhandlungen mit Andy Goltsch. Den

Vertragsentwurf hatte er nicht akzeptiert. Er hatte seine eigenen Vorstellungen und berief sich dabei auf das, was ich ihm, im Beisein seines Managers, in seiner Garderobe versprochen hatte. Wir hatten endlos lange darüber diskutiert, wie weit wir ihm entgegenkommen konnten, wollten oder mußten. In bezug auf die Vergangenheit, bis zum bitteren Ende. Das hatte ich, mehrfach von Nettekoven darauf hingewiesen, daß es so vielleicht besser sei, zähneknirschend zur Kenntnis nehmen müssen. Doch damit war der Vertrag immer noch nicht unterzeichnet. Zusätzlich verlangte der Star einen horrenden Vorschuß, obwohl noch keine Zeile zu Papier gebracht war.

Die diesbezüglichen Verhandlungen überließ ich mit Freuden Nettekoven, der sich in solchen Ringkämpfen ohnehin besser bewährte als ich, wenn ich verärgert war. Nettekoven hatte sein Faible für Goltsch entdeckt, war bereit, ihn mit Samthandschuhen anzufassen, ohne dabei die Interessen des Reuter-Verlags aus den Augen zu verlieren, den er immerhin mit aufgebaut hatte. Und zuletzt stand uns noch ein Ärger mit der Druckerei ins Haus, die ein bestimmtes Werk nicht fristgerecht zur Messe liefern konnte.

An einem Freitag Mitte September überraschte Bruno mich mit einem fertigen Urlaubsplan. Wir fuhren wie üblich zuerst in das kleine Restaurant. Dort erklärte er mir ohne Umschweife, wie die nächsten zehn Tage für uns beide aussehen würden. Er hatte sich in Reisebüros erkundigt, aber

anscheinend nicht das gefunden, was ihm vorschwebte, und selbst ein wenig telefoniert, wie er das nannte. Doch jetzt war seiner Meinung nach alles optimal.
Ein kleines Haus in Spanien, nicht direkt an der Mittelmeerküste gelegen, etwa sechzig Kilometer von Valencia entfernt. Der nächste Ort hieß Alcublas. Aber das Haus lag weit außerhalb dieses Ortes.
»Wenn du ans Meer willst, Angelique«, sagte Bruno, »ist das kein Problem mit dem Wagen. Und ich dachte, wir fahren mit dem Wagen. Dann sind wir auch an Ort und Stelle unabhängig. Wir können auf der Strecke ja Zwischenstation machen.«
Ein Flug wäre mir lieber gewesen, mir graute stets vor langen Autofahrten. Und einen Wagen konnte man notfalls in Spanien mieten. Aber als ich davon zu sprechen begann, merkte ich an Brunos Reaktion, daß ihm mein Vorschlag nicht recht war.
»Wenn du darauf bestehst«, meinte er reserviert, »kann ich mich um zwei Flugtickets kümmern. Wir müßten dann allerdings einen regulären Linienflug nehmen.« Die letzten Worte kamen nur zögernd. Da glaubte ich zu begreifen, was ihn störte. Die Kosten vermutlich.
»Ich werde mich um die Tickets kümmern«, sagte ich. Aber Bruno schüttelte den Kopf. »Das kommt nicht in Frage. Es war mein Vorschlag. Von dir erwarte ich nur, daß du mitkommst, daß du zehn Tage lang bei mir bist. Von morgens bis abends und jede Nacht.«

Er griff über den Tisch hinweg nach meiner Hand. Eine der Kerzenflammen spiegelte sich in seinen Augen und machte den Blick weich. »Laß mich das regeln, Angelique. Es war schließlich meine Idee. Es ist ein großer Unterschied, ob ich dein Geld nehme, um anschließend deine Garderobe oder ein Schmuckstück für dich davon zu bezahlen, oder ob ich es für mich ausgebe. Ich weiß, daß es für dich eine Kleinigkeit bedeutet, diesen Urlaub in einem Nobelhotel zu finanzieren. Aber dann könnte ich keinen Tag davon genießen, weil ich mir schäbig und kleinkariert vorkäme. Vielleicht würden mich in einem Hotel auch die Menschen stören. Ich will mit dir allein sein, von der ersten Sekunde an, auch auf der Hinreise. Deshalb habe ich den Wagen vorgeschlagen, deshalb habe ich ein Haus gemietet, von dem ich nur weiß, daß es weit weg von jeder Ortschaft liegt. Aber wenn du lieber fliegen möchtest . . .«
»Ich möchte nicht«, sagte ich, »wir nehmen deinen Wagen.«
»Du wirst es nicht bereuen«, versprach Bruno.

Mir ist übel. Ich habe noch nicht gefrühstückt, vielleicht liegt es nur daran. Im Schrank ist Brot, direkt vor mir auf dem Tisch steht eine Schale mit Tomaten. Und auf dem Herd steht der Topf, in dem Bruno gestern abend für uns gekocht hat. Ein Eintopfgericht mit viel Fleisch und braunen Bohnen. Bruno hat sich zweimal davon genommen. Ich habe nur sehr wenig gegessen.
Gestern abend hatte ich keinen Appetit. Wir waren tagsüber in Valencia gewesen, hatten dort zu Mittag gegessen. Wenn Bruno mich nicht gedrängt hätte, hätte ich wahrscheinlich gar nichts von dem Eintopf genommen.
»Sei ein liebes Mädchen, Angelique«, sagte er, »nimm wenigstens ein bißchen.« Dann lachte er leise, strich einmal kurz mit der Zungenspitze über die Lippen und fügte hinzu: »Der Abend ist noch lang. Und es wird eine heiße Nacht, das verspreche ich dir. Du willst doch nicht vorzeitig vor Erschöpfung einschlafen.«
Nein, das wollte ich nicht. Ich wollte ihn bis zur letzten Minute genießen, bis zur allerletzten. Also

habe ich mir ein wenig von dem Gericht genommen.
Bruno lachte, als er sah, wieviel ich auf meinen Teller schöpfte. Er rechnete mir sogar noch vor, wie viele Kalorien ich in der ersten Stunde der anbrechenden Nacht verbrauchen würde, und meinte immer noch lachend: »Was du da auf dem Teller hast, reicht gerade für zwei Mäuse. Aber wenn du später noch Hunger bekommst – es schmeckt auch kalt sehr gut.«
Ich wollte mir später noch etwas nehmen. Aber bevor ich dazu kam, bin ich dann doch vor Erschöpfung eingeschlafen. Der Topf ist noch fast zur Hälfte gefüllt. Vielleicht werde ich mir gleich eine Portion nehmen, nicht so knapp bemessen wie gestern abend. Ich werde den Teller bis zum Rand füllen, es ist wirklich ein sehr schmackhaftes Gericht.
Mir ist entsetzlich übel. Es ist so stickig im Zimmer, und wenn ich nicht spreche, ist es so still. Sonst sind immer Vögel draußen, man hört sie den ganzen Tag. Jetzt sind sie fort. Vielleicht haben sie Bruno auf dem Bett liegen sehen. Wenn man zum zweiten Fenster hereinschaut, müßte man ihn liegen sehen. Vielleicht habe ich sie verscheucht, als ich eben am Fenster stand. Ich muß furchtbar aussehen. Ungewaschen, ungekämmt, das Gesicht vom Weinen verquollen.
Die ganze Zeit über muß ich an Herbert denken. Ja, richtig, an Herbert Roßmüller. Mein Intimfeind, mein ganz persönlicher Folterknecht aus Ju-

gendjahren. Aus dem dichtenden Knaben ist ein Mann geworden, der ganz genau weiß, was er will. Und ein paar Tricks hat er auch auf Lager, um es zu bekommen. Ach nein, das ist gemein ausgedrückt. So wollte ich es gar nicht formulieren. Es kämpft eben jeder auf seine Art.

Und Herbert . . . Ein sehr attraktiver Mann – wie sollte es auch anders sein? Den besonderen Schmelz der jugendlichen Schönheit hat er zwar eingebüßt, aber sonst fehlt es ihm an nichts. Auch nicht an Verständnis für die fette Angelika, für die Leidenschaft, mit der sie sich an ihren Mann klammerte.

Was er wohl sagen würde, wenn er mich jetzt so sehen könnte? Kurz vor unserer Abreise hat er mich noch gewarnt. Er war sehr besorgt, sprach von seinen Erfahrungen als Anwalt. Ein paar Wochen vorher – nein, das waren Monate, vier Monate –, da habe ich ihm gesagt, daß ich mit dem Gedanken spiele, einen Menschen umzubringen.

Nicht Bruno! Nein, um Gottes willen, ihn nicht! Die Elfe. Dieses feenhafte Wesen, das mit seinen Füßen nie den Boden berührte. Dieses Bilderbuchfigürchen, so zart und zierlich wie eine Bleistiftzeichnung. Sie ging nicht, sie schwebte. Doch, wirklich, ich habe es selbst einmal gesehen, wie sie neben Bruno aus einem Lokal kam und mit ihm zu seinem Wagen ging.

Sie war nicht eines von den flüchtigen Abenteuern, die Bruno so geschickt vor mir verborgen hielt. Davon habe ich mich mit eigenen Augen

überzeugen können. Ich habe ihm nicht nachspioniert, es war ein Zufall. Und eine bitterernste Sache, für mich jedenfalls. Mochte Bruno noch hundertmal beteuern: »Sie bedeutet mir nicht viel, Angelique.« Mein Alles nannte er mich in solchen Momenten, mein Leben. Das war ich wohl, nicht nur sein Leben, auch sein Tod.
Was Herbert wohl sagen wird, wenn er von diesem Drama hier erfährt? Er ist Anwalt geworden wie sein Vater. Und ich denke unentwegt, wenn er jetzt hier wäre, würde er mir vielleicht helfen können. Er würde mich zumindest von hier wegbringen. Es ist ein kindischer Wunsch, ich weiß. Ich möchte schreien, einfach nur schreien vor Entsetzen, vor Panik.
Es ist so furchtbar heiß im Zimmer. Ich kann die Fenster nicht öffnen. Im letzten Herbst, als das Haus noch nicht ganz fertig renoviert war, habe ich die Fenster gestrichen. Es hat mir Spaß gemacht, aber ich habe sie anschließend gleich zugedrückt. Seitdem sind die Fensterflügel fest miteinander und mit dem Rahmen verklebt. Bruno wollte sich schon im Frühjahr darum kümmern, sie auseinanderzukriegen. Aber er ist nicht dazu gekommen.
Die Tür kann ich auch nicht öffnen. Bruno hat sie gestern abend verschlossen und verriegelt. Den Riegel könnte ich lösen. Doch wo der Schlüssel ist, weiß ich nicht. Ich habe schon danach gesucht und konnte ihn nicht finden.
Ich kann hier nicht raus. Ich könnte ein Fenster einschlagen. Dann käme zwar frische Luft ins

Zimmer, aber ich könnte immer noch nicht raus. Die Fenster sind beide von außen vergittert. Immerhin stand das Haus die meiste Zeit im Jahr leer. Bruno fand es besser, es ausreichend zu sichern. Gleich nachdem ich das Haus gekauft hatte, brachte er die Gitter vor den Fenstern an. Dabei gibt es keine Reichtümer hier, die hat es nie gegeben. Es gab immer nur uns.

Natürlich haben wir im Lauf der Zeit ein paar Möbelstücke angeschafft. Ein neues Bett. Es war zu breit, paßte nicht in das kleine Kämmerchen. Wir mußten die Wand einreißen lassen. So ist ein großer Raum entstanden.

»Wir sind doch immer alleine dort«, sagte Bruno. »Wir können unser Bett mitten ins Zimmer stellen, wenn es uns so gefällt.« Aber wir haben es unter eines der Fenster gestellt.

Ich muß noch einmal zum Regal, noch eine Cassette holen. Besser, ich nehme gleich mehrere mit zum Tisch. Ich muß reden, solange ich noch kann und damit ich nicht den Verstand verliere. Reden über die Unersättlichkeit, über die Gier, über den ganzen Wahnsinn. Es begann mit unserem ersten gemeinsamen Urlaub. Es begann in diesem Haus, genau hier.

Wie habe ich ihn geliebt. Und er mich, zehn Tage lang. Zehn Tage, die mich um den Verstand brachten. Schon die Fahrt hierher. »Du wirst es nicht bereuen«, hatte Bruno versprochen. Wie recht er hatte. Diese Fahrt war ein Erlebnis, das ich nicht missen möchte. Nur wir beide. Im Auto. Zwei vol-

le Tage brauchten wir und zwei Nächte. Nach jeweils drei Stunden Fahrt legte Bruno eine Rast ein, suchte einen einsamen Platz am Rand der Autobahn. Wenn er den Motor abstellte, sagte er bereits: »Ich kann nicht mehr. Es ist sehr anstrengend, stundenlang neben dir zu sitzen. Komm her.«
Dann zog er mich zu sich hinüber. Wir liebten uns gleich auf den Vordersitzen im Wagen. Er war verrückt nach mir, auf dieser Fahrt wußte ich das. Ich wußte es ganz sicher, und ich fühlte mich plötzlich ganz sicher. Wenn wir dann weiterfuhren, schlief ich meist ein. Mehr als die Hälfte der Fahrt habe ich einfach verschlafen.

Unser Ziel war auf den ersten Blick eine herbe Enttäuschung. Kein Haus, lediglich eine Kate mit einem Bretterverschlag daneben, in dem ein Plumpsklo untergebracht war. Alles wirkte halb verfallen. Das Dach des Hauses war stellenweise eingesunken und vermutlich undicht. So auf Anhieb ließ sich das nicht feststellen. Als ich Brunos entsetzten Blick sah, sagte ich nur: »Es soll hier in der Gegend sehr selten regnen.«
Er ging nicht darauf ein, war dermaßen enttäuscht, wie ich ihn bis dahin noch nie erlebt hatte. Im Innern des Hauses gab es nur zwei Räume. Sie waren spartanisch eingerichtet, nur das Allernotwendigste: ein Herd, ein Bett, ein Tisch, zwei Stühle. Aber es war alles sauber, und in einem Vorratsschrank fanden sich einige Lebensmittel.

Die Bäuerin, von der Bruno das Haus gemietet hatte, hatte anscheinend für uns eingekauft.
Ich weiß nicht, warum, aber ich mußte unentwegt lachen. Vielleicht nur, weil Bruno seine Verbitterung gar so deutlich zeigte. »Ich wollte dir ein paar unvergeßliche Tage bieten, Angelique. Wenn ich geahnt hätte, daß wir in so einem Stall landen . . .«
»Aber es ist herrlich«, widersprach ich, »es ist wunderbar. Wir werden uns jetzt etwas kochen, dann essen wir, und anschließend gehen wir ins Bett. Und wir stehen erst wieder auf, wenn wir vor Hunger umkommen. Deshalb sind wir hier.«
Ich mußte ihm nichts vorspielen, ich fand es wirklich herrlich. Ich glaube, ich habe dieses kleine Haus vom ersten Augenblick an geliebt. Es war unser Haus. Nicht mein Haus, nicht sein Haus. Es gab kein Bad, nur die Wohnküche und das Schlafzimmer, wobei Zimmer bereits maßlos übertrieben klingt. Ein Kämmerchen, das Bett darin war so schmal, daß wir ganz eng aneinanderliegen mußten, damit Bruno nicht herausfiel. Auf meiner Seite stand es fest gegen die Wand gedrückt. Diese Wand war aus groben Steinen gemauert. In der ersten Nacht schreckte ich ständig davor zurück, weil mir die rauhen Kanten den Rücken zerkratzten.
Es war alles so urtümlich. Der Herd in der Wohnküche mußte mit Holz geheizt werden, wenn wir etwas darauf kochen wollten. Es war einfach abenteuerlich. Bruno gestand mir, daß er vor langen Jahren zuletzt versucht hatte, ein Holzfeuer in Gang zu bringen. Und ich hatte noch nie in mei-

nem Leben etwas gekocht. Aber wir waren nicht hergekommen, um zu heizen, zu kochen und zu essen. Wir waren auch nicht gekommen, um zu schlafen und uns den Rücken an scharfen Mauerkanten aufzuschürfen. Nur um uns zu lieben, waren wir hier. Um allein zu sein, ungestört und frei und hemmungslos.

Draußen vor dem Haus gab es einen Holzstapel. Während Bruno ein paar Scheite hereinholte und sich um den Herd kümmerte, schaute ich mir unsere Vorräte an. Es war noch etwas vom Reiseproviant übrig: ein paar Äpfel, ein Stück Dauerwurst und etliche Joghurtbecher. Dann gab es Eier, Brot, Käse, Tomaten, mehr als genug. Ich mußte mir gar nicht die Blöße geben, meine hausfrauliche Unfähigkeit unter Beweis zu stellen.

Das Feuer im Herd brannte bereits, Bruno schob einen Kessel darüber, holte ein Päckchen Kaffee aus seinem Koffer. Er nahm auch später den Kaffee immer von daheim mit, weil er sich mit den einheimischen Marken nicht auskannte. Weil ihm in früheren Jahren einmal koffeinfreier Kaffee in die Hände gefallen war. Die Folge waren entsetzliche Kopfschmerzen.

»Kaffee ist eines meiner Laster«, sagte er einmal, »ich bin süchtig danach.«

Als das Wasser im Kessel zu singen begann, machten wir uns auf die Suche nach einer geeigneten Kanne. Einen Filter gab es nicht – aber wen störte das? Zucker war im Haus ebenfalls nicht auffindbar. Und Bruno trank den Kaffee immer schwarz und süß. Kleinigkeiten, Nichtigkeiten.

Gott, wie habe ich ihn geliebt! Ihn und seine Eigenheiten. Diese kleinen Marotten. Seine Art von Humor. Wie er das Gesicht verzog beim ersten Schluck von diesem heißen, bitteren Kaffee. Wie er sich förmlich schüttelte. Wie er dann auf den Krümeln vom Kaffeesatz kaute und mir dabei mit ernster Miene von seiner Großmutter erzählte, die ihm in seiner Kindheit den Kaffeesatz mit dem Löffel gefüttert hatte, stark gesüßt natürlich, weil man davon schön wird.

»Gib mir einen Löffel voll«, verlangte ich.

Bruno schüttelte entschlossen den Kopf. »So hilft er nicht, Angelique, es ist kein Zucker drin. Ich glaube, es lag mehr am Zucker, daß ich so schön geworden bin. Aber wenn er süß wäre, würde ich dir erst recht nichts davon geben. Für mich bist du schön genug, noch mehr Schönheit kann ich nicht verantworten. Am Ende würdest du mich verlassen wollen, weil ein anderer Mann dich begehrt, der dir mehr bieten kann als ich. Und ich müßte dich töten, damit dich kein anderer bekommt.«

»Erzähl mir nicht, daß du eifersüchtig bist«, sagte ich.

Bruno wiegte bedächtig den Kopf. »Im Augenblick nicht. Hier sind wir allein. Hier kann mir kein anderer in die Quere kommen. Aber daheim bringt es mich manchmal um, wenn ich an deine Lektoren und Autoren, deinen Verlagsleiter,

Rechtsberater und deine ›Was weiß ich‹ denke. Ist dir noch nie aufgefallen, daß du sie alle als deinen Besitz bezeichnest? Und was einem gehört, darf man sich nehmen, nicht wahr? Vielleicht wartest du insgeheim nur darauf, daß einer von ihnen den ersten Schritt tut. Vielleicht würdest du gern einmal feststellen, ob es Unterschiede gibt.«
Er sprach mit todernster Stimme, nickte hin und wieder dabei, um seine Worte zu bekräftigen. »Es gibt welche, das kannst du mir unbesehen glauben. Jeder Mensch ist anders, jeder Mensch liebt anders. Aber wenn ich jemals bemerken sollte, daß dich einer von diesen Kerlen mit diesem gewissen Blick ansieht, werde ich ihn vor deinen Augen verprügeln. Und wenn das nicht helfen sollte, müßte ich mir andere Maßnahmen überlegen. Ich kann dich nicht wieder hergeben, Angelique.«
»Würdest du mich auch verprügeln?« fragte ich.
Bruno lachte auf. »Aber nein, Angelique, was denkst du denn von mir? Dich würde ich lieben, so lange lieben, bis dir der Atem ausgeht. Bis du vergessen hast, daß es überhaupt andere Männer gibt.«
»Schade«, seufzte ich, »daß wir hier so allein sind.«
Und Bruno sprang vom Tisch auf, riß mich vom Stuhl hoch und drückte mich gleich auf den Fußboden. Es gab keinen Teppich wie daheim im Wohnraum. Es gab nur harte Bretter.
Als ich zu jammern begann, verschloß er mir den Mund.

»Jetzt beschwere dich nicht«, murmelte er anschließend. »Du hast es doch so gewollt. Bis dir der Atem ausgeht. Und wenn dein Rücken morgen grün und blau ist, wen kümmert das. Außer mir wird es niemand sehen.«
Wir sind kaum einmal aus dem Haus gekommen. Die Bäuerin versorgte uns mit Lebensmitteln. Sie sprach ein paar Silben Deutsch. Ihr Sohn arbeitete bei Ford in Köln, wie sie uns immer wieder voller Stolz erzählte. Er kam einmal im Jahr auf Urlaub, mit Frau und Kindern. Eine deutsche Frau, die sich bei der Schwiegermutter immer sehr wohl fühlte. Zwei Enkelkinder, deren Fotos die alte Frau ständig bei sich trug, so daß sie an den Kanten recht abgestoßen waren.
»Träumst du manchmal von Kindern, Angelique?« fragte Bruno. Noch bevor ich ihm antworten konnte, fuhr er fort: »Von mir bekommst du keine. Ich habe vor einigen Jahren einen kleinen Eingriff vornehmen lassen. Es schien mir einfach ratsamer, mich in dieser Hinsicht nur auf mich selbst zu verlassen. Wie klug die Entscheidung war, weiß ich erst jetzt. Ich will dich nicht teilen, auch nicht mit einem Baby.«
Die Bäuerin kam täglich, immer um die gleiche Zeit, so daß wir uns darauf einrichten konnten. Beim zweiten Besuch brachte sie eine Gießkanne mit. Bis dahin hatten wir uns in einem Bottich gewaschen. Jetzt gab es richtige Duschbäder draußen vor dem Haus. Wir waren albern, planschten und spritzten mit dem Wasser herum.

Wozu ans Meer fahren? Sechzig Kilometer Zeitverschwendung und der Zwang, zumindest eine Badehose zu tragen. Bruno zog sich nur die Badehose über, wenn es auf Mittag zuging. Dann tauchte bald die Bäuerin auf. Und kaum war sie wieder verschwunden, zog Bruno die Hose wieder aus.
Er wurde tiefbraun in diesen wenigen Tagen, ein Farbton wie Bronze, nahtlos. Zu mir sagte er: »Sei vorsichtig mit deiner Haut, Angelique. Zuviel Sonne macht alt.«
Und ich glaubte an eine billige Ausrede, wenn er mit diesen Worten vorschlug, ich solle eines von den luftigen, weitschwingenden Kleidern anziehen. Ich glaubte einfach, ihm würde der Appetit vergehen, wenn ich stundenlang nackt vor ihm herumlief.
Gut, ich hatte bereits eine Menge an Gewicht verloren. Aber ich wog immer noch fast hundertsechzig Pfund, viel zuviel bei meiner Körpergröße. Und der Gewichtsverlust hatte häßliche Begleiter. An manchen Stellen, vor allem an den Oberschenkeln, den Hüften und dem Bauch, war das Gewebe erschlafft. Die Haut wirkte runzelig und war von Dehnungsstreifen übersät. Die weiten Kleider verbargen das natürlich. Zuviel Sonne macht alt. Ich wollte nicht begreifen, daß Bruno immer meinte, was er sagte. Er war nicht der Typ für primitive Ausflüchte. Und lügen konnte er schon gar nicht.

Aber das waren Dinge, über die ich erst sehr viel später nachdachte, als wir längst wieder daheim waren. Als ich Gelegenheit hatte, mich vor dem großen Spiegel im Bad in aller Ruhe zu betrachten. Von Kopf bis Fuß, von den gut gepolsterten Schultern zu den immer noch störenden Wülsten auf den Hüften, um die Taille, bis hinunter zu den Schenkeln.

Dort sah die Haut am schlimmsten aus. Wellig und narbig, voll von Dellen wie die Schale einer Orange. Da fielen mir die Kleider wieder ein, und ich hörte Bruno unentwegt sagen: »Zuviel Sonne macht alt.« Da schoß plötzlich wieder eine Welle von Ekel hoch. Ich versuchte es mit Brunos Augen zu sehen. Und sah nur die faltige Haut, die Ringe von Fett, den Busen, viel zu groß, viel zu weich.

»Du hast wundervolle Brüste, Angelique.« Wie oft hatte er das gesagt? Zwanzigmal, dreißigmal, immer dann, wenn er sein Gesicht oder die Hände darauf preßte, wenn er die Finger oder die Lippen darüber gleiten ließ. Und hatte er wirklich gesagt, daß ich mich verändert hätte? Ich sah keine Veränderung. Vielleicht war es nur die spanische Sonne, die alles ein wenig dezimierte. Unter diesem flirrenden Licht wurde alles klein, rückte alles in weite Ferne.

Und dann wieder Alltag: dienstags und freitags und dazwischen nichts. Für die Heimfahrt hatten wir uns ebenfalls zwei Tage Zeit genommen. Als wir ankamen, war ich satt, richtig satt und zufrieden, angefüllt bis zum Kragenrand mit Liebe, mit Sex. Davon zehrte ich ein paar Tage lang. Dann war schon wieder Dienstag. Bruno füllte das Faß

ein wenig auf. Es reichte noch einmal bis zum Freitag. Und noch ein Guß, er bedeckte nur den Boden, versickerte. Dann war der Brunnen ausgetrocknet.
Vor mir lag ein Wochenende. Bis dahin hatten wir uns noch nie an einem Wochenende gesehen. Was tat er denn samstags und sonntags? Die halbe Welt hatte frei. Wo verbrachte er diese Zeit? Mit wem verbrachte er sie?
Samstags schlief ich ein bißchen länger. Um neun klopfte Frau Ströbel an meine Tür und erkundigte sich, ob ich jetzt frühstücken möchte. Sie brachte mir Kaffee, schwarz und bitter. Und ich dachte an Brunos Miene, wie er das Gesicht verzog und mir von seiner Großmutter erzählte, von der Schönheit durch den süßen Kaffeesatz. Und daß er mir nichts davon geben wollte, damit ich nicht schön würde.
Ich saß mit der Tasse vor dem Frisierspiegel, das sehe ich jetzt noch. Innerlich noch ein Rest von Weichheit, die letzten Spuren der vergangenen Nacht. Hinter mir das leere Bett, die zerwühlten Laken, in denen sich der Geruch von satter Zufriedenheit gefangen hatte. Vor mir auf einem Tablett der Frühstücksteller, ein Knäckebrot mit Magerquark und frischem Schnittlauch und eine viertel Grapefruit. Im Sitzen wölbte sich der Bauch derart vor, daß er wie ein erschlaffter Sack auf meinen Schenkeln lag.
Was tat Bruno jetzt? Wo aß er zu Mittag? Zu wem ging er anschließend? Mit wem verbrachte

er den Abend? In welchem Bett verbrachte er die Nacht?

Ich wußte plötzlich, daß ich ihn nicht für mich allein hatte. Ich wehrte mich noch gegen die bittere Erkenntnis. Doch aus dem Spiegel lachte mir ein Frauengesicht entgegen. Es war schmal, mit hohen Wangenknochen und leicht schräg gestellten Augen, die Lippen voll und rot, das alles umrahmt von einer wallenden Blondmähne. Mein Schönheitsideal. Es war nicht mein Gesicht. Es war das Gesicht der Frau, mit der Bruno die kommende Nacht verbringen würde. Ganz plötzlich überfiel mich ein Heißhunger nach süßem Kaffeesatz.

Frau Ströbel dachte wohl, ich hätte den Verstand verloren, als ich da so unvermittelt hinter ihr in der Küche auftauchte und nach dem Kaffeefilter fragte.

»Den habe ich bereits in den Abfall getan«, erklärte sie hilflos. »Soll ich ihn heraussuchen?«

»Um Gottes willen, nein.« Ich konnte dabei lachen und abwinken. Ich schaffte es auch noch, sie zu fragen, wie sie den Kaffee normalerweise aufbrühte. Ob sie eine Prise Salz hineintat, wie sie die Menge des Pulvers pro Tasse berechnete und ob es vielleicht besondere Rezepte für Kaffee gäbe.

Frau Ströbel wurde eifrig, wirkte sehr erleichtert dabei und zählte mir einiges auf, was ich gleich wieder vergaß. Nur irgend etwas von Cognac blieb mir ihm Gedächtnis. Ich nickte zu allem, dann bat ich sie, noch ein paar Besorgungen zu machen: Rinderfilet, verschiedene Salate und dergleichen.

Ich hatte keine Ahnung, was ich mit den Lebensmitteln anfangen sollte. Ich wußte nicht einmal, wie man ein Filet richtig würzt. Aber ich wußte, daß Bruno ein Rinderfilet als Gaumengenuß bezeichnete. Und Bruno war ein guter Koch. In Spanien hatte er das mehrfach bewiesen.
Bruno! Zehn Tage lang hatte er mir allein gehört. Ich hatte nachts seinen Atem im Nacken gefühlt und die erschlaffte Männlichkeit an den Schenkeln. Seinen Arm über meinen Rippen, seine Hand auf meiner Brust. Ich hatte ihn morgens nach dem Aufwachen neben mir gespürt, noch bevor ich die Augen aufschlug. Dann hatte ich ihn angesehen, so lange angesehen, bis er ebenfalls erwachte. Ich hatte ihn mit meinen Blicken aufwekken können. Ich hatte mich aufgerichtet, mich über ihn geschoben, ihn fast erdrückt mit all den Wünschen und der Gier.
Ich hatte mich mittags über den Tisch gebeugt, vor den Herd gehockt, auf den Boden gelegt. Ich werde dich lieben, bis du den Verstand verlierst. Ich hatte ihn verloren oder in Spanien zurückgelassen. Ich konnte nicht so weiterleben wie bisher. Zwei Abende in der Woche. Es war nicht mehr genug. Plötzlich wußte ich auch, was in mir vorging. All dieser Wahnsinn ließ sich mit einem Wort beschreiben: Sehnsucht. Ich verging vor Sehnsucht. Ich starb vor Angst, daß Bruno die Nacht tatsächlich bei meiner Spiegelschönheit verbringen könnte.
Es lag nur an der spanischen Sonne, zehn Tage un-

unterbrochen in seiner Nähe. Ich mußte ihn bei mir haben, jetzt gleich, sofort, zumindest für das ganze Wochenende. Danach würden wir weitersehen. Es muß etwas gewesen sein in der Art von Entzugserscheinungen.
Mein Ansinnen, ein Rinderfilet, Salatgurken und Tomaten zu besorgen, stürzte die arme Frau Ströbel in noch größere Verwirrung als die Frage nach dem Kaffeefilter. Sie druckste ein wenig herum, daß sie für den Nachmittag mit ihrer Schwester verabredet sei, daß sie eigentlich so gegen zwei das Haus habe verlassen wollen. Aber wenn ich Gäste erwartete, würde sie natürlich bleiben und für das Essen sorgen. Ja, sie würde es sogar mit großer Freude tun. Es wurde doch Zeit, daß in diesem Haus wieder einmal gefeiert wurde. Es war doch immer so schön gewesen damals, als der Herr Reuter noch lebte und sich immer die Autoren einlud. So gebildete Leute, nicht wahr, immer so kultiviert.
Als der Herr Reuter noch lebte! Vielleicht hätte sie Papa nicht erwähnen dürfen. Es brach einfach über mir zusammen. Ich stürzte aus der Küche zum Telefon. Brunos Privatnummer, dreimal das Freizeichen, dann seine Stimme: »Lehmann.«
»Du hast mich noch nie belogen, oder?« fragte ich. »Ich bedeute dir etwas, nicht wahr? Du liebst mich wirklich.«
»Noch nie, Angelique«, sagte er. Und: »Nicht nur etwas, alles. Und ja.«

»Dann komm her, bitte. Ich brauche dich. Wir machen uns zwei schöne Tage.«
Ein paar Sekunden lang war es still. In meinen Ohren begann schon das Blut zu rauschen, ehe Bruno endlich antwortete: »Es tut mir leid, Angelique, das geht nicht. Es tut mir wirklich leid. Aber ich bin nicht allein. Ich habe einen jungen Kollegen bei mir. Und morgen habe ich auch etwas vor.«
Ich weiß noch, daß ich gelacht habe, ziemlich laut und schäbig. Geantwortet habe ich ihm nicht mehr, den Hörer einfach aufgelegt. Dann sagte ich zu Frau Ströbel: »Vergessen Sie die Besorgungen. Die Sache hat sich erledigt. Ich fahre jetzt in die Stadt. Ich werde auch dort zu Mittag essen. Sie müssen also nicht bis zwei hierbleiben. Gehen Sie ruhig, wenn Sie mit allem fertig sind.«

Ich ging wieder hinauf und machte mich »schön«. Das Kostüm in Weinrot, die weiße Bluse mit dem großzügigen Dekolleté, unsere ersten Einkäufe. Der Rock war mir inzwischen zu weit geworden, das ließ sich mit einem Gürtel einigermaßen ausgleichen. Auch Bluse und Jacke saßen nicht mehr so perfekt wie zu Anfang. Es störte mich nicht. Ich wußte ja nicht einmal, warum ich ausgerechnet diese Sachen auswählte. Dazu dunkle Strümpfe, hochhackige Pumps. Ein wenig Make-up, genauso wie die Kosmetikerin es mir gezeigt hatte, um wenigstens optisch den Eindruck eines schmaleren Gesichts zu erwecken.

Ich wußte auch nicht genau, wohin ich wollte. Aber ich ging zur Garage. Papas Wagen stand noch so da, wie er ihn nach der letzten Fahrt abgestellt hatte. Der alte Roßmüller hatte mir empfohlen, den Wagen abzumelden, da ich ohnehin nicht fahren mochte. Dazu hatte ich mich bisher nicht aufraffen können. Die Kennzeichen, TÜV-Plakette, Versicherung, es war alles in Ordnung. Und der Tank war noch fast voll. Das sah ich gleich nach dem Starten. Viel mehr sah ich nicht.
Der Wagen war nicht sofort angesprungen, das hatte mich kurz abgelenkt und ratlos gemacht. Als dann der Motor aufheulte, übernahm der Wahnsinn erneut die Regie. Ich war verrückt, wenn ich mir einbildete, das Fahrzeug aus der Garage unbeschadet auf die Straße bringen zu können. Ich hatte völlig den Verstand verloren, wenn ich mich damit in den Stadtverkehr begeben wollte.
Samstag vormittag, verstopfte Straßen, Hupkonzerte, grüne Welle, rote Ampeln, keine Parkplätze, keine Fahrpraxis. Wann hatte ich zuletzt einen Wagen gefahren? In Frankreich, auf einer stillen Landstraße, rechts und links freies Feld, keine Bäume, keine Menschen. Es war fast drei Jahre her, und es war ein kleines Auto gewesen. Ich würde zwei Dutzend Menschen gefährden, wenn ich den Motor nicht augenblicklich wieder abstellte. Ich stellte ihn nicht ab, ich war verzweifelt. So verzweifelt, daß ich nicht einmal weinen konnte.
Ich kannte Brunos Adresse nur aus dem Telefonbuch. Und aus ein paar Andeutungen, die er im

Laufe der Zeit gemacht hatte, wußte ich, daß er in einem Mietshaus am Rande der Stadt lebte. Dort gewesen war ich noch nie, ich kannte nicht einmal den Weg, auf dem ich hingelangen würde. Aber ich fuhr los. Ich wollte diesen jungen Kollegen sehen. Ich mußte mich mit eigenen Augen davon überzeugen, daß die Frau, mit der Bruno mich betrog, jung war und schlank und attraktiv, sexy, begehrenswert, atemberaubend schön.

Ich hatte Glück, mehr Glück als Verstand. Irgendwann brachte ich den Wagen in einer stillen Straße zum Stehen. Nicht exakt am Straßenrand, aber das störte nicht weiter. Rechts ein dreistöckiges Wohnhaus mit grauer Fassade.

Armer Bruno, es war wahrhaftig nicht der passende Rahmen für ihn. Er brauchte einen Rahmen wie der Spiegel in meiner Halle, schlicht, aber gediegen, mit 18karätiger Goldauflage. Den konnte ich ihm bieten, den und einiges mehr. Und die atemberaubend schöne Frau konnte das vermutlich nicht. Wirklich schöne Frauen durften nicht auch noch reich sein, das wäre der Gipfel der Gemeinheit.

Auf dem Gehweg spielten ein paar Kinder. Sie nahmen keine Notiz von mir. Ich konnte in aller Ruhe die Hausfassade betrachten. Hinter einem der Fenster war er jetzt. Nicht so nah bei mir wie in Spanien, aber nah genug, um seinen Duft in der Nase zu spüren. Als ich die Augen schloß, sah ich ein Zimmer. Die Einrichtung war schlicht und zweckmäßig. Nur das Bett war schon fast luxuriös.

Ein überbreites Polsterbett! Genau in der Mitte lag eine Frau. Sie war jung, blond und bildschön. Sie war schlank. Und Bruno glühte über ihr. Bruno raste vor Leidenschaft, konnte gar nicht tief genug in den zierlichen Körper eindringen.
Endlich lösten sich die Tränen aus der Verankerung. Sehr viele waren es nicht, und keine einzige davon floß für ihn. Ich denke, sie bestanden nicht aus salzigem Wasser, nur aus Selbstmitleid.
Es war weit nach Mittag. Allein für die Fahrt hatte ich mehr als zwei Stunden gebraucht. Brunos Wagen war nirgendwo zu sehen. Und den Mut, zur Haustür zu gehen, nach dem Klingelknopf mit seinem Namen zu suchen, diesen Knopf zu drücken mit allen Konsequenzen, die das haben mußte, den hatte ich nicht. Mein Magen knurrte mehrmals vernehmlich, aber ich war nicht hungrig. Süßer Kaffeesatz, dachte ich einmal flüchtig und leckte das Salzwasser aus den Mundwinkeln. Ich blieb noch eine knappe halbe Stunde auf meinem Platz der Not. Dann drehte ich mit zittrigen Fingern den Zündschlüssel.
Die Heimfahrt war eine endlose Qual. Alles, was ich auf dem Hinweg rein automatisch erledigt hatte, wurde zur unlösbaren Aufgabe. Papas Wagen hatte eine Schaltautomatik, und ich schaffte es nicht, gleichmäßig Gas zu geben. Das ständige Rucken machte mich völlig konfus. Ich wußte nicht, wann ich abbiegen, wann ich die Fahrspur wechseln mußte.
Dann begann es zu regnen. Nur ein paar Tropfen,

aber die Scheibe war vom langen Stehen in der Garage verstaubt. Jetzt überzog sie sich mit einem Schmierfilm, der mir fast jede Sicht nahm. Ich saß zu tief, ich wußte nicht, wie ich die Scheibenwaschanlage in Betrieb nehmen konnte. Und als ich die Scheibenwischer betätigte, war es gänzlich vorbei.

Ich wußte nicht mehr weiter, aber ich fuhr. So weit vorgebeugt wie eben möglich, daß ich gerade über dem Lenkrad durch einen kleinen Spalt auf die Straße sehen konnte.

Irgendwann kam ich auch daheim an. Es war inzwischen vier vorbei. Ich konnte nicht in die Garage fahren. Brunos Wagen blockierte die Einfahrt. Als ich ihn erkannte, löste sich ein Knoten. Ich wollte noch bremsen, doch mit dem ersten Aufschluchzen trat ich das Gaspedal durch. Und Papas Wagen bohrte sich in das Heck des blauen Japaners, auf dessen Vordersitzen man sich lieben konnte bis zur Erschöpfung.

Bruno hatte vor der Haustür auf mich gewartet. Wer immer bei ihm gewesen war – junge Frau oder junger Kollege –, er hatte die Person kurz nach meinem Anruf entweder alleingelassen oder hinausgeworfen. Dann hatte er sich in seinen Wagen gesetzt und war gekommen. Aber ich war nicht mehr da. Frau Ströbel hatte ihm gesagt, ich sei in die Stadt gefahren. Und Bruno hatte sich auf die Suche gemacht. War zuerst zum Verlag gefahren, dort auf verschlossene Türen getroffen. Danach hatte er nacheinander meinen Friseur, die

Kosmetikerin, ein paar Boutiquen und Restaurants aufgesucht.
Armer Bruno, verzweifelte Frauen machten ihn hilflos, und mein häßliches Lachen am Telefon hatte er schon richtig gedeutet. Er war schließlich hierher zurückgekommen, weil er sich sagte, irgendwann müsse ich ja heimkommen. Frau Ströbel hatte das Haus bereits verlassen. So hatte Bruno sich einfach auf die Stufen vor der Haustür gesetzt. Das Scheppern brachte ihn rasch zur Einfahrt hinüber.
Zuerst war er erleichtert, dann entsetzt.
»Angelique, um Gottes willen, ist dir etwas passiert?«
Sein Wagen kümmerte ihn nicht, und mit mir war alles in Ordnung, körperlich und, als ich ihn sah, auch seelisch. Aber mit meiner Auskunft gab er sich nicht zufrieden. Er half mir beim Aussteigen. Die Tür hatte sich verklemmt, ich bekam sie nicht auf, er auch nicht. Wir versuchten es auf der anderen Seite. Dort war das Blech noch schlimmer verbogen.
»Du mußt durch das Fenster steigen, Angelique«, sagte er und zerrte so lange unter meinen Achseln, bis ich draußen stand. Einer meiner Schuhe war im Auto zurückgeblieben und die Einfahrt mit grobem Kies bestreut. Automatisch zog ich den einen Fuß hoch, und auf nur einem Pumps stand es sich so wackelig. Vielleicht war es auch der Schreck. Ich lehnte mich an Bruno. Ich wollte mich nur bei ihm einhaken, um dann zur Haustür zu

hüpfen. Aber das ließ er nicht zu. Während ich noch dagegen protestierte, legte er einen Arm unter meine Kniekehlen, den zweiten unter die Achseln. Dann trug er mich zum Haus.
»Du wirst dir einen Bruch heben«, sagte ich.
Er schüttelte den Kopf, doch sein Atem ging gepreßt von der Anstrengung, und sein Gesicht verfärbte sich dunkelrot. Noch bevor wir die Tür erreichten, verlangte er: »Küß mich!« Danach konstatierte er irgendwie erleichtert: »Du bist nicht wütend auf mich.«
Erst bei der Tür stellte er mich auf die Füße zurück, atmete tief durch, lehnte sich mit der Schulter gegen die Hauswand und meinte lächelnd: »Wenn wir ein Jahr weiter sind, trage ich dich dreimal um das Haus herum und die Treppen zu deinem Schlafzimmer hinauf. Vorausgesetzt, du hältst dich bis dahin an deinen Joghurtbechern und den Salatblättern fest.«

Dann saßen wir im Wohnraum. Bruno hatte einen Kaffee aufgebrüht, und jeder von uns versuchte, dem anderen zu erklären, was in den letzten Stunden in ihm vorgegangen war. Bei Bruno ließ es sich in einem kurzen Satz umreißen. Er hatte Angst um mich gehabt. Bei mir war es nicht so einfach zu erklären. Ich hatte ebenfalls Angst gehabt. Schlimmer, ich war in Panik geraten bei dem Gedanken, daß er mich betrog.
»Ich war wirklich mit einem jungen Kollegen zusammen, Angelique«, betonte Bruno mehrfach.

Jedesmal sprach er den Satz ruhig und überzeugend aus. »Wir haben gearbeitet. Er wohnt seit einigen Wochen bei mir, weil ich ihn noch einarbeiten muß. Ich würde es dir sagen, wenn eine Frau bei mir gewesen wäre. Aber ich nehme niemals eine Frau mit in meine Wohnung. Und ich war doch daheim, nicht wahr?«
Er seufzte, versuchte zu lächeln. Es fiel ein wenig gequält aus. »Ich kann mir schon vorstellen, was du denkst. Ich hätte dir nicht erzählen dürfen, wie das bei mir ist. Du kannst dich damit nicht auseinandersetzen. Du brauchst das sichere Gefühl, daß du die einzige Frau bist, die ich berühre. Allein der Gedanke, daß ich bei einer anderen sein könnte, bringt dich um. Ist es so?«
Ich konnte nur nicken. Und Bruno murmelte mit gesenktem Kopf und einer Stimme, die direkt aus dem Grab zu kommen schien: »Ich verstehe das. Ich verstehe auch, wenn du dich lieber von mir trennen möchtest.«
»Aber das will ich doch nicht«, schrie ich auf. »Ich will, daß du bei mir bleibst. Ich will, daß du immer bei mir bist, jeden Tag. Ich will, daß du mich heiratest, und . . .«
Bruno hob die Hand und unterbrach mich: »Bitte, Angelique, bitte nicht. Ich kann dich nicht heiraten.«
Er stockte einmal kurz und senkte den Kopf dabei. Dann hob er ihn wieder, schaute mir ins Gesicht. »Wir kennen uns seit einem halben

Jahr. Ich bin sehr glücklich mit dir, das mußt du mir glauben. Aber . . .«

Ich fühlte deutlich, wie mir das Blut aus dem Gesicht wich. »Du hast mich betrogen«, unterbrach ich ihn.

Bruno schüttelte den Kopf. »Nein, Angelique, das habe ich nicht getan.«

Ich wollte schon aufatmen, da sagte er: »Ich war in den vergangenen Monaten nur mit zwei anderen Frauen zusammen. Eine davon ist eine Kollegin. Sie lebt nicht hier; wenn sie in der Stadt ist, ruft sie mich an. Wir treffen uns dann im Hotel. Früher bin ich immer über Nacht bei ihr geblieben. Wir haben geredet. Ich konnte über vieles mit ihr reden. Diesmal nicht, ich hatte gar nicht das Bedürfnis, mit ihr zu reden. Ich bin nach einer Stunde gegangen.«

Er seufzte einmal kurz, zuckte irgendwie hilflos mit den Achseln, sprach in bedächtigem Ton weiter: »Die andere ist eine Kundin, sie ist verheiratet. Ihr Mann ist seit einiger Zeit schwerkrank. Vor zwei Monaten lag er wieder in der Klinik. Sie rief mich an und bat mich, ihr bei ein paar schriftlichen Angelegenheiten zu helfen. Da hat es sich so ergeben. Sie hatte Angst, daß ihr Mann diesmal nicht lebend aus der Klinik herauskäme. Sie war sehr verzweifelt. Und sie ist noch jung. Es fiel ihr schwer, allein zu leben, ohne . . . du verstehst schon, ohne Zärtlichkeit. Danach bin ich noch ein paarmal bei ihr gewesen. Aber betrogen habe ich dich nicht, Angelique, weder mit ihr noch mit der anderen. Ich habe dir nichts weggenommen und dir nichts vorenthalten. Ich habe dir nicht geschadet, Angelique, du hast nichts vermißt. Du hast es ja nicht einmal bemerkt. Und ich habe dich auch geliebt, während ich mit diesen Frauen zusammen war.«

Wenn das ein Trost für mich sein sollte, dann verfehlte er seine Wirkung. Ich war den ganzen Tag über schon nicht recht bei Sinnen. Jetzt war der Punkt erreicht, wo ich auch die letzte Kontrolle über mich verlor.

Bruno saß in dem Sessel, in dem er am ersten Abend gesessen hatte. Ich saß auf der Couch. Aber dann war ich bei ihm, noch bevor ich es selbst begriff. Ich ging gleich mit den Fäusten auf ihn los. Ich weiß nicht mehr, mit welchen Ausdrükken ich ihn beschimpft habe. Es ist auch nicht mehr wichtig. Aber da war ein Satz, den ich zwischen den Flüchen ständig wiederholte, von dem ich glaubte, daß Bruno ihn nicht verstand. Und ich wollte, daß er sich ihm einprägte, für immer und alle Zeiten. »Du wirst in Zukunft die Finger von all deinen Huren lassen, oder ich bringe dich um.«

Zuerst ließ er mich toben. Er wich den Schlägen nicht einmal aus, obwohl ich ihn mehrfach am Kopf traf. Nach ein paar Minuten griff er nach meinen Handgelenken. Er hielt sie nicht einmal sehr fest, doch der Griff reichte aus, um mich auf die Knie zu bringen. Bruno umfaßte meine Gelenke mit einer Hand, löste mit der anderen Hand seinen Gürtel, den Knopf und den Haken, öffnete

den Reißverschluß. Sein Gesicht war starr, den Ausdruck in seinen Augen kannte ich nicht. Vielleicht war es Wut, vielleicht Erschrecken. Es interessierte mich nicht.
Ich schrie immer noch auf ihn ein, aber trotzdem hörte ich ihn flüstern: »Es ist ja gut, Angelique, es ist alles gut. Du bekommst doch, was du haben willst. Du bekommst es von mir immer, das weißt du auch. Nimm es dir.«
Meine Gelenke hielt er immer noch mit einer Hand. Mit der anderen drückte er meinen Kopf auf seinen Schoß hinunter, drängte sich mir entgegen. Er war nicht erregt. Und ich war nicht mehr fähig zur Zärtlichkeit, eher wie ein wütender Hund, der sich mit Knurren und den Zähnen über einen Knochen hermacht, den man ihm streitig machen will. Bruno beschwerte sich nicht. Er sog nur mehrfach zischend die Luft ein. »Du bist schlimmer als Feuer«, flüsterte er einmal. »Du willst immer nur das, und nie bist du zufrieden. Aber ich mag es, wenn du mir so deutlich zeigst, daß du mich willst.«
Ein paarmal stöhnte er auf, zuckte leicht vor meinen Zähnen zurück, drängte wieder vor. Ganz allmählich fühlte ich ihn wachsen. Es dauerte so quälend lange. Nach endlosen Minuten schob er mich zur Seite, rutschte vom Sessel auf die Knie, drehte mich zum Tisch um und hob dabei bereits meinen Rock hoch, streifte mir die Unterwäsche ab.
Ich empfand es plötzlich so demütigend, so erniedrigend. »Du willst immer nur das«, hatte er

gesagt. Es stimmte nicht, es konnte nicht stimmen. Ich wollte ihn. Ich wollte ihn ganz und für mich allein. Ich wollte ihn nicht teilen, konnte ihn nicht teilen, er mußte das begreifen. Bevor er in mich eindringen konnte, rutschte ich vor und richtete mich auf. Jetzt lag er da auf den Knien vor mir, klein und wehrlos.

»Warum willst du mich nicht heiraten?« fuhr ich ihn an. »Glaubst du, ich weiß nicht, was ich tue und worauf ich mich einlasse? Du wirst fremdgehen bei jeder sich bietenden Gelegenheit. Gut, das ist in Ordnung, ich akzeptiere das, solange du mir die Weiber nicht in mein eigenes Bett legst. Soll ich es dir schriftlich geben?«

Statt einer Antwort erhob Bruno sich, überragte mich wieder um mehr als zwanzig Zentimeter. Ich konnte seine Miene nicht einordnen, kannte den Ausdruck nicht, mit dem er auf mich herabsah. Abwehr, Verachtung, etwas davon mußte es sein.

»Ich mag es nicht, wenn eine Frau sich klein macht«, erklärte er ruhig. »Du tust es immer wieder, Angelique. Warum tust du das? Warum kannst du es nicht so lassen, wie es ist? Es war doch gut. Wenn ich immer bei dir wäre, würdest du verrückt werden. Jede Frauenstimme am Telefon würde dich krank machen. Bei jedem späten Termin würdest du vielleicht hinter mir herspionieren und damit alles kaputtmachen. Wir sehen uns regelmäßig. Und wenn wir uns sehen, liebe ich dich auf deine Art. Und wenn wir uns nicht sehen, auf meine. Wenn das nicht genug ist, dann sag es mir jetzt. Dann ist es besser, wenn ich sofort gehe.«

»Es ist nicht genug«, fauchte ich ihn an. »Aber du wirst nicht gehen. Warum hast du mich nach Spanien geschleppt, wenn hier alles so bleiben soll, wie es war? Warum hast du mir erst zeigen müssen, daß da noch viel mehr ist, wenn ich doch nichts davon bekommen kann?«

Bruno schwieg. Er biß sich auf die Lippen. In dieser Sekunde wirkte er auf mich wie ein kleiner Junge, der die Frage des Lehrers nicht beantworten kann. Aber es hatte nichts mit Dummheit zu tun, daß Bruno keine Antwort geben konnte. Er zuckte mit den Schultern.

»Es tut mir leid«, murmelte er, es schien, als wolle er noch etwas anfügen. Aber dann drehte er sich plötzlich um und ging auf die Tür zu. Ohne mich noch einmal anzusehen, sagte er: »Ruf mich an, wenn du in Ruhe über alles nachgedacht hast und für uns beide eine Möglichkeit siehst.«

Ich stand wie mit Bleigewichten in den Füßen an den Boden geschweißt. Er ging, er ging wirklich. Da waren glühende Eisenspäne, die mir das Herz zerkratzten und die Kehle versengten. Erst als die Haustür ins Schloß fiel, konnte ich schreien. »Nein! Komm zurück, du Bastard, komm zurück.« Aber er kam nicht zurück.

Ich weiß nicht mehr, wieviel Zeit seit Brunos Weggehen verflossen war, ehe ich mich bewegen konnte. Und dann ging ich nicht nach vorne, sondern nach unten, einfach in die Knie, auch noch das Gesicht auf den Boden. Ich habe es in den Teppich gedrückt und geheult, gewimmert, geschrien, mit den Fäusten um mich geschlagen und auf den Boden getrommelt. »Komm zurück, komm zurück, komm zurück!«

Irgendwann raffte ich mich dann noch einmal auf, schaffte es bis zur Haustür, sogar ein Stück weit in die Einfahrt hinein. Dort standen die beiden Wagen, ineinander verkeilt, als ob sie sich hätten umarmen wollen. Von Bruno war weit und breit nichts mehr zu sehen.

Ich schlich zurück. Bis zur Haustür hielt ich mich noch aufrecht. Doch in der Halle war es damit vorbei. Ich kroch die Treppen hinauf. Ich war wirklich nicht mehr bei Sinnen. In meinem Schlafzimmer riß ich mir die Kleider vom Leib. Die Bluse ging in Fetzen, beim Rock riß nur der Knopf ab. Dann saß ich vor dem Spiegel.

Dieses dicke, verschmierte Gesicht, schwarze Bahnen von Wimperntusche waren durch das Rouge gezogen, die Augen davon umrahmt. Die Lippen zuckten nur, und bei jedem Aufschluchzen hüpften die Brüste mit. Ich schaute mir das alles genau an, sehr genau. Ich schämte mich fast zu Tode, und ich wurde ruhig dabei. Da vor mir saß eine dicke, nackte Frau mit fast weißer Haut. Rote Striemen auf den Schultern, unter den Brüsten, um die Taille, die Spuren vom Büstenhalter und dem Gummibund des Schlüpfers. Ein Körper wie eine

Made, die sich durch ihr Leben in eine neue Existenz fressen mußte.
Es gab keinen einzigen Punkt an meinem Körper, den ich auch nur im entferntesten hätte mögen können. Brunos Hände waren das einzig Schöne daran gewesen. Und jetzt war Bruno fort. Es war schlimmer als tot zu sein, aber ich dachte nicht ans Sterben. Ich dachte auch nicht darüber nach, wie ich ihn mir zurückholen könnte. Vielleicht dachte ich gar nicht.
Irgendwann schlich ich zum Bett hinüber, wischte die schwarze Schmiere am Kopfkissen ab und glitt ohne Gedanken in den Schlaf. An den Sonntag kann ich mich nicht erinnern. Wahrscheinlich habe ich ihn verschlafen, vielleicht habe ich auch wach gelegen und darauf gehofft, daß das Telefon klingeln würde. Daß Bruno mich anrief, sich entschuldigte, um Verzeihung bat. Oder nein, daß Bruno mich für meinen Irrsinn zur Rede stellte, daß er seine Bedingungen nannte. Aber Bruno rief nicht an.
Montags erwachte ich kurz nach sechs, noch bevor Frau Ströbel kam. Ich nahm ein heißes Bad und fühlte mich danach einigermaßen menschlich. Als ich in die Küche hinunterkam, war Frau Ströbel dabei, mein Frühstück zu richten: schwarzer Kaffee, ein Knäckebrot mit Magerquark und frischem Schnittlauch.
»Morgen hätte ich gerne zwei frische Brötchen«, sagte ich. »Besorgen Sie ein wenig Aufschnitt, Wurst und Käse. Sie wissen ja, was ich mag.«

Frau Ströbel nickte zwar, doch ganz einverstanden schien sie mit meinem Wunsch nicht zu sein. »Am Samstag hat sich ein junger Mann nach Ihnen erkundigt«, begann sie. Warum mußte sie nur das *junger* so betonen? Bruno war drei Jahre älter als ich. »Ich wußte ja nicht genau«, fuhr Frau Ströbel fort, »wohin Sie gefahren waren. Aber es schien wichtig. Er wollte Sie suchen. Er fuhr dieses blaue Auto, das in der Einfahrt steht.«

Sie war neugierig, natürlich war sie das. Sie wollte wissen, was in den letzten beiden Tagen hier vorgegangen war. Vielleicht ein bißchen mehr als das. Aber da gab es nichts mehr zu sagen. Es war vorbei. Mit diesem Gedanken war ich aufgewacht, er füllte mich immer noch aus. Und der Schmerz, den er verursachte, machte mich ganz kalt.

Es war vorbei!

Es war ein halbes Jahr mit Bruno gewesen, bedeutend mehr, als ich hatte erwarten dürfen, aber längst nicht genug. Ich versuchte mir einzureden, daß ich jetzt eine andere Einstellung zu Männern hätte. Daß ich sie jetzt vielleicht eher akzeptieren könnte als für mich unerreichbare Wesen. Und wenn Erich Nettekoven mich heute oder morgen noch einmal zum Abendessen einladen sollte – gut, bestens. Und wenn er mir beim vierten Gang oder beim Dessert noch einmal von der großen Liebe zu seiner toten Frau erzählen sollte, wenn er noch einmal erklärte,

daß zwei erwachsene Menschen auch auf einer anderen Ebene miteinander glücklich werden könnten – na prima, phantastisch.
Würde ich mich halt auf diese andere Ebene begeben, dort war es bestimmt weniger schmerzhaft. Würde ich eben meine Erfüllung in der Autobiographie eines Schlagersängers suchen, den seine weiblichen Fans vor Jahren mit Ohnmachtsanfällen begrüßt hatten, wenn er die Bühne betrat. Darüber hatte Andy Goltsch bereits ausführlich mit Nettekoven gesprochen.
Während ich in Spanien gewesen war, war die leidige Sache halbwegs zu einem Abschluß gekommen. Jetzt ging es nur noch um die Fälligkeit des Vorschusses und den Inhalt des Werkes, und da gab es verschiedene Ansichten.
Mir paßte es ganz und gar nicht, daß auf den angestrebten zweihundert bis zweihundertfünfzig Seiten ausschließlich von den Verehrerinnen die Rede sein sollte, von der Anbetung. Daß sie ihm auf Schritt und Tritt gefolgt waren, daß er sich ihrer kaum hatte erwehren können, daß er gelegentlich auch zwei oder gar drei mit in sein Hotelzimmer genommen hatte. Wo sie ihm dann förmlich die Hosen vom Leib gerissen hatten. Damit wollte Andy Goltsch sein Lebenswerk beginnen. Er fand, es müsse der Nachwelt erhalten bleiben, schwarz auf weiß. Und dafür konnte man die unhaltbaren Verdächtigungen, mit denen man ihn vor Jahren abserviert hatte, vergessen.
Mochte ihm Hans Werres, der zuständige Lektor,

noch hundertmal erklären, es sei entschieden besser, die gängigen Klischeebilder außen vor zu lassen und sich mehr auf die Höhen und Tiefen der Karriere zu konzentrieren, auf die Hoffnung des Neubeginns und dergleichen. Andy Goltsch empfand sich nicht als Klischeebild. Ich hatte ihm den Stift in die Hand gedrückt, jetzt wollte er aller Welt beweisen, daß er ein richtiger Mann war.
Recht hatte er! Es gab ja leider nur noch wenige Männer, die eine Frau um den Verstand brachten. Aber wenn dieser Idiot sich einbildete, bei seiner Version bleiben und sich in der Lächerlichkeit wälzen zu können, in die er andere stieß, dann irrte er sich. Ich würde Hans Werres bei der Bearbeitung dieses Werkes ein wenig über die Schulter sehen. Mich speziell in jene Passagen vertiefen, in denen es um die Kniefälle abgewiesener Verehrerinnen ging.

Und ich würde dankbar sein, daß meine Kniefälle niemals irgendwo nachzulesen wären, daß Bruno mir in der letzten Minute zu einem halbwegs erträglichen Abschied verholfen hatte. Und was immer auch unter Nettekovens Spitzbauch baumeln mochte, es konnte von mir aus im stillen Gedenken an die Verstorbene weiterbaumeln. Ich wollte es nicht.

Ich wollte nicht erinnert werden an den Totempfahl meines bronzefarbenen Indianers. Ich wollte nicht vergleichen müssen zwischen Bambusstab und deutscher Eiche. Und dabei war der Zauberstab vielleicht gar nicht das Wesentliche. Irgend-

wie fühlte ich das schon damals. Es mußte etwas anderes sein, das Bruno so aus der Masse hervorhob. Aber ich wollte nicht darüber nachdenken müssen, was es sein könnte. Ich wollte nie mehr rasen, toben, zittern, nie mehr winseln, betteln und um eine Stunde Lust hecheln. Ich wollte meinen Frieden. So einfach war das an diesem Montagmorgen.
Kurz vor neun saß ich bereits hinter meinem Schreibtisch. Und es war doch »mein« Schreibtisch. Das einzige, was daran noch an Papa erinnerte, war das gerahmte Foto, sein lächelndes Gesicht, schon leicht gezeichnet von der Krankheit. Es war »mein« Verlag und »meine« Verantwortung. Es war plötzlich alles in Ordnung. Vielleicht hatte ich mich an dem Sonntag gesundgeschlafen. So etwas soll es ja geben.
Dabei dachte ich den ganzen Montag unentwegt an Bruno. Es wurde mir nie richtig bewußt. Da schlichen sich einzelne Worte und Gesten in mein Hirn. Meine Art und deine Art zu lieben. Plötzlich hatte ich den Geruch seines Eau de Toilettes in der Nase und seinen Geschmack auf der Zunge. Beides verging wieder. Komisch, es hieß doch immer, daß Männer mit dem Körper lieben und Frauen mit der Seele. So wie Bruno es ausgedrückt hatte, klang es genau umgekehrt. Du willst doch immer nur das! Hatte er es so empfunden?
Dann stieg mir unvermittelt ein Brennen in die Kehle, ein fürchterliches Ziehen, als ob die Luftröhre vom Kehlkopf gerissen würde. Das Brennen

stieg bis in die Nase hinauf. Ich lief in den Waschraum, heulte mir, vor dem Spiegel stehend, die Seele aus dem Leib. Danach war ich wieder kalt, innerlich zu Eis erstarrt. Zerrissenheit nennt sich das wohl. Es schwankte ständig zwischen Schmerz, Wut und Verzweiflung.
Am späten Nachmittag beauftragte ich den alten Roßmüller, alles Notwendige zum Kauf eines kleinen, einsam liegenden Bauernhauses in Spanien in die Wege zu leiten. Wenn ich Bruno nicht mehr haben konnte, dann wenigstens das Haus, in dem der Wahnsinn seinen Anfang genommen hatte. Die Erinnerung an sechs Tage Aufenthalt mußte den Mauern noch anhaften, mußte sich in dem schmalen Bettgestell verfangen haben.
Der Dienstag war nicht viel anders. Er unterschied sich nur insofern vom Montag, daß ich frühmorgens an einem halben Schinkenbrötchen würgte und die Bissen nur mit Mühe und viel schwarzem Kaffee schlucken konnte. Spätabends lag ich zusammengerollt auf der Couch. Die Gedanken in unserer Nische im Restaurant, Brunos Augen über den Kerzenflammen, seine Hände auf dem Tisch. Seine Hände . . .
Daran mußte es liegen. Seine Hände, die Einfühlsamkeit darin und die Blicke, mit denen er seine Zärtlichkeiten begleitete. Fragende, forschende, drängende Blicke, männlich, begehrend, fordernd, sinnlich. Blicke, die mehr als jedes Wort deutlich machten, was er gerade dachte. Ich will dich.
Wo war er jetzt? Ging er mit den anderen auch es-

sen? Schaute er sie ebenso an, bevor er sich zu ihnen ins Bett oder auf den Teppich legte? Zweimal fand ich mich vor dem Telefon in der Halle wieder, schlich zurück in den Wohnraum, ohne den Hörer angerührt zu haben. Beim dritten Mal hielt ich ihn in der Hand, hatte wohl auch schon zwei Ziffern gewählt. Aber gerade noch rechtzeitig legte ich ihn wieder auf.

Der Mittwoch und der Donnerstag, sie vergingen irgendwie. Ich hatte das Gefühl, allmählich Abstand zu bekommen. Aber mir graute vor dem Freitagabend. Sobald ich nur daran dachte, stieg ein leichtes Gefühl von Wärme im Becken auf, ein leises Ziehen im Bauch, manchmal zuckten ein paar Muskeln. Alles zog sich zusammen, dehnte sich aus, entspannte und verkrampfte sich, wartete nur darauf, ihn zu fühlen. Jeder Nerv zitterte, und die Hände ballten sich unentwegt zu Fäusten.

Ich muß ihn nur anrufen, dachte ich mehrmals. Ich muß mich nur entschuldigen. Ich muß ihm nur sagen, wie leid es mir tut und daß ich mich in Zukunft zusammenreißen werde. Keine Fragen, keine Vorwürfe, keine Ansprüche. Zufrieden und auf Knien dankbar für den Dienstag- und den Freitagabend. Ein willenloses Stück Fleisch, ein Wachstropfen. Du willst nur das. Nein!

Es ist furchtbar heiß im Zimmer. Ich brauche frische Luft. Ich müßte ein Fenster einschlagen. Ich weiß, das habe ich schon mal gesagt. Aber ich kann mich nicht dazu aufraffen. Ich habe auch das Gefühl, ich komme nicht mehr vom Stuhl hoch. Was ist das: Apathie? Resignation?
Das ständige Reden strengt an. Meine Kehle ist ganz trocken davon geworden. Meine Zunge ist geschwollen. Sie fühlt sich ganz dick und steif an. Alles wird steif und taub. Meine Finger spüre ich schon eine ganze Weile nicht mehr. Jetzt ist auch die Zunge so schwer. Aber reden kann ich noch. Nur nicht zu laut. Der Kopf tut mir weh, es ist nur ein dumpfer Druck, durchaus noch erträglich.
Wenn ich mir an die Stirn fasse, fühle ich einen Schweißfilm und meine Haare zwischen den Fingern, wüst und zerzaust. Das Gesicht fühlt sich klebrig und schmierig an. Die abgestandene Luft im Zimmer macht mir schwer zu schaffen; sie ist nicht nur verbraucht, sie glüht. Vielleicht rühren die Kopfschmerzen daher. Aber die Übelkeit ist wieder abgeklungen. Jetzt ist es nur noch ein hoh-

les Gefühl im Magen, fast so, als ob ich wirklich nur hungrig wäre.
Vor einer halben Stunde bekam ich plötzlich Krämpfe. Es war wie Feuer in den Eingeweiden und Feuer vor den Augen. Es war so schlimm, daß ich nur noch krächzen konnte. Da haben auch meine Hände so stark gezittert, daß mir das Mikrophon auf den Tisch gefallen ist. An dieser Stelle muß ein Poltern auf dem Band sein, hoffentlich an der richtigen Stelle.
Oder ich bringe dich um!
Ich habe tatsächlich damit gedroht, Bruno zu töten. Nur einmal, und es war nicht so gemeint, wirklich nicht. Ich war verletzt, ziemlich tief getroffen. Man sagt in solchen Momenten viel, ohne darüber nachzudenken. Als es mir eben wieder einfiel, bin ich erschrocken. Und dann habe ich mich nur noch bemüht, den Faden nicht zu verlieren und das Mikrophon wieder richtig in die steifen Finger zu bekommen.
Es war feucht und glitschig vom Schweiß. Das ist es immer noch, aber jetzt halte ich es mit beiden Händen. Und ich versuche mir einzureden, es sind nur die Nerven. Die Nerven und die Hitze. Ich war immer gut, wenn es darum ging, mir etwas einzureden. Aber es sind ja wirklich die Nerven. Und die Hitze! Sie ist kaum noch zu ertragen. Sie wird noch schlimmer werden, über Mittag. Jetzt ist es ungefähr zehn Uhr vormittags. Die Sonne steht erst in einem Fenster, mittags steht sie in beiden.
Ich weiß nicht, wieviel Grad hier drin sind. An der

Wand über dem Bett hängt ein Thermometer. Ich kann nicht hinsehen. Ich will auch gar nicht wissen, an welcher Markierung die Quecksilbersäule steht.
Sonst hatten wir um diese Tageszeit schon immer die Tür weit offen. Dann war es erträglich, es ging ein Luftzug durch den Raum, weil draußen ständig ein leichter Wind geht. Und jetzt sitze ich seit Stunden abgeriegelt, eingesperrt von einem Toten. Es ist Irrsinn! Nein, es ist gerecht und logisch. Bruno hat doch immer gesagt, daß er bei mir sein will. Daß er den Gedanken, ich würde ihn verlassen, nicht erträgt. Jetzt bin ich bei ihm, ich kann ihn nicht mehr verlassen.
Wie lange sitze ich denn schon? Drei Cassetten, viereinhalb Stunden. Bei der ersten stand ich noch am Fenster, also sitze ich seit drei Stunden. Ich bin sehr früh aufgewacht heute morgen, kurz nach fünf. Aber es hat ein wenig gedauert, bis ich mich entschloß, über alles zu reden. Viereinhalb Stunden nur für das erste halbe Jahr.
Wenn ich so weitermache, komme ich nicht bis zum Schluß. Andererseits, die ersten sechs Monate scheinen mir die wichtigsten. Und die letzten vier. Dazwischen war es ruhig. Ich war ruhig. Ich hatte meine Lehre gezogen aus den Tagen ohne Bruno. Es war eine entsetzliche Zeit. Sie war fast noch schlimmer als die letzten Stunden hier. Allein die Vorstellung, ich hätte ihn verloren . . .
Um es mir etwas erträglicher zu machen, ging ich freitags abends mit Hans Werres, dem für Andy

Goltschs Machwerk zuständigen Lektor, essen. Es hatte sich bei einer kurzen Besprechung so ergeben, daß ich ihn einlud. Hintergedanken hatte ich nicht. Die hatte ich bei Hans Werres nie. Wir verstanden uns gut, das war alles. Eine rein freundschaftliche Beziehung, die aus den gemeinsamen geschäftlichen Interessen entstanden war. Für mehr wäre mir Hans Werres zu jung gewesen. Und ich ihm wahrscheinlich zu dick. Außerdem war er verheiratet. Aber wenn ich ganz ehrlich bin – doch, ich habe einmal daran gedacht, mit ihm zu schlafen, ein einziges Mal. Aber das war viel später.

Bei dieser ersten Einladung ging es nur um dieses vermaledeite Buch. Nicht ausschließlich, Hans Werres hatte auch noch ein paar andere Dinge auf dem Herzen. Es war so ein kleines »Darüber sollten wir einmal in Ruhe reden«.

Das taten wir dann beim Essen. Zuerst seine Seite: Hans Werres wollte ein klein wenig mehr Entscheidungsfreiheit. Eine Chance für einen Neuling, den er für begabt hielt. Wenn wir es uns leisten konnten, die Autobiographie eines Sängers, der in letzter Zeit mehr durch ein paar kleinere Skandale als durch ein paar große Auftritte von sich reden gemacht hatte, in ungewöhnlich hoher Auflage zu verlegen, dann konnten wir vielleicht auch das Risiko einer kleinen Auflage eines zwar unbekannten, aber wirklich fähigen Autors tragen.

Da war ich zum ersten Mal ehrlich gegenüber einem meiner Mitarbeiter. Es fiel nicht einmal sonderlich schwer. Ich erzählte ihm, wie ich auf diese verrückte Idee verfallen war und daß ich sie inzwischen bedauerte, weil die Finanzierung dieses Projekts uns anderweitig die Hände band. Zur Zeit leider keine Chance für einen Neuling, mochte er noch so begabt sein. Zuerst mußten wir diese leidige Sache hinter uns bringen und darauf hoffen, daß sie ihr Geld wieder einspielte. Und das konnte sie nur, wenn Andy Goltsch uns weitere Faxen ersparte.

»Bringen Sie Goltsch irgendwie dazu, sich zur Wahrheit zu bekennen«, bat ich Hans Werres eindringlich. »Wenn er über kleine Mädchen schreiben will, soll er das von mir aus daheim auf der Tapete tun. Aber nicht in diesem Buch.«

Hans Werres versprach, zu tun, was in seiner Macht stand. Sehr viel stand da wohl nicht.

Danach begaben wir uns allmählich in private Bereiche. Ich wollte es nicht, weiß Gott nicht. Aber den Anfang hatte ich bereits mit dem Geständnis meiner Jugendschwärmerei gemacht, und so passierte es einfach. Bruno und die maßlose Enttäuschung. Bruno und der wahnsinnige Schmerz. Es gelang mir, nach außen hin ruhig darüber zu sprechen. Ich muß einen reichlich abgeklärten Eindruck auf Hans Werres gemacht haben, weil er plötzlich ebenfalls damit begann, seine privaten Probleme auf den Tisch zu legen. Seine Frau hatte die Trennung vorgeschlagen. Er verstand es nicht, konnte die Gründe nicht nachvollziehen, die sie ihm aufgezählt hatte. Erhoffte er sich etwa von mir

eine Erklärung? Er war jung und attraktiv genug, um jederzeit eine Ersatzfrau zu finden.
Und ich trug immer noch an meinen Speckrollen, konzentrierte mich auf das Essen. Vier Gänge. Beim Lesen der Speisekarte war mir noch das Wasser im Mund zusammengelaufen, und die Vorspeise war ein Genuß. Dann kamen der zweite Gang und das Würgen. Mein Magen spielte verrückt, der Kehlkopf schloß sich ihm an. Ich konnte nicht schlucken. Die Unterhaltung brach ab.
Es dauerte einen Augenblick, ehe ich begriff. Mein Magen war entweder mit flüssigem Blei gefüllt oder absolut noch nicht darauf eingestellt, zum gewohnten Rhythmus zurückzufinden. Der Appetit war da, aber Magen und Kehle ließen mich im Stich. Noch ein Häppchen, reiß dich zusammen, Angelika. Neben mir flüsterte Bruno: »Für mich mußt du das nicht tun, Angelique.« Und für einen anderen lohnte es nicht.
Angelique, das war geschmolzenes Sahneeis auf der Zunge. Grundgütiger Himmel, er hatte mich anscheinend wirklich geliebt. Er wollte sich nur nicht unter Druck setzen lassen, seine vermeintliche Freiheit nicht verlieren. Vermeintlich, das war der springende Punkt. Warum hatte ich das nicht akzeptieren können? Warum hatte ich mich plötzlich aufführen müssen wie eine Irre? Dienstags und freitags von sechs bis zwölf. Das waren immerhin zwölf Stunden die Woche. Und nur zwei andere Frauen in sechs Monaten. Eine alte Bekannte, die er schon nach einer Stunde wieder ver-

lassen hatte. Und eine einsame Kundin, die in der Sorge um ihren schwerkranken Mann ein bißchen Wärme und menschliche Nähe benötigt hatte. Kaum der Rede und der Aufregung wert.
Und noch eine Nacht. Und ein verdammt langes Wochenende. Ich habe nur geschlafen, den ganzen Samstag, den ganzen Sonntag. Nicht einmal der Drang, ihn anzurufen. Montags fühlte ich mich schon etwas besser.

Dann der Dienstag. Arbeit. Ein paar Mappen zur Unterschrift, keine Ahnung, worum es ging. Zu Mittag ein Fruchtjoghurt und einen Apfel. Am Nachmittag eine Besprechung mit Hans Werres, Erich Nettekoven und zweien unserer Vertreter. Einer von ihnen hatte dem Buchhandel gegenüber eine Vorankündigung der Autobiographie gemacht und hätte augenblicklich eine größere Bestellung aufnehmen können. Leider war bisher noch keine Zeile bei uns eingegangen. Nettekoven erklärte, daß damit auch in absehbarer Zeit nicht gerechnet werden könne. Die Sache mit dem Vorschuß war noch nicht geklärt.
Um siebzehn Uhr die nächste Besprechung, in aller Eile einberufen, diesmal war auch der alte Roßmüller dabei. Ich war es endgültig leid. Natürlich versprach allein der Name Goltsch einen durchschlagenden Erfolg. Und wenn derzeit ein paar Skandale durch die Presse gingen, tat das der Sache keinen Abbruch, im Gegenteil. Aber:
»Er bekommt sein Geld. Doch wenn dieser Brüll-

affe meint, er könne uns unter Druck setzen, soll er sich einen anderen Verlag suchen. Das sollten wir ihm so rasch wie möglich klarmachen.«
Nettekoven war erstaunt über meinen Ton. Der alte Roßmüller und Hans Werres schmunzelten über den Brüllaffen. Ich rief meine Sekretärin dazu und ließ sie gleich mitschreiben.
Punkt eins: Erst die Arbeit, dann der Lohn. Das verlangte Vorschußhonorar wird in Raten gezahlt. Für die ersten hundert Seiten die erste Rate, die zweite beim Abliefern des gesamten Manuskripts, die dritte bei Erscheinen des Buches.
Jetzt schmunzelte auch Nettekoven, und ich dachte, Papa wäre stolz auf mich. Ich lasse mich nicht mehr von jungen Männern beeindrucken und einschüchtern. Ich gerate nicht mehr ins Schwärmen bei dem Gedanken, was man mit solch einem Mann alles tun und erleben könnte.
Jetzt könnte ich vernünftig mit dir reden, Bruno, jetzt könnte ich es bestimmt. Punkt eins: Es bleibt bei den bisherigen Treffen. Du behältst deine Freiheit, ich werde dich nie wieder unter Druck setzen. Ich werde dir nie wieder Fragen stellen. Wir werden miteinander umgehen wie erwachsene Menschen.
Punkt zwei: Unser Lektorat ist berechtigt, das Manuskript den Gegebenheiten des Marktes entsprechend zu ändern.
Aber ich werde nicht mit dir reden, Bruno. Du willst keine Veränderung, weder in unserer Beziehung noch bei dir selbst. Und ich kann nicht mehr,

ich will nicht mehr. Du hast mich verletzt, Bruno, du hast mich gedemütigt. Es war nicht alles gut. Es war nicht damit abgetan, mir ein Stück Fleisch in den Mund zu schieben.
Punkt drei, Punkt vier, Punkt fünf . . . Es reichte. Der alte Roßmüller fand meine Vorschläge den Umständen angemessen. Nettekoven druckste ein wenig herum; was er auf dem Herzen hatte, blieb dabei schleierhaft. Jedenfalls lud er mich nicht zum Abendessen ein. Um Viertel nach sechs ließ ich mir ein Taxi rufen. Zehn Minuten später trat ich auf die Straße hinaus.
Da stand das Taxi. Und gleich dahinter im eingeschränkten Halteverbot ein grauer Ford, älteres Baujahr, dessen Fahrer mit einer Politesse verhandelte. Er sah mich nicht sofort, stand mit dem Rücken zum Eingang. Ich tat so, als hätte ich ihn nicht bemerkt, und beeilte mich, den hinteren Wagenschlag zu öffnen. Während ich einstieg, hörte ich ihn rufen: »Angelique, so warte doch. Angelique, bitte, ich muß mit dir reden.«
Es war mehr als nur ein Triumph. Es war absolute Macht. Wie hatte er gesagt? Ich kann dich nicht hergeben! Er hatte sich selbst überschätzt, als er es versuchte. Er war gegangen und hatte es nicht ertragen, also kam er zurück. Und diesmal war ich die Stärkere.
Ich sehe es noch vor mir: Das Taxi fuhr an, im Umdrehen sah ich, daß Bruno ein paar Schritte hinter uns herlief. Er winkte heftig. Der Taxifahrer bemerkte ihn ebenfalls. »Soll ich anhalten?« fragte

er. Ich schüttelte den Kopf und verlor Bruno aus den Augen. Aber nicht lange. Nach knapp fünf Minuten meldete der Fahrer: »Der graue Ford folgt uns.«
»Es macht nichts«, sagte ich, »fahren Sie nur weiter.«
Er zuckte mit den Achseln. Was ging es ihn an, ob andere Leute ihre Probleme hatten. Er hatte wohl selbst welche. Wer hatte denn keine!?
Bruno blieb hinter dem Taxi, bis wir vor der Einfahrt hielten. Dieser Taxifahrer war ein Idiot. Hätte er nicht zwei Sekunden eher anhalten können? Dann hätte ich aussteigen und gleich zum Haus gehen können. Bruno stieg aus, während ich den Fahrer entlohnte. Er verschloß den grauen Wagen so sorgfältig, daß ich gleich wußte, er gehörte nicht ihm. Dann kam er langsam auf das Taxi zu. Irgendwie zögernd und zwei Meter vor dem Heck blieb er stehen, schaute zu, wie ich ausstieg, wie das Taxi abfuhr.
Erst als wir allein auf der Straße standen, kam er die letzten Schritte auf mich zu. Dann standen wir uns gegenüber.
Ich umklammerte die schmale Aktentasche, die ich immer bei mir trug, auch wenn im letzten halben Jahr oft nicht mehr darin gewesen war als ein Apfel. Der Triumph hatte sich vollständig in Luft aufgelöst. Ihm so direkt gegenüberzustehen war eine Qual. Wie Blitzlichter zuckten mir einzelne Szenen durchs Gehirn. Ich konnte ihn kaum ansehen, glaubte dabei im Boden versinken zu müssen,

weil ich mich wieder auf ihn einschlagen sah, weil ich mich brüllen hörte.
Ich wartete, alles zusammengerafft, was an Selbstbeherrschung in der Aktenmappe gewesen war. Lach mich aus, Bruno, mach irgendeinen Scherz, und wir vergessen den Samstag. Oder versuch es auf arrogante Art. Sag einfach, du verzeihst mir den Irrsinn. Aber wenn sich derartige Szenen häufen sollten, ziehst du endgültig die Konsequenz. Tu etwas, Bruno, aber sieh mich nicht so an. Zeig mir, daß du ein Mann bist, der genau weiß, was er will.
Sein Blick machte mich steif und kalt und unbarmherzig. Er hob beide Hände, drehte sie dabei mit den Handflächen nach oben. Eine Geste so voller Hilflosigkeit, daß ich mich mit den Zähnen knirschen hörte.
»Angelique.«
Endlich ein Wort, aber nicht das magische Wort, nicht die Zauberformel, die den grausamen Bann hätte brechen können. Zuviel Demut, Bruno, du sollst mich nicht anbetteln. Das war meine Rolle, und mir war sie zuwider. Zu dir paßt sie noch weniger. Ein harter Ton, Bruno, sei unnachgiebig. Sag: Ich warte auf deine Entschuldigung, Angelique. Sag es schon!
»Du darfst mich nicht verlassen, Angelique«, stammelte er. Streckte die Hände vor, nur ein wenig, als warte er auf das erlösende Augenblinzeln, um mich berühren zu dürfen.
»Ich dich?« fuhr ich ihn an, sah, wie er zusammen-

zuckte, hob die Stimme um noch einen Ton. »Wer hat denn hier wen verlassen? Du bist gegangen, Bruno. Du, nicht ich. Und du wirst nicht behaupten wollen, ich hätte dich hinausgeworfen. Ich habe doch sogar darum gebettelt, daß du bleibst.«

Er nickte mit geschlossenen Augen. Der linke Arm sackte nach unten. Die rechte Hand streckte sich mir immer noch entgegen wie eine Opferschale.

»Es tut mir leid, Angelique, es tut mir so leid. Ich hätte das nicht tun dürfen. Ich habe dich verletzt.«

»Du hast mich nicht verletzt«, sagte ich. »Du hast mich zur Vernunft gebracht. Das war bitter nötig.«

Wir standen immer noch vor der Einfahrt. Und die Einfahrt zur Garage grenzte an das Grundstück meiner Nachbarn. Ein älteres Ehepaar, sie standen beide im Garten. Er band Folien um seine Rosenstöcke, sie half ihm dabei. Schnitt Kordelstücke zurecht, hielt ihm die Folie zusammen.

»Bitte, Angelique«, flüsterte Bruno, »sei nicht so hart. Gib mir wenigstens eine Chance. Ich bin gekommen, um noch einmal mit dir über deinen Wunsch zu reden. Um dir zu erklären . . .« Er brach ab, senkte den Blick. Aber die Hand senkte er nicht. Diese Opferschale, sollte ich etwas hineinlegen, oder bot er mir etwas an? Den Gang zum Standesamt etwa?

»Es hat sich erledigt, Bruno«, sagte ich. »Du mußt mir nichts mehr erklären. Ich will dich nicht mehr heiraten. Ich will dich auch nicht mehr für mich allein.«

Jetzt bemühte ich mich doch um eine gedämpfte Stimme. Meine Nachbarn taten so, als ob es uns gar nicht gäbe. »Ich will dich gar nicht mehr, Bruno. Wie du ganz zu Anfang schon festgestellt hast, wir haben keine gemeinsame Basis. Wir hatten nur den Sex, das ist auf Dauer nicht genug. Es war eine schöne Zeit, und es war ein bitteres Ende. Belassen wir es dabei.«
Er starrte mich an, als hätte er kein einziges Wort verstanden. Zweimal mußte er schlucken, ehe er hervorbrachte: »Das meinst du nicht so, wie du es sagst, Angelique.«
Und es war immer noch geschmolzenes Sahneeis auf seiner Zunge. Es war so süß und weich. Und ich hatte mir das Süße doch gerade erst abgewöhnt. Keine Schokoladenriegel, keine Pralinen, kein Dessert, kein gezuckerter Kaffeesatz.
»Angelique«, schrie ich, »Angelique, Angelique, ich heiße Angelika! Das ist dir zu nüchtern und zu kalt, ich weiß. Aber ich bin nüchtern und kalt und zu dick. Und ich bin eine Frau. Eine Frau, verstehst du, keine Romanfigur, der Anne Golon die Worte und Gefühle sonstwohin legt. Ich bin lebendig und besitzergreifend. Erinnerst du dich noch? Mein Verlag, mein Haus, meine Autoren, meine Lektoren, mein Verlagsleiter. Und eines Tages möchte ich sagen können: Mein Mann! Ohne befürchten zu müssen, daß sich daraufhin drei andere Frauen zu Wort melden. Und jetzt geh bitte, Bruno! Ich hatte ein paar anstrengende Tage. Ich möchte mich ausruhen.«

Er machte keine Anstalten zu gehen. Also drehte ich mich um und ging ohne Eile und mit erhobenem Kopf die Einfahrt hinauf. Ich war stolz in dem Moment, zum ersten Mal wirklich stolz auf mich. Ich hatte etwas geschafft, was ich selbst noch vor einer Stunde für unmöglich gehalten hätte. Daß ich dafür einen anderen Weg als den ursprünglich beabsichtigten nehmen mußte, spielte nur eine untergeordnete Rolle.
Vom Garagentor aus führte ein schmaler Plattenweg zur Haustür. Ich mußte nicht unbedingt an Bruno vorbei. Ich mußte nicht riskieren, daß er mich auf offener Straße in die Arme nahm, daß die Fassade bei der kleinsten Berührung einstürzte. Aber bis zum Garagentor kam ich nicht. Da standen immer noch die beiden ineinander verkeilten Wagen mitten auf dem Kies.
Mein Nachbar hatte sich in der vergangenen Woche zweimal bei Frau Ströbel erkundigt, wann die denn weggeschafft würden. Das sähe doch sehr unschön aus, zwei Autowracks vor einer Villa. Ich hatte zu Frau Ströbel gesagt: »Richten Sie ihm einen schönen Gruß von mir aus. Das ist ein Privatgrundstück, da kann herumstehen, was ich herumstehen lasse. Andere sammeln Gemälde, ich sammele kaputte Autos. Leider kann man die nicht ins Haus schaffen, sonst würde ich das veranlassen.«
Papas Wagen hatte den kleinen Japaner gegen das Mauerstück neben dem Garagentor gedrückt und war beim Aufprall mit dem Heck zur Seite ausge-

brochen. Ich hätte mich daran vorbeischieben müssen, um auf den Plattenweg zu gelangen. Aber nicht einmal so weit kam ich.

Was hatte ich denn erwartet? Daß Bruno sich so einfach abfertigen und abschieben ließ? Daß er resignierte, sich wieder in den grauen Ford setzte, zu seiner Wohnung fuhr und seinem jungen Kollegen erzählte, es sei jetzt endgültig vorbei, so wie ich es Hans Werres erzählt hatte? Ich kannte Bruno nicht, er konnte durchaus kämpfen, auf seine Art. Natürlich folgte er mir, war etwas schneller als ich, holte mich ein, noch bevor ich das Heck von Papas Wagen erreicht hatte.

Ich hörte seine eiligen Schritte hinter mir auf dem Kies, fühlte seine Hand auf der rechten Schulter. Ein fester Griff, mit dem er mich umdrehte. Sein Gesicht hatte den Ausdruck des Bittstellers verloren, aber ein wenig ratlos wirkte es immer noch.

»Du bist so sprunghaft, Angelique«, stellte er fest.

»Ich?« Beinahe hätte ich laut aufgelacht. »Habe ich etwa den Gang nach Canossa angetreten oder du? Wer sollte denn wen anrufen, falls er eine Möglichkeit sieht? Ich sah keine. Ich habe meinen Entschluß gefaßt, und ich bleibe dabei. Das solltest du auch tun, Bruno. Schon für deinen Stolz solltest du es tun.«

Ich hatte nicht gelacht, Bruno tat es.

»Mein Stolz? Ich pfeife auf meinen Stolz. Ich liebe dich, Angelique. Ich brauche dich. Ich will mit dir leben, ich will dich fühlen. Und du willst es auch.

Wenn nicht, dann hast du mich in den vergangenen Monaten immer wieder belogen. Dann hast du dir nur genommen, was dir gefällt, und den Rest willst du nicht.«
Ich wußte nicht, was er meinte. Ich hatte ihm doch klar und deutlich zu verstehen gegeben, daß ich alles wollte, auch den Rest, gerade den.
Mit seiner rechten Hand an meiner rechten Schulter hatte er mich umgedreht und aufgehalten. Seitdem lag sein Arm um meine Schultern. Seitdem stand Bruno so dicht vor mir, daß ich seinen Atem auf der Stirn fühlte. Seitdem tasteten seine Augen mein Gesicht ab mit einem einigermaßen beherrschten, fast schon abwägenden Blick. Ich hätte seinen Arm abschütteln müssen, das hatte ich nicht fertiggebracht. Ich hatte ihn genossen, den letzten Moment einer Berührung und seine Nähe.
Und jetzt hob Bruno die linke Hand. Ich trug einen leichten Mantel. Er war offen. Darunter trug ich wie üblich Rock und Bluse. Bruno drückte mich mit dem Knie ein wenig zurück, bis die Kante des Wagens ihn aufhielt. Gleichzeitig öffnete er den ersten Blusenknopf.
Da war eine Hecke zum Nachbargrundstück. Sie war nicht ganz mannshoch und nicht sehr dicht gewachsen. Meine Nachbarn machten noch einen Rosenstock winterfest. Ich konnte sie hören. Sie sprachen miteinander. Sehen konnte ich sie nicht, weil ich mit dem Rücken zur Hecke stand. Aber sie mußten mich sehen. Sie brauchten nur durch die Hecke schauen, wo das Laub weniger dicht

wuchs, um zu erkennen, daß Bruno dabei war, mir die Bluse zu öffnen. Ich schlug nach ihm, um ihn abzuwehren, nicht sehr fest, und er ließ sich davon nicht beirren.

»Laß das«, rief ich leise, aber, wie ich meinte, sehr bestimmt. »Laß das, verdammt.«

»Nicht fluchen, Angelique«, flüsterte er und lächelte dabei. Ein irgendwie siegessicheres Lächeln. »Gib mir nur ein paar Minuten. Soviel Zeit wirst du für mich haben, nach einem halben Jahr. Nur ein paar Minuten, Angelique. Wenn du dann immer noch willst, daß ich gehe, dann gehe ich.«

Er begnügte sich mit drei Knöpfen. Das reichte ihm, um die Hand unter den Stoff und den Träger des Büstenhalters von meiner Schulter zu schieben. Sekundenlang fühlte ich nur seine Finger auf der Haut und seinen Arm im Rücken, der mich näher heranzog, bis ich das Becken von allein gegen seinen Unterleib preßte. Ich konnte den Kopf nicht wegdrehen, als er mich zu küssen begann. Er hielt ihn mit der Armbeuge fest. Ich wollte den Kopf auch nicht mehr wegdrehen.

Bruno stand so dicht vor mir, daß niemand erkennen konnte, was er unter meinem Mantel trieb. Seine Hand kam wieder zum Vorschein, strich über meine Hüfte abwärts, hob den Rock an, verschwand darunter.

Und wenn meine Nachbarn jetzt beide mit ihren Gesichtern vor einer Stelle hingen, wo das spärliche Laub den Blick über die gesamte Einfahrt gewährte – wen störte es noch? Brunos Finger spielten die ewige Melodie von Lust und Begehren. Und die Zunge gab den Rhythmus und die Begleitakkorde dazu. Ich brauchte die leere Aktenmappe nicht mehr, um mich daran festzuklammern. Brunos Nacken bot Halt genug, um nicht vornüberzufallen, und hinten lehnte ich an Papas Wagen.

Die Mappe fiel auf den Kies, das hörte ich noch. Aber dann hörte ich nichts mehr. Nicht die Stimmen vom Nachbargrundstück, nicht das Motorbrummen, als auf der Straße ein Wagen vorbeifuhr. Nur das eigene verhaltene Stöhnen und Brunos Flüstern zwischen den Küssen.

»Ich wußte es doch. Du willst nicht, daß ich gehe. Du willst mich immer noch. Du brauchst mich ebenso, wie ich dich brauche. Sag mir, daß du mich liebst, Angelique. Sag es mir nur einmal.«

Sagen konnte ich es nicht, nur schluchzen: »Ich liebe dich.«

Irgendwie sind wir ins Haus gekommen, aber ich weiß beim besten Willen nicht, wie und wann oder wie oft wir auf dem kurzen Wegstück noch stehenblieben, einer mit dem Rücken gegen das Mauerwerk des Hauses gelehnt. Die Lippen aufeinandergepreßt, als hinge davon unser Leben ab. Brunos Arm im Rücken, seine Hand unter meinem Rock. Mein Arm in seinem Nacken, eine Hand gegen den Stoff der Hose drückend oder mit klammen Fingern am Reißverschluß nestelnd. Wenn er mich nicht daran gehindert hätte, wäre ich wohl gleich in die Knie gegangen.

Wir kamen anfangs nur bis in die Halle. Nicht einmal sehr weit hinein. Bruno drückte die Tür mit einem Ellbogen zu und mich gleich daneben gegen die Wand. Jetzt gab die Wand etwas Halt, ich konnte den Arm aus seinem Nacken lösen, die Hand unter sein Hemd schieben. Unter der Handfläche seine Wärme fühlen, die glatte Haut, und mit der anderen Hand den Gürtel öffnen. Aber als ich dann den darunterliegenden Knopf öffnen wollte, hielt Bruno meine Hand fest und legte sie sich zurück in den Nacken.

»Nicht so schnell, Angelique. Du bist immer so schnell. Wir haben so viel Zeit. Wir haben ein ganzes Leben Zeit.« Er war so zärtlich, so unerträglich sanft.

Es dauerte Stunden, bis wir mein Schlafzimmer erreichten. Mein Mantel, die Bluse, Rock, Schuhe, Strümpfe und Unterwäsche, sein Jackett, das Hemd, die Hose und alles andere säumten den Weg. Er ging nicht wie sonst um zwölf. Er hätte auch nicht gehen können zu dieser Zeit. Um Mitternacht liebten wir uns noch oder wieder, quälend langsam. Ich wußte nicht mehr, ob ich vor Lust schrie oder weil mich die immer wieder aufbrausenden Wellen von Feuer durchschüttelten. Weil ich jedesmal glaubte, bei der nächsten zerrissen zu werden. Weil ich dachte, es nicht länger ertragen zu können.

Als ich zuletzt auf die Uhr schaute, war es halb vier. Ich war völlig erschöpft, in den Seiten stach es, die Bauchdecke schmerzte von der Anspannung. Mein Herz polterte, kam nicht zur Ruhe, und der Kopf war wie leergefegt. Bruno schlief. Sein Kopf lag an meiner Schulter. Ich konnte seinen Atem auf der Haut fühlen. Es war so wie in Spanien.

Mittwoch morgen kurz nach sieben. Ein zaghaftes Klopfen an der Tür, dann die Stimme von Frau Ströbel. Nur ein Flüstern. »Frau Reuter! Es ist Zeit zum Aufstehen. Sind Sie wach?«
Ich hatte gar nicht geschlafen, nur hin und wieder die Augen geschlossen und auf Brunos gleichmäßige Atemzüge gehorcht. Und ihn im Arm gehalten, bis der Arm ganz taub war, bis ich nur noch den Druck fühlte, mit dem Brunos Kopf das Blut in die Fingerkuppen preßte und den Rückfluß behinderte. Und manchmal geweint, zwei, drei Tränen nur. Nur ein paar für den Augenblick, für das Unfaßbare, das Ziehen in der Brust, das Haar an meiner Schulter, das feuchte Laken, die totale Erschöpfung, in die er mich versetzt hatte. Für die Erkenntnis, daß er mir gehörte. Manchmal bewegte er sich leicht im Schlaf, zuckte mit dem Arm, der quer über meinem Bauch lag, oder mit dem Bein, das meine Beine auf dem Laken festhielt. Es war wirklich nicht festzustellen, wer wen hielt.
Als Frau Ströbel dann rief und ich ihr antwortete, erwachte Bruno. Zwei herrliche Sekunden lang zog sich sein Körper zusammen und mich fester heran. Dann reckte er sich und richtete sich auf.

Von der Tür her das Flüstern: »Soll ich Frühstück machen, Frau Reuter?«
»Natürlich«, rief ich zurück. »Zwei Gedecke, bitte. Kaffee, frische Brötchen, Aufschnitt, Knäckebrot, Quark. Sie wissen schon, das Übliche.«
Brunos Gesichtsausdruck war köstlich. Seine Augen huschten unruhig im Schlafzimmer umher. Aber sie fanden nicht, was sie suchten, und Bruno erstarrte in Schuldbewußtsein.
»Angelique, es tut mir leid. Ich wollte nicht einschlafen. Ich wollte dich nicht kompromittieren.«
»Hör auf mit deinen Sprüchen«, sagte ich lachend, stieg aus dem Bett und huschte zur Tür. Frau Ströbel war längst auf dem Weg in die Küche. Vor der Tür lag fein säuberlich gefaltet ein Kleiderhäufchen. Bruno verzog sich damit ins Bad. Ich folgte ihm, huschte zu ihm unter die Dusche. Ein Glück nur, daß die Kabine groß genug war.
Etwas später saßen wir zusammen am Frühstückstisch. Nicht in der Küche. Frau Ströbel hatte im Eßzimmer gedeckt. Sie war die personifizierte Diskretion, riskierte nur dreimal verstohlen einen neugierigen Blick um die Ecke. Kurz nach acht brachte ich Bruno zur Haustür. Ich reckte mich auf Zehenspitzen, küßte ihn zum Abschied, flüsterte: »Bis Freitag.«
Er schüttelte den Kopf. »Morgen, Angelique. Heute abend habe ich leider einen Termin. Für mich hängt einiges davon ab, ich kann ihn nicht absagen und verschieben. Aber morgen, bitte. Wir müssen unbedingt reden.«

Morgen, es war ein herrliches Gefühl, es war ein Sieg. Ich ging nach oben, legte ein wenig Make-up auf, fuhr mir noch einmal mit dem Kamm durchs Haar. Dann ging ich in die Küche, um sicherheitshalber schon einmal mit Frau Ströbel zu besprechen, was wir morgen abend essen könnten.

Die Ärmste war so aufgeregt, überschlug sich vor Eifer mit ihren Vorschlägen. Da hatte sie nun drei verstohlene Blicke um die Ecke auf ihn werfen, seine Socken und den Rest seiner Kleidung vom Boden auflesen und Tage vorher ein paar Sätze mit ihm wechseln dürfen. Und es war ihr ergangen, wie es wahrscheinlich jeder Frau erging, die in Brunos Nähe kam. Sie hatte sich Hals über Kopf in ihn verliebt. Mehr noch, ich möchte fast behaupten, sie liebte ihn vom ersten Augenblick an abgöttisch.

Bruno avancierte schon nach dem ersten Morgen an meinem Frühstückstisch zum gnädigen Herrn. Bei Papa hatte sich Frau Ströbel in all den Jahren auf ein fast kumpelhaftes »Herr Reuter« beschränkt, auch ich war nie die gnädige Frau gewesen. Fast ein Grund für ein bißchen Eifersucht. Aber von ihr drohte mir wohl kaum irgendwelche Gefahr.

Frau Ströbel war weit in den Fünfzigern, mit einem wesentlich älteren Mann verheiratet, der seit einiger Zeit pensioniert war. Manchmal erzählte sie etwas von ihm, fügte immer gleich hinzu, wie dankbar sie für ihre Arbeitsstelle sei. Sonst müsse sie am Ende noch den ganzen Tag die Launen ei-

nes Pensionärs ertragen, der aus lauter Langeweile dazu übergegangen war, seine Frau ein wenig zu terrorisieren.
Und immer, wenn sie die kleinen Schikanen schilderte, klang der Stolz auf ihren Mann durch. Ohne Zweifel liebte sie ihn. Erwähnte manchmal beiläufig sein gutes Aussehen. Immer noch volles Haar, obwohl er auf die Siebzig zuging. Sehr gepflegt und so weiter. Aber das hinderte sie nicht, ihre Augen blitzen zu lassen, wenn Bruno bei der Tür auftauchte.
Er holte mich an dem bewußten Donnerstag vom Verlag ab, schien erfreut und erleichtert von meinem Vorschlag, bei mir zu essen. Der Tisch war gedeckt, als wir hereinkamen. Frau Ströbel trug auf. Danach hätte sie sich verabschieden können. Ich hatte sie nicht gebeten, zu bleiben und anschließend noch abzuräumen. Aber sie blieb, werkelte in der Küche herum, unsichtbar und bemüht, ein wenig zu lauschen, ohne persönlich in Erscheinung zu treten. Natürlich brannte sie darauf, zu erfahren, ob der gnädige Herr und ich uns einig wurden. So dumm und unerfahren war sie nicht, daß sie nicht bemerkt hätte, wie ein paar unschöne Zwischenspiele unsere Beziehung belasteten.
Nach dem Essen wechselten wir in den Wohnraum. Bis dahin hatte Bruno mich einige Male flüchtig und mehr zufällig als absichtlich berührt. Er schien auf Distanz bedacht, setzte sich in einen der Sessel, während ich bereits auf der Couch Platz genommen hatte. Frau Ströbel servierte noch

einen Kaffee, dann verabschiedete sie sich endlich. Wir waren allein.
Und Bruno war nervös. Er erkundigte sich, ob er rauchen dürfe. Ich hatte ihn bis dahin noch nie rauchen sehen. Dann zündete er sich umständlich und betont sorgfältig eine Zigarette an, betrachtete die Glutspitze oder seine Kaffeetasse.
»Ich muß dir etwas erklären, Angelique«, begann er endlich. »Ich hätte das gleich zu Anfang tun müssen, dann wäre uns beiden einiges erspart geblieben. Aber ich wußte nie, ob du es hören willst. Es sind sehr persönliche Dinge.«
»Dann will ich sie bestimmt hören«, sagte ich leise. Bruno nickte nachdenklich, zog kurz die Unterlippe ein, seufzte vernehmlich. »Ich habe in den letzten Tagen sehr viel über uns beide nachgedacht.«
Nicht nur das. Gewartet hatte er. Für den Dienstag vergangener Woche zwei Kundentermine abgesagt, die er montags erst vereinbart hatte. Sich in seiner Wohnung neben das Telefon gesetzt und nicht vom Platz gerührt, bis ihm um zwei in der Nacht klar wurde, daß ich nicht anrufen würde. Sein Geständnis rührte mich, aber es stieß mich auch ein wenig ab. Es paßte einfach nicht zu dem Bild, das ich mir von ihm gemacht hatte.
Und den Mittwoch gewartet, den Donnerstag. Am Freitag abend fast den Verstand verloren bei dem Gedanken, daß ich mich nicht bei ihm melden würde. Nie wieder! Mein Stolz, nicht wahr? Das Wochenende hatte Bruno mit seinem jungen Kollegen, seiner Mutter und dem Versuch verbracht,

sich mit der Tatsache auseinanderzusetzen, daß ich auch nicht anders war als die Frauen, die er bisher beglückt hatte.
Es hörte sich an wie eine Anklage. Selbst im nachhinein war noch so viel Fassungslosigkeit in seiner Stimme. Ich wurde mit jedem Satz hilfloser und schuldbewußter. Was hatte ich nur aus ihm gemacht? Wo war der Bruno geblieben, der mich am ersten Abend mit ein paar Blicken in eine Marionette verwandelt hatte?

Bruno sprach fast eine Stunde lang. Ich hörte zu, aber klüger wurde ich nicht. Nur die ersten Sätze betrafen uns persönlich. Der ganze Rest war irgendwie abstrakt. Liebschaften, die keinen Namen bekamen, flüchtige Abenteuer, denen das Gesicht fehlte. Unzählige Frauen, an denen Bruno nicht hatte vorbeigehen können. Die er auf seine Weise genommen, von denen er sich jedoch gleichzeitig benutzt und mißverstanden fühlte.
Manchmal kam es mir fast vor, als versuche er, im Alleingang die Geschichte der Emanzipation zu verarbeiten, den Wert und die Dominanz des Mannes zu beweisen und gleichzeitig den schwelenden Konflikt zwischen den Geschlechtern dadurch zu lösen, daß er sich als Opferlamm darbot.
Der ewige Jäger als Beute! Und anscheinend wußte er beim besten Willen nicht mehr, was von ihm erwartet und gefordert wurde. Stärke

und immerwährende Bereitschaft, Potenz und Zartheit, Ausdauer und Rücksichtnahme, Sensibilität und Härte, Verständnis und Verzicht.

Ich war nahe daran, abzuwinken und zu sagen: Gehn wir ins Bett, mein Schatz. In meinem Schlafzimmer ist die Welt noch heil. Da bist du der Mann, und ich bin die Frau. Du bist schön, ich bin abstoßend. Du bist stark, und ich liege dir zu Füßen. Es hat also alles noch seine Ordnung. Drück die Theorie im Aschenbecher aus und nimm mich.

Aber dann begann Bruno plötzlich von seiner Frau zu sprechen. Und im gleichen Augenblick verbrannte die Überheblichkeit in mir zu einem Häufchen grauer Asche. Warum war mir bisher nie der Gedanke gekommen, daß er verheiratet sein könnte?

Er war es nicht. Nicht mehr, und genaugenommen begann das Drama nicht mit seiner Frau, sondern mit seiner Mutter. Eine graue Maus nannte er sie zärtlich. Wohingegen sich seine Mundwinkel sekundenlang in einer Mischung aus Schmerz und Abscheu verzogen, als er seinen Vater erwähnte. Ein brutaler Kerl, der seine Stärke durch Prügeleien in der Familie beweisen mußte. Mehr gab es über diesen Mann nicht zu sagen. Bruno hatte jahrelang in dem Bewußtsein gelebt, es eines Tages ganz anders und viel besser machen zu müssen.

Er hatte jung geheiratet, sehr jung für einen Mann, mit einundzwanzig. Eine sehr junge Frau, ein siebzehnjähriges Mädchen. »Sie war alles für mich«, sagte er. »Ich hatte das Gefühl, daß ich erst mit ihr richtig lebte. Ein Leben, genauso wie ich es mir immer vorgestellt hatte. Ich wollte, daß meine Frau bei mir all das fand, was meine Mutter nie gehabt hatte. Ich wollte, daß sie glücklich war, daß sie nie Sorgen haben mußte. Ich habe für sie getan, was ich tun konnte.«

Anscheinend zu wenig. Es hatte jedenfalls nicht gereicht. Die Ehe hielt ganze zwei Jahre. »Ich bin fast daran gestorben«, sagte Bruno, »als sie mir eines Tages erklärte, sie habe einen anderen. Zuerst habe ich versucht, mit ihr zu reden. Sie ließ sich auf nichts ein. Sie konnte mir nicht erklären, was ich falsch gemacht hatte. Sie wußte es selbst nicht. Dann habe ich versucht zu sterben. Zweimal, mit dem Wagen.«

Bruno lachte einmal leise auf, sprach mit einem fast humorvollen Ton in der Stimme weiter: »Beim ersten Versuch in der Garage ging mir das Benzin aus. Beim zweiten auf der Straße fuhr ich zwar den Wagen zu Schrott, aber ich selbst brach mir nicht einmal die Beine. Dann lernte ich diesen Mann kennen, der ihrer Meinung nach so viel besser war als ich. Da dachte ich, daß es nur eine Laune von ihr sein könnte. Daß es sich vielleicht lohnte, darauf zu warten, bis sie ihre Entscheidung bereute und zu mir zurückkam. Ich dachte, das könnte nicht lange dauern. Du müßtest diesen Kerl sehen, Angelique, dann würdest du verstehen, was ich meine.«

Bruno lachte noch einmal, diesmal sehr bitter. Er senkte den Kopf, als er weitersprach. »Er ist fast

zwanzig Jahre älter als sie, sieht aus wie ein Gartenzwerg. Und er geht mit ihr um, als ob er auf dem Kasernenhof stünde. Ich begreife es heute noch nicht. Aber sie ist sehr glücklich mit ihm, sagt sie.«
»Du siehst sie noch?« Ich wußte nicht, was ich sonst sagen sollte.
Bruno hob die Achseln. »Hin und wieder.«
»Und du liebst sie immer noch?« Ich konnte nicht atmen, während ich auf seine Antwort wartete.
Aber er schüttelte den Kopf, begann zu lächeln. »Ich bitte dich, Angelique. Es ist fast fünfzehn Jahre her. Ich war dreiundzwanzig, als sie mich verließ. Ich war ein ganz anderer Mensch als heute. Es ist nur dieses Gefühl, weißt du, dieses Abstürzen, diese wahnsinnige Verzweiflung. Das habe ich nie vergessen. Und das will ich nicht noch einmal erleben. Ich könnte das auch nicht. Wenn es mir noch einmal so erginge, würde ich das nicht überleben. Ich würde bestimmt nicht mehr so halbherzig an die Sache herangehen wie damals.«
Es war alles in bester Ordnung. Er hatte Angst, das war es. Er fürchtete sich vor einer neuen Enttäuschung. Die Erleichterung war mir anzuhören. »Das verstehe ich. Aber was erwartest du jetzt von mir? Soll ich dir versprechen, dich nie zu enttäuschen? Ich verlange nichts von dir. Ich will doch nur, daß du bei mir bist. Laß es uns doch einfach versuchen.«
Eine volle Minute lang war es still. Bruno rauchte wieder, hielt den Kopf gesenkt. »Ich liebe dich,

Angelique«, sagte er, »ich will nicht einfach etwas versuchen. Ich will dich nicht verlieren. Ich hatte gehofft, es könnte so bleiben, daß wir uns regelmäßig sehen. Daß ich mir damit ein bißchen Distanz bewahre, verstehst du? Ich war damit zufrieden, aber du bist es nicht.«
Wieder folgte eine Pause, anscheinend suchte er nach geeigneten Formulierungen und fand sie nicht gleich. Dann erklärte er mir, warum er glaubte, mich nicht heiraten zu können. »Es würde nicht lange gutgehen, Angelique. Ich kenne dich inzwischen zu genau. Du hast ja gesagt, was du willst, mich als Mann. Und daß sich da nicht noch drei andere zu Wort melden. Du mußt mir nichts versprechen, aber ich kann dir auch nichts versprechen. Ich würde es gerne tun, aber es hätte keinen Wert.«
Er versuchte zu lächeln, es fiel sehr kläglich aus. Dann zuckte er mit den Schultern, preßte kurz die Lippen aufeinander. »Ab und zu passiert es eben. Ich sehe eine Frau, und es reizt mich einfach. Ich weiß selbst nicht genau, warum. Es hat nichts mit Liebe zu tun. Ich denke mir nichts dabei. Es passiert genauso wie ein gutes Frühstück oder ein starker Kaffee am Nachmittag.«
Dann war da auch noch die finanzielle Seite. Es war ihm nicht einmal peinlich, einzugestehen, daß es nur für ihn reichte. Für die kleine Wohnung in dem schäbigen Mietshaus, für ein Auto, das Büro und die beiden Abende im Restaurant. Für eine Flasche Parfüm und zehn Tage Urlaub in einem

halbverfallenen spanischen Bauernhaus. Den größten Teil seiner Einkünfte verschlang das Pflegeheim, in dem seine Mutter lebte. Die er übrigens regelmäßig besuchte. Das waren seine Sonntage.
»Vielleicht«, sagte Bruno, »habe ich absichtlich ein teures Heim gewählt. Und bestimmt habe ich es nicht nur aus dem Grund getan, weil ich meiner Mutter einen schönen Lebensabend bieten wollte. In ihrer Verfassung bemerkt sie gar nicht, ob man liebevoll mit ihr umgeht oder sie schlecht behandelt. Ich habe mich vor Jahren für dieses Heim entschieden, weil nicht genug übrigblieb, um noch einmal zu heiraten. Ich glaube, das war der einzige Grund.«
Er lachte, wartete anscheinend auf eine Antwort. Als ich schwieg, zuckte er leicht mit den Schultern und nickte versonnen. »Da kommt eine Menge zusammen, nicht wahr? Ich dachte mir schon, daß du damit nicht leben kannst.«
»Nein«, sagte ich nur. Und weil er das mißverstehen konnte, fügte ich nach ein paar Sekunden hinzu: »Es ist nichts dabei, was mich stört. Keine Forderungen. Kein Versprechen. Ich verlange dir nichts ab, was du nicht freiwillig geben kannst.«
Bruno wirkte erleichtert, aber auch skeptisch. »Bist du ganz sicher, daß du es so willst?«
Ich nickte nur. Er nickte ebenfalls, murmelte: »Gut«, und sprach etwas lauter weiter: »Soll ich hier einziehen?«
»Jetzt noch nicht«, erklärte ich, »später vielleicht. Bewahre dir ein bißchen Distanz, wenn du das

brauchst. Und wenn wir beide sicher sein können, daß es gutgeht mit uns, dann versuchen wir es.«
Er nickte wieder, murmelte noch einmal: »Gut.« Dann kam ein Seufzer, als hätte ich ihn mit meinen Worten von einer Zentnerlast befreit. »Zwei Abende in der Woche, wenn ich es einrichten kann, auch drei. Und die Wochenenden, nicht jedes Wochenende, aber viele. So viele wie möglich.«
Jetzt war ich es, die sagte: »Gut.« Und ich dachte, hin und wieder passiert es eben. Wie ein Kaffee am Nachmittag. Es ist nichts dabei, es reizt ihn nur. Irgendwie schaffe ich es schon. Ich werde eben nicht darüber nachdenken.
Kurz vor elf gingen wir hinauf ins Schlafzimmer. Bruno ging gleich weiter ins Bad, zog sich aus, stieg in die Duschkabine. Ich blieb bei der offenen Tür stehen. In das Wasserrauschen hinein sagte er: »Wenn es dir peinlich ist, daß ich über Nacht bleibe, mußt du es nur sagen.«
»Warum soll es mir peinlich sein?«
»Wegen deiner Angestellten.«
Ich lachte kurz auf. »Hör zu, mein Schatz. Ich weiß nicht, wie das bei den anderen Frauen ist oder war. Aber ich gehöre nicht zu denen, die einen Liebhaber verstecken müssen. Mach dir keine Sorgen um Frau Ströbel. Sie ist hellauf begeistert von dir. Und alle anderen gehen uns nichts an.«
Zwei Minuten später stand er tropfnaß auf dem Duschvorleger und ließ sich von mir den Rücken frottieren. »Willst du nicht duschen, Angelique?«

Ich schüttelte nur den Kopf, rubbelte weiter, küßte ihn auf die noch feuchte Schulter. »Ich will mit dir schlafen.«
Ich duschte trotzdem noch rasch, während er sich bereits in mein Bett legte. Als ich dann ins Schlafzimmer kam, schaute er mir aufmerksam entgegen, grinste plötzlich. »Dann zieh wenigstens das Hemd aus, damit ich etwas von dir spüre.«
Wir schliefen beide wohl ziemlich schnell ein, nicht ganz so eng aneinandergeschmiegt wie in dem schmalen Bett in Spanien. Auch nicht mit Armen und Beinen einander festhaltend. Als Frau Ströbel kurz nach sieben an die Tür klopfte, fühlte ich mich frisch und ausgeruht, mehr als das, ich fühlte mich rundherum zufrieden.
Der Tisch im Eßzimmer war für zwei Personen gedeckt. Gute Frau Ströbel. Natürlich hatte sie den grauen Ford bemerkt und in aller Eile ihre Vorbereitungen getroffen. Für Bruno zwei frische Brötchen und Wurstaufschnitt. Für mich Knäckebrot und Magerquark. Nicht einmal ein Taxi mußte ich mir rufen. Bruno wartete, bis ich mit meinem Make-up fertig war, nahm mich dann mit in die Stadt. Es war ein Glücksgefühl ganz besonderer Art, als ich vor dem Verlag aus seinem Wagen stieg. Mich bei der Tür noch einmal zu ihm umdrehte. Und Frau von Mühlenberg schaute aus ihrer Glaskabine interessiert zu uns herüber.
Bruno lachte, hauchte einen Kuß auf seine Fingerspitzen und blies ihn zu mir herüber. Bevor ich ausstieg, hatte er gesagt: »Ich rufe dich um vier

an«, und mich sanft auf die Wange geküßt. Es hatte etwas sehr Vertrautes. Es war eine Art Schlußpunkt hinter dem ersten, holprigen Kapitel. Jetzt kam eine neue Seite, eine andere Zeit.

Ich dachte oft an Papa, vor allem in den ersten Wochen nach unserer Aussprache. Das war es doch gewesen, eine Aussprache, auch wenn im Grunde nur Bruno gesprochen und ich ihm zugehört hatte. Zugehört, einen Entschluß gefaßt und nicht einmal die Hälfte verstanden. Ich habe ihn wohl nie wirklich verstanden, aber ich war glücklich mit ihm. Restlos glücklich, wahnsinnig glücklich. Und ich wünschte mir manchmal, Papa hätte wenigstens noch davon erfahren.

Zwei- oder dreimal die Woche war Bruno bei mir. Nicht unbedingt dienstags oder freitags. Diese festen Termine hatten ihn anscheinend häufig in Bedrängnis mit seinen Kunden gebracht. Unsere neue Regelung erlaubte ihm, freier zu disponieren. Und er bemühte sich wirklich, die Abendstunden weitgehend freizuhalten. Auch an den Wochenenden waren wir fast regelmäßig zusammen. Seine Mutter besuchte er nur noch selten. Sie litt an der Alzheimer Krankheit.

»Ich sitze ihr gegenüber«, sagte Bruno, »und sie erkennt mich nicht. Es ist deprimierend. Dann bin ich lieber bei dir.«

Den Samstagvormittag verbrachte er noch mit seinem Kollegen in seinem Büro oder in seiner Wohnung. Es war wirklich ein junger Mann. Ich habe ihn später persönlich kennengelernt. Mario Siebert, genaugenommen war er viel zu schüchtern und unsicher für diesen Beruf. Wie er auf die Idee gekommen war, ins Versicherungsgeschäft einzusteigen, wußte er anscheinend selbst nicht. Bruno bemühte sich lange Zeit, ihm wenn schon nicht Selbstbewußtsein und sicheres Auftreten, dann wenigstens ein paar Tricks beizubringen, die solches vortäuschen konnten.

Und kurz nach Mittag kam er dann. Er probierte so lange mit dem richtigen Zeitpunkt herum, bis er herausgefunden hatte, wann Frau Ströbel garantiert aus dem Haus war. Er mochte sie, doch Samstag mittag störte sie ihn immer, obwohl wir nichts taten, was sie nicht hätte sehen dürfen.

Meist saßen wir nur da. Ich las in einem Buch oder einem Manuskript. Manchmal las ich ihm vor, stets in der Hoffnung, ihn für eine bestimmte Textpassage begeistern zu können. Aber der Literatur konnte er nicht viel abgewinnen.

Ich dachte immer, es müsse ihn langweilen, einfach neben mir zu sitzen und zuzuschauen, wie ich mich mit beschriebenem Papier beschäftigte. Aber nein. »Ich kann dir stundenlang zuschauen, Angelique«, sagte er einmal, »wenn ich dich ansehe, bin ich zufrieden.«

Fast drei Monate war es so. Ich bemerkte gar nicht, wie sehr er mein Leben noch einmal veränderte. All die kleinen Alltäglichkeiten, die so

schnell selbstverständlich werden. Seine Hemden, Krawatten und Anzüge, die ein wenig Platz in meinem Schrank beanspruchten. Socken und Unterwäsche, damit er frische Sachen anziehen konnte, wenn er bei mir übernachtet hatte. Das gemeinsame Frühstück an den Wochentagen, Sich-am-Tisch-Gegenübersitzen, die vergangene Nacht noch im Blut. Ein paar verschlüsselte Bemerkungen, die niemand außer uns beiden deuten konnte. Das ganz bewußte nach der Kaffeekanne Greifen in dem Augenblick, wenn der andere danach griff, und einen sinnlichen Moment lang die Berührung, das winzige Lächeln. Die Zungenspitze, die einmal kurz und flüchtig über die Lippen strich, ein feierliches Versprechen auf die nächste gemeinsame Nacht. Und nach solch einem Frühstück die Fahrt in die Stadt. Noch ganz weich neben ihm sitzen. Seine Hände auf dem Lenkrad betrachten, sein Profil, und das Gefühl von Wärme dabei.
Die langen Sonntage, an denen wir einfach nur herumlungerten. Frau Ströbel hatte frei. An ihrer Stelle stand Bruno in der Küche, und ich half ihm, so gut ich eben konnte.
Ich lernte, Salat zu putzen, aber meist saß ich nur da und schaute ihm zu. Wir unterhielten uns dabei, worüber, weiß ich wirklich nicht mehr. Über Gewürze und Garzeiten. Über den Ärger mit Nettekoven, der sich gewisse Freiheiten und Entscheidungen herausgenommen hatte, als ob ich mich bereits völlig aus dem Geschäft zurückgezogen hätte.

Der leidige Vertrag mit Andy Goltsch war von ihm statt von mir unterzeichnet worden. Als Verlagsleiter war er berechtigt, mich zu vertreten, soweit war das in Ordnung. Soweit hatte Nettekoven auch mit meinem Einverständnis gehandelt. Aber dann hatte er ein paar handschriftliche Änderungen vorgenommen und eine Klausel ersatzlos gestrichen. Davon erfuhr ich erst, als die Katastrophe unabwendbar war.
Da erschien eines Tages Hans Werres vor meinem Schreibtisch und reichte mir wortlos ein paar Manuskriptseiten. Es waren genau fünf Stück, auf denen der Star sich über sein vermeintliches Intimleben ausgelassen hatte. Ausgetobt wäre passender. Das Vokabular war möglicherweise in der Pornoszene gebräuchlich. Aber bei manchen Ausdrükken wäre man vermutlich sogar dort noch errötet. Mit einigen der peinlich genau erläuterten Praktiken verhielt es sich ebenso.
Ich las nur ein paar Absätze, während Hans Werres mit bemüht unbeteiligtem Gesicht zur Decke schaute und kurz erklärte: »Der Rest vom ersten Teil ist genauso.« Seine Miene blieb weiterhin unbeteiligt, fast kühl, als ich daraufhin meinte: »Er will unbedingt etwas beweisen. Aber nicht auf unsere Kosten. Das müssen Sie gar nicht wieder mitnehmen. Ich werfe es gleich hier in den Papierkorb.«
Und dazu hatte ich kein Recht. Unser lieber Herr Nettekoven hatte, um den Star bei Laune zu halten, unser Recht auf Änderung einzelner Sequen-

zen gestrichen. Für jedes Wort mußte die Erlaubnis des Autors eingeholt werden. Darum hatte Hans Werres sich schon bemüht, leider ohne Erfolg. Und was nun?
Natürlich wußte Bruno auch keinen Rat. Er erkundigte sich nur hartnäckig nach den von mir beanstandeten Ausdrücken und gab nicht eher Ruhe, bis ich sie ihm aufgezählt hatte. Mit unbewegter Miene hörte er sich die ersten an. Dann kam das erste Blinzeln, ein kaum wahrnehmbares Zucken der Mundwinkel, schließlich lachte er lauthals.
»Arme Angelique, das ist ja entsetzlich, was man dir zumutet. Und du hast keine Chance, diesen Wüstling wieder loszuwerden?«
Die hatte ich nicht. Bruno lachte immer noch. »Hat es nicht vor Jahren mal geheißen, er sei schwul? Ich erinnere mich vage an ein Interview, in dem er sich zu rechtfertigen versuchte.«
»Er ist schwul«, sagte ich, »dafür lege ich meine Hand ins Feuer. Er hat nur Angst um seine Karriere, wenn er es zugibt. Er muß es nicht zugeben, darauf bestehe ich schon gar nicht mehr. Von mir aus darf er das Gegenteil behaupten. Aber nicht auf eine so dreckige Art. Seit mehr als dreißig Jahren steht der Reuter-Verlag für Seriosität. Papa hat sich stets bemüht, an seinem Prinzip festzuhalten. Ich werde es bestimmt nicht brechen. Wenn Andy so weitermacht, wird sein Buch eben nicht erscheinen.«
»Andy?« fragte Bruno und runzelte die Stirn.

»Das sind ja ganz neue Töne. Kennst du ihn näher?«
Ich ging auf seinen Ton ein. »Seit zwanzig Jahren«, sagte ich. »Er war der erste Mann in meinem Schlafzimmer. Sein Bild stand lange Zeit neben meinem Bett.«
»Ja, wenn das so ist«, meinte Bruno grinsend. Dann wurde er plötzlich wieder ernst. »Kann er dich verklagen, wenn du das Buch nicht herausbringst?« fragte er. Können schon, obwohl in diesem vermaledeiten Vertrag kein Erscheinungstermin genannt war, jedenfalls nicht in bezug auf das fertige Buch, nur auf das Honorar. Ein schöner Batzen Geld für nichts. Dabei meldete der Buchhandel immer wieder vorab sein starkes Interesse an. Ich hätte Erich Nettekoven kaltlächelnd erwürgen können. Leider hätte mir das auch nicht weitergeholfen.
Nettekoven rechtfertigte sich natürlich, sprach von den neuen Gegebenheiten des Marktes und davon, daß eine gewisse Freizügigkeit durchaus dem Geschmack der Leserschaft entgegenkäme. Prüderie sei nun einmal nicht mehr gefragt. Auch wenn man persönlich nicht mit allem einverstanden sei, gebe es da gewisse Verpflichtungen und so weiter. Doch als ich ihm die Seiten zu lesen gab, wurde er ein wenig kleinlauter.
Sex und Drogen auf den ersten fünf Seiten. Drogen und Sex auf den restlichen fünfundneunzig des ersten Teils. Der alte Roßmüller würde sein gesamtes Wissen und Können aufbieten müssen,

um die Angelegenheit einigermaßen ins Lot zu biegen. Der alte Roßmüller fühlte sich damit überfordert, jammerte ein wenig, daß er zu Papas Lebzeiten niemals mit solch einer Situation konfrontiert worden sei. Bei der Gelegenheit sprach ich ihn wieder einmal auf seinen Sohn an und erfuhr, daß Herbert Roßmüller sich auf Familienrecht spezialisiert hatte. Anwaltskanzlei und Notariat in einem. Testamente, Eheverträge, Scheidungen – der konnte uns also nicht helfen. Es gab nur die Möglichkeit, im persönlichen Gespräch mit dem Sänger zu retten, was sich noch retten ließ.
Bruno war sehr am Fortgang der Affäre interessiert, vor allem als ich mich an Papas Beispiel zu orientieren versuchte und Andy Goltsch für ein Wochenende einlud. Er kam nicht allein, brachte seinen Freund und Schlagzeuger seiner Band mit. Am Sonntag nachmittag kam dann noch der alte Roßmüller dazu und bemühte sich seinerseits, den beiden Männern klarzumachen, daß eine Veröffentlichung in der vorliegenden Form strafrechtliche Konsequenzen zur Folge haben könnte. Einmal wegen der immer wieder erwähnten Drogen, mehr noch wegen der Mädchen, die der Gesetzgeber als minderjährig bezeichnete. Der Schlagzeuger war einsichtig. Ich hoffte nur, daß er entsprechenden Einfluß auf seinen Freund hatte.
An dem Wochenende war Bruno nicht bei mir. Aber gleich montags ließ er sich in allen Einzelheiten berichten. Was ich nicht auf Anhieb erzählte, fragte er aus mir heraus. Haben sie hier im Haus

übernachtet? Natürlich hatten sie, es gab mehrere Gästezimmer. Frau Ströbel war doch sicher auch hier? War sie, jedoch nicht über Nacht geblieben. Ich faßte es nicht, aber Bruno quälte sich tatsächlich mit dem Gedanken, daß ich nicht allein in meinem Zimmer gewesen oder nicht darin geblieben war. »Er hatte seinen Freund dabei«, erklärte ich.

Bruno zuckte mit den Schultern. »Manche Frauen träumen davon, von zwei Männern gleichzeitig verwöhnt zu werden.«

Ich glaubte, ihn gut genug zu kennen, um den Unterton als Humor bezeichnen zu dürfen. Aber mir war nicht nach Humor zumute, nicht bei diesem Thema.

»Wenn ich jemals das Bedürfnis nach zwei Männern gleichzeitig habe, sage ich dir früh genug Bescheid. Du kannst dann einen deiner Kunden herbestellen. Aber such mir einen aus, der genug zu bieten hat.«

Da lachte er endlich, zog mich an sich. »Nicht immer gleich schimpfen, Angelique.« Er drückte das Gesicht in mein Haar und murmelte: »Würdest du es mir sagen, wenn du mich betrügst?«

»Natürlich würde ich das«, sagte ich bestimmt. »Warum sollte ich nicht offen sein, du warst es doch auch. Vielleicht würde ich es dir nur erzählen, damit du einmal fühlst, wie das ist.«

Ich spürte, daß er nickte.

Mit meinen Beinen stimmt etwas nicht. Als ich es eben bemerkte, dachte ich, es wären Durchblutungsstörungen. Immerhin sitze ich jetzt schon seit viereinhalb Stunden in der gleichen Position. Und ich schlage immer die Beine übereinander, wenn ich angespannt bin. Das geht ganz automatisch, ich habe es nie registriert. Bruno machte mich immer darauf aufmerksam, wenn es ihm auffiel.
»Was beschäftigt dich denn wieder?« fragte er jedesmal. Und dann sagte er: »Du hast so hübsche Beine, Angelique. Du willst sie doch nicht durch Krampfadern verunstalten.«
Hübsche Beine! Ja, soweit habe ich es gebracht. Und jetzt spüre ich sie nicht mehr. Das sind keine Durchblutungsstörungen, dann müßte es kribbeln. So wie es damals in meiner Hand kribbelte, als Bruno mit dem Kopf auf meinem Arm geschlafen und die Blutzirkulation behindert hatte. Als die dann wieder in Gang kam, begann dieses Ameisengefühl. Es war ein widerliches Gefühl, aber ich wünsche, es käme jetzt.
Die Hitze ist kaum noch zu ertragen. Nach dem

Aufstehen hatte ich mir ein dünnes Kleid übergezogen. Es ist völlig durchnäßt von Schweiß. Meine Haare sind ebenfalls so naß, als wäre ich gerade aus der Dusche gestiegen. Und von meinem Kinn tropft es unentwegt auf die Tischplatte.

Viel weiter gekommen bin ich nicht in den letzten anderthalb Stunden. Ich muß wirklich etwas schneller machen, wenn ich es zu Ende bringen will. Es geht nicht mehr so flott wie in der ersten Stunde. Mein Kopf hat sich mit Watte gefüllt. Ich kann die Gedanken nicht mehr richtig beisammenhalten. Vielleicht habe ich gar keinen Kopf mehr auf den Schultern, sondern einen Schwamm. Deshalb tropft es so, deshalb habe ich Schwierigkeiten mit der Konzentration. In den porösen Gängen verliert sich so viel. Und während ich noch danach suche, finde ich etwas ganz anderes. Es ist schon merkwürdig, was sich im Laufe der Jahre in einem Gehirn alles ansammelt. Ganz verrückte Dinge.

Vor Jahren hat Papa einen Roman herausgebracht. Er handelte von einer Tour durch die Wüste. Drei Menschen im Jeep, ein Mann und zwei Frauen. Zuerst ging das Benzin aus, dann das Wasser. Ich weiß noch, daß ich das Buch verschlungen habe, dreimal habe ich es gelesen. Jedesmal habe ich gehofft, etwas übersehen zu haben. Ich hatte mich in die Hauptfigur verliebt, und ich wollte, daß er lebt. Blöd, was?

Ich war zweiundzwanzig damals, studierte Germanistik und wußte ganz genau, daß der Held nur ein

Papiertiger ist. Aber ich wäre so gerne bei ihm in der Wüste gewesen. Und jetzt kann ich mich nicht einmal mehr daran erinnern, wie lange er durchgehalten hat.
Zuerst starb die ältere Frau. Die, bei der ich mich unentwegt fragte, warum er sie überhaupt mitgenommen hat. Es war mir nie so ganz klar, in welchem Verhältnis er zu ihr stand. Vielleicht war sie seine Geliebte. Der Verdacht lag nahe, aber ich wollte ihn nicht wahrhaben, weil er auch mit der jungen Frau schlief. Es gab da ein paar poetisch geschriebene Szenen von Zärtlichkeit und Romantik. Ein Mann zwischen zwei Frauen, das erschien mir damals völlig absurd, ebenso absurd wie die Vermutung, daß er die beiden Frauen nur in die Wüste gebracht hatte, um dort eine Entscheidung zu suchen.
Dann starb die junge Frau.
Das Kichern stört mich. Wieso muß ich plötzlich kichern? Es ist überhaupt nicht komisch, wenn eine junge Frau stirbt. Und wenn sie nur sterben muß, weil sie ihrem Geliebten vertrauensvoll in eine einsame Gegend gefolgt ist, dann ist das vielleicht eher tragisch. Aber ich hatte nie Mitleid mit ihr. Jedesmal, wenn ich an die Stelle kam, wo sie zusammenbricht, dachte ich: Dumme Kuh, hättest ja daheim bleiben können. Aber nein, der Held war ihre große Liebe. Sie wäre mit ihm auch auf den Mond geflogen, wenn man sie nur gelassen hätte. Dumme Kuh!
Ich komme gegen das Kichern nicht an. Ist schon

komisch, wie falsch man sich einschätzt. Ich hätte nie von mir geglaubt, daß ich am Ende noch lachen kann. Ich bin am Ende. Es ist nur noch eine Frage der Zeit, wann ich zusammenbreche. Ich werde aus diesem Haus nicht lebend herauskommen.

Es gibt keinen Wasseranschluß im Haus, nur den Brunnen da draußen. Für mich unerreichbar. Bruno wollte eine Leitung verlegen, jetzt, irgendwann in den nächsten Tagen. Er wollte uns sogar eine kleine Dusche einbauen. Er hatte sich ein Buch gekauft.

Doch, wirklich! Bruno hatte sich ein Buch gekauft. Warum nur muß ich immer lachen? Was ist denn so witzig an einem Buch? Es war nur ein Heimwerkerbuch. Wenn ich mich recht entsinne, fiel es ihm in einem Bäckerladen in die Hände. Nein, es war das Geschäft, in dem er immer seinen Kaffee kaufte, den fürs Büro. Als ich den Verlag aufgeben mußte, fand Bruno das nicht weiter tragisch. Gute Literatur war für ihn Zeitverschwendung. Aber für so einen praktischen Ratgeber konnte er sich begeistern.

Was sage ich denn? Das klingt ja, als ob ich ihn für seine Einstellung verachtet hätte.

Nein! Ich habe ihn geliebt, gestern abend noch, die ganze Nacht hindurch, heute früh beim Aufwachen. Ich habe ihn so sehr geliebt, daß ich ihn nicht länger teilen wollte. Und das Buch, ach Gott.

Er hat hier sehr viel allein gemacht. Das Regal gezimmert. Die Wände hat er verputzt, einen Gas-

herd installiert. Das war entschieden angenehmer als auf dem Holzfeuer zu kochen. Bruno war so stolz auf sein Ferienhaus. Aber Ferien haben wir hier nur einmal gemacht, nur im ersten Herbst. Danach gab es immer etwas zu tun. Ich glaube, Bruno brauchte das, immer etwas zu tun. Immer zeigen, daß er der Mann war. Jeweils im Frühjahr und im Herbst waren wir hier. Da waren die Temperaturen durchaus angenehm. Diese Reise jetzt war die erste Ausnahme.
Vertrauensvoll in die Wüste gefolgt! Aber Herbert Roßmüller hatte mich gewarnt.
Mein erster spanischer Sommer.
Ich bin überhaupt nicht durstig.
Das wäre ein guter Titel: Spanischer Sommer. Erich Nettekoven würde ihn mögen. Kurze, prägnante Titel mochte er immer, zwei, drei Worte höchstens, so knapp wie Hammerschläge.
Der Hammer! Wie bin ich jetzt auf den Hammer gekommen? Bruno hat gestern damit gearbeitet. Nur einen Nagel in die Wand über dem Bett geschlagen, ein Bild aufgehängt. Aber weggeräumt hat er ihn nicht. Als wir ins Bett gingen, lag der Hammer direkt davor auf dem Fußboden. Sonst ist Bruno immer so ordentlich.
Nicht *ist*! Reiß dich zusammen, Angelika, Angelique, Geli, wie auch immer, halt deinen Kopf beisammen. Bruno war!
Es ist ein friedliches Bild, was er da über dem Bett aufgehängt hat, nur Wasser und ein paar Möwen. Ich bin wirklich nicht durstig. Aber verdursten wä-

re ein schöner Tod. Blödsinn, das habe ich jetzt verwechselt. Erfrieren wäre ein schöner Tod. Das habe ich auch einmal gelesen. Alles, was ich weiß, habe ich irgendwann gelesen, oder Bruno hat es mir erzählt. Er hat mir viel erzählt. Er hat nicht viel gelesen, aber er wußte eine Menge.
Er wußte, wie man Regale baut und wie man eine Wasserleitung vom Brunnen ins Haus verlegt. Wie man Bücher verlegt, wußte er auch. Obwohl ihn die Bücher an sich nicht interessierten, hat er so lange gefragt, bis er alles darüber wußte.
Über seinen Beruf dagegen sprach er selten. Ich erinnere mich nur an eine Gelegenheit. Und da mußte er sprechen, weil ich dabei war, als der Anruf kam. Weil ich gesehen hatte, wie er bleich wurde.
Das war, kurz bevor er überraschend den Vorschlag machte, daß wir zusammenleben sollten, kurz bevor er dann bei mir einzog. Der Anruf kam an einem Mittwoch abend nach zehn. Ich erinnere mich ganz genau. Das Telefon in der Halle klingelte. Ich ging hin, schließlich war es mein Haus, und es war noch nie ein Anruf für Bruno gekommen. Außer seinem Kollegen Mario Siebert wußte niemand, wo man ihn erreichen konnte, wenn er bei mir war. Ich nahm den Hörer ab, nannte meinen Namen. Dann hatte ich diese Stimme im Ohr, sanft, schüchtern, höflich.
»Entschuldigen Sie bitte die späte Störung«, bat sie. »Man hat mir gesagt, Herr Lehmann wäre

unter dieser Nummer zu erreichen. Könnte ich ihn bitte sprechen? Es ist sehr dringend.«
Eine Frau! Der Stimme nach eine sehr junge Frau. Ich will nicht behaupten, daß ich auf Anhieb mißtrauisch war, nur etwas seltsam berührt fühlte ich mich. Sie hatte ihren Namen nicht genannt, das störte mich. Gleichzeitig sagte ich mir, daß es beruflich sein müsse. Man hat mir gesagt. Man – das konnte nur Mario Siebert sein. Aber was zum Teufel konnte im Versicherungsgeschäft so dringend sein, daß man einen Vertreter abends um zehn damit behelligen mußte?
Einen flüchtigen Moment lang dachte ich noch, es sei vielleicht etwas mit Brunos Mutter. Ihr Zustand hatte sich in den letzten Wochen verschlechtert, das hatte er mir erzählt. Aber eine Pflegerin dieses Heims hätte sich mit ihrem Namen gemeldet. Man kann ja wirklich in Sekundenbruchteilen zwei Dutzend Gedanken wälzen und eine Entscheidung treffen. Ich wollte zumindest wissen, wer sie war.
»Mit wem spreche ich denn?« fragte ich.
»Mein Name ist Elfgen«, flüsterte sie. Es war wirklich nur ein Flüstern, nicht viel mehr als ein Windhauch. Als ob die Stimme ihr nicht mehr gehorche.

Elfgen! Aber ich nenne sie nicht nur wegen ihres Namens die Elfe, auch wegen ihres Aussehens.
Zu Bruno sagte ich nur: »Für dich.« Neben ihm in der Halle bleiben erschien mir zu aufdringlich.

Aber einfach zurück in den Wohnraum gehen schaffte ich auch nicht. So blieb ich bei der Tür stehen. Es war ein zwiespältiges Gefühl, ihm zuzuschauen. Zuerst die Überraschung, durchaus freudig, obwohl er sich Mühe gab, sachlich zu bleiben. »Ach, du bist es«, sagte er. Er lächelte zu mir herüber, während er ihr zuhörte. Aber sein Lächeln starb sehr schnell. Ich sah deutlich, wie er schon nach wenigen Sekunden zusammenzuckte. Nachdem er etwa eine Minute lang gelauscht hatte, schüttelte er den Kopf. Ich hörte ihn sagen: »Du Arme. Wie konnte er nur . . . vor deinen Augen.« Dann schwieg er wieder sekundenlang, sprach etwas heftiger weiter: »Nein! Nein, sei ganz ruhig. Es war nicht alles umsonst. Laß alles so, wie es ist. Nichts anrühren, ich komme. Ich komme sofort.« Nachdem er aufgelegt hatte, schüttelte er erneut den Kopf, als könne er etwas überhaupt nicht begreifen. Er drehte sich endlich zu mir um. »Es tut mir leid, Angelique, ich muß noch einmal weg. Ein Notfall.«
»Bist du Arzt?« fragte ich, lächelte, obwohl es mir verdammt schwerfiel, »oder Polizist? Es klang ganz danach. Nichts anrühren.«
Nein, er war weder Arzt noch Polizist. Er war nur ein Versicherungsvertreter. Er hatte einem Mann eine Lebensversicherung verkauft. Eine ziemlich hohe Summe. Dementsprechend waren auch die monatlichen Prämien gewesen. Und die waren gezahlt worden, sechs Jahre lang, jeden Monat. Um diese Prämien aufzubringen, hatte die Frau des

Mannes sogar eine Arbeitsstelle annehmen müssen, als ihr Mann erkrankte und zeitweise arbeitsunfähig war.
Und jetzt war der Mann tot. Unter recht mysteriösen Umständen gestorben. Nachdem er Stunden zuvor irgendein Pulver in Milch verrührt und eingenommen hatte. Der Mann war von Beruf Biochemiker gewesen. Und die Lebensversicherung schloß eine Leistung bei Selbsttötung aus.
Nichts anrühren!
Bruno machte sich gleich auf den Weg, erklärte noch einmal, wie leid es ihm tue, bat mich, ihm nicht böse zu sein. Küßte mich zum Abschied und zog die Tür hinter sich zu mit dem Versprechen, noch einmal zurückzukommen, falls es nicht zu spät werde. Elfgen! Und er hatte sie geduzt. Ach, du bist es. Du Arme, hatte er gesagt.
Es wurde für mich ein gräßlicher Abend. Bruno kam nicht zurück. Bis um eins in der Nacht wartete ich auf ihn. Mehrfach war ich nahe daran, in seiner Wohnung anzurufen. Ich tat es nicht. Als ich dann im Bett lag, ging mir unentwegt sein Geständnis nach unserem Urlaub durch den Kopf. Nur zwei andere Frauen in sechs Monaten, eine Kollegin und eine Kundin, deren Mann erkrankt war, die sich einsam fühlte, die sich nach Zärtlichkeit sehnte. Mir mußte niemand eigens erklären, wer diese Kundin gewesen war. Sie hatte eben bei mir angerufen. Ihren Vornamen sah ich ein paar Tage später in einer Akte.
Nora Elfgen.

Wie lange Bruno in der Nacht bei ihr geblieben ist, weiß ich nicht. Darüber haben wir nie gesprochen. Aber ich weiß, daß er dieses ominöse Pulver beiseite geschafft hat. Was man so darunter versteht: beiseite geschafft. Er nahm es an sich. Ein Glas mit einem Schraubverschluß. Ein Glas von der Größe, in der Konfitüre angeboten wird. Noch gut zur Hälfte gefüllt mit einer Art Puderzucker. Es sah völlig harmlos aus.
Bruno hatte das Glas bei sich, als er mich freitags vom Verlag abholte. Wir gingen essen, danach war er noch verabredet. Er wollte mich heimbringen und versprach, in einer halben Stunde zu mir zu kommen.
»So wie am Mittwoch?« fragte ich.
Bruno griff nach meiner Hand, zog sie an die Lippen. »Angelique, es tut mir leid, aber es ist wirklich zu spät geworden.« Dann erzählte er mir, wie der Mann gestorben war. Daß er seinen Tod angekündigt hatte. »Ich kann nicht mehr. Ich halte das nicht mehr aus. Ich mache Schluß.« Und welche Folgen das für Nora Elfgen haben konnte.
»Vielleicht ist das Zeug völlig harmlos«, vermutete Bruno. »Vielleicht wollte er ihr nur einen Schreck einjagen und hat ein paar Löffel Puderzucker in seine Milch gerührt.«
»Das glaubst du doch nicht im Ernst«, sagte ich.
Bruno zuckte mit den Achseln. »Ich weiß nicht, was ich glauben soll. Ich habe ihn in letzter Zeit nicht mehr gesehen. Wer weiß denn, was in so einem Menschen vorgeht? Er hatte Krebs und wuß-

te, daß er nie mehr gesund wird. Er hatte ständig starke Schmerzen. Aber ihm standen Medikamente zur Verfügung, mit denen er sie lindern konnte. Er wäre ohnehin in absehbarer Zeit gestorben. Warum trifft er erst Vorsorge für seine Frau und macht das alles wieder zunichte, indem er sich selbst umbringt? Das will mir nicht in den Kopf. Das ist doch ein Widerspruch. Deshalb will ich das Pulver untersuchen lassen.«

Er kannte jemanden, der ein privates Labor betrieb. Den wollte er um zehn Uhr aufsuchen. Es würde wirklich nicht länger als eine halbe Stunde dauern, versprach er mir noch einmal. Als er mich vor dem Haus aussteigen ließ, meinte er lächelnd: »Nutz die Zeit für ein paar schöne Gedanken, Angelique. Ich bin gleich bei dir.«

Es kam dann auch ein Schreiben von einem Labor. Das war nur ein paar Tage später. Bruno hatte es bei sich, als er abends kam. Das Kuvert steckte in seiner Hosentasche. Als er bemerkte, daß ich es gesehen hatte, legte er es auf den Tisch.

»Du erinnerst dich doch sicher noch an das Schraubglas«, sagte er, deutete mit dem Kinn auf den weißen Umschlag. »Interessiert es dich, was darin war?«

Das Kuvert enthielt zwei Blätter. Eines davon war ein Computerausdruck, die Angaben in Milligramm Substanz, Gramm Körpergewicht, Stunden und Prozent.

Das Schriftbild sehe ich noch deutlich vor mir. Ausgedruckt von einem dieser alten Drucker, die mit nur wenigen Nadeln die Worte aufs Papier bringen. Die einzelnen Buchstaben reihten sich aus Pünktchen zusammen. Selbst der Schlußsatz wirkte spielerisch und harmlos. Letale Wirkung: Hundert Prozent.

Das zweite Blatt war ein Begleitbrief. Er war eng mit der Hand beschrieben, wie es unter Freunden üblich ist.

»Lieber Bruno« . . . und so weiter. Man habe die Wirkungsweise wie besprochen an Mäusen getestet. Dann folgten ein paar Fachausdrücke, die ich mir nicht merken konnte. Aber es ging darum, daß sie die genaue Zusammensetzung des Pulvers nicht hatten ergründen können. Ein Gift in dem Sinne war es nicht. Sie vermuteten, daß es sich um Viren handelte. Aber die hatten sie nicht nachweisen können. Darauf war das kleine Labor nicht eingerichtet. Um diesen Nachweis zu erbringen, hätte man ein Elektronenmikroskop gebraucht.

Man empfahl Bruno, sich an die Behörden zu wenden. Aber das tat er nicht, es erübrigte sich auch. Die gerichtsmedizinische Untersuchung des Toten, auf der die Versicherungsgesellschaft bestand, brachte schließlich den Beweis.

Ein neuartiger Virus, der das zentrale Nervensystem befiel. Das weiße Pulver war wohl nur eine Art Trägersubstanz, vielleicht ein Nährboden, falls die Viren so etwas brauchten. Irgendwie gehörte es schon dazu, es machte sie so gefährlich. Die Wirkungsweise ist mir gut im Gedächtnis geblieben. Sie war auf diesem Computerausdruck exakt fest-

gehalten. Der Tod trat in jedem Fall ein, auch bei verschwindend geringen Mengen.
Bei niedriger Dosierung sei es, oft erst Stunden oder gar einen ganzen Tag nach der Einnahme, vor dem Exitus zu Ausfallerscheinungen gekommen, hieß es, später auch zu Bewußtlosigkeit. Bei höherer Dosierung seien die Objekte zuerst noch sehr aktiv gewesen, fast wie unter dem Einfluß eines Stärkungsmittels. Erst nach geraumer Zeit seien sie dann ohne besondere Vorzeichen in Tiefschlaf verfallen, aus dem sie nicht mehr erwachten. Wobei sich der Eintritt des Todes nicht exakt bestimmen ließ. Der Schlußsatz im Brief lautete: »Wo hast du dieses Teufelszeug aufgetrieben?«
Bruno war fassungslos. Er wußte ja, was in solchen Fällen üblicherweise von der Versicherungsgesellschaft angeordnet wird. »Die Gerichtsmediziner werden feststellen, daß es kein natürlicher Tod war«, meinte er. »Es war wirklich alles umsonst.«
»Wieviel Geld hätte die Gesellschaft der Frau zahlen müssen?« fragte ich.
Bruno antwortete nicht gleich. Er schien mit seinen Gedanken weit weg. Ich dachte schon, er hätte meine Frage gar nicht gehört, als er den Kopf hob und mich mit diesem geistesabwesenden Blick anschaute. Dann murmelte er: »Eine halbe Million.«
Eine halbe Million! Wir hatten nie über mein Einkommen oder mein Vermögen gesprochen. Aber daß ich mindestens eine halbe Million besaß, wußte Bruno genau. Schließlich hatte er den Antrag auf Auszahlung für mich ausgefüllt. Und wenig

später hatte er zu mir gesagt: »Ich will nicht dein Geld, ich will deine Nähe. Ich will dich. Auch wenn du das nicht glauben kannst.« Ich hatte es geglaubt, all die Monate.

Am Sonntag, nachdem Bruno das Schreiben des Labors erhalten hatte, gingen wir ins Theater. Auf der Heimfahrt fragte er plötzlich: »Angelique, würdest du mir Geld leihen, wenn ich dich darum bitte?«

Einen Moment lang fühlte ich mich ein wenig lahm im Innern. Obwohl ich nicht einmal gleich eine Verbindung herstellte. Meine Stimme zitterte ein bißchen, als ich antwortete: »Natürlich.«

»Auch eine größere Summe?«

Eine halbe Million, dachte ich flüchtig und sagte laut: »Das kommt darauf an, was du unter einer größeren Summe verstehst.«

An meiner Stimme merkte er, daß etwas nicht in Ordnung war. »Jetzt habe ich dich schockiert«, stellte er fest. »Sei ehrlich, Angelique, du hast nicht mehr damit gerechnet, daß ich eines Tages Geld von dir will.«

Nein, damit hatte ich wahrhaftig nicht mehr gerechnet. Doch in dem Augenblick wollte ich nicht darüber nachdenken, womit ich gerechnet hatte. Nicht nachdenken über den Verdacht, der sich mir so unvermittelt aufdrängte. Eine junge Frau, deren Stimme nach einem Windhauch klang, die sich von Zeit zu Zeit mit einem Versicherungsvertreter über die Sorge um ihren schwerkranken Mann

hinweggetröstet hatte. Eine junge Frau, die jetzt Witwe war. Und pleite!
Es gab Angenehmeres, als darüber nachzudenken. Bruno war bei mir, und er würde die Nacht über bleiben. Wir würden uns am nächsten Morgen am Frühstückstisch gegenübersitzen. Er würde mir sagen, daß er mich liebt. Und ich würde ihm glauben. Es gab Beweise für seine Liebe. Er war sehr besorgt um mich und mein Wohlergehen.
Da er mir meine Hungerkur nicht hatte ausreden können, obwohl er es mehrfach versucht hatte, hatte er mit Frau Ströbel einen regelrechten Diätplan ausgearbeitet. Viel Obst und Salate, mageres Fleisch und dergleichen. Frau Ströbel gab sich alle Mühe, Brunos Anweisungen bis auf das letzte Gramm zu befolgen. Auf die Waage durfte ich nur noch einmal in der Woche steigen. Und Bruno notierte sorgfältig, wie es mit den Pfunden abwärts ging.
Kleidergröße zweiundvierzig – das war ein kleines Fest. Und für die faltige Haut gab es Massagen, spezielle Cremes und Bürsten. Für das erschlaffende Gewebe gab es ebenfalls Massagen und gymnastische Übungen, Bäder mit dem Zusatz von Meeresalgen, um es wieder zu straffen. Dann gab es noch diverse Mittelchen, um die Fingernägel zu festigen, das Haar zu kräftigen. Bruno kannte sich aus in solchen Dingen. Ich begann mir allmählich zu gefallen. Und er war so hinreißend. Und warum sollte er das alles für mich tun, wenn nicht aus Liebe?

Manchmal war er sogar richtig eifersüchtig. Ich weiß noch, daß ich eines Abends zusammen mit Hans Werres das Verlagsgebäude verließ. Das muß in der Woche nach dem Theaterbesuch gewesen sein. Genau kann ich mich nicht erinnern. Es kam so viel zusammen damals.

An dem Tag hatten wir in einer stundenlangen Konferenz über die Autobiographie von Andy Goltsch diskutiert, mehr noch über die Folgen, die sie für den Reuter-Verlag haben konnte. Das Buch hätte vor Monaten auf den Markt kommen müssen, als die Presse sich noch zu Jubelstürmen hinreißen ließ. Damit hatten wir kalkuliert. So groß war unser Werbeetat nicht, daß wir damit allein für reißenden Absatz sorgen konnten.

Es war so verdammt still geworden um Andy Goltsch. Ab und zu eine Randnotiz in den Klatschspalten. Man sah ihn jetzt häufig in Begleitung eines Mannequins. Das war auch schon alles, worüber zu berichten sich lohnte. Seine Konzerte wurden teilweise von den Veranstaltern wieder abgesagt, weil der Kartenvorverkauf keine Ergebnisse zeigte und Andy vor leeren Rängen hätte mit den Hüften wackeln müssen. Eine neue LP hatte sich als Flop erwiesen.

Hans Werres hatte an dem Abend eigens beim Aufzug auf mich gewartet, um noch kurz allein mit mir sprechen zu können. Es ging ihm nur darum, mir zu versichern, daß er sein Bestes gab. Als wir die Tür erreichten, hielt er sie auf

und ließ mich vorangehen, sprach jedoch noch, so daß ich stehenblieb und ihm zuhörte.
Und Bruno schaute vom Wagen aus zu, wie Hans mir spontan eine Hand auf den Arm legte. Es war völlig harmlos. Aber Bruno schien das anders zu sehen. Statt der sonst üblichen Begrüßung hörte ich, als ich einstieg, ein mißtrauisches »Wer war das, Angelique? Was wollte er von dir?«
Ich erklärte es ihm, aber ganz zufrieden war er nicht. Ich verstand nicht, worüber er sich aufregte. Und daß er sich aufregte, war offensichtlich. Während der Fahrt war er schweigsam, keine der sonst üblichen Fragen, wie mein Tag gewesen war. Dann saßen wir uns am Tisch gegenüber, und Bruno schwieg immer noch. Kaute mit verdrossener Miene auf einem Stück Filet herum.
Frau Ströbel verließ das Haus. Wir räumten den Tisch ab. Bruno machte sich daran, Cappuccino zuzubereiten. Inzwischen hatte sein Gesicht den Ausdruck von Weltuntergang angenommen.
»Was ist denn los mit dir?« fragte ich. »Hast du Ärger gehabt?«
Ein stummes Kopfschütteln, noch zwei Sekunden Schweigen, dann die Gegenfrage: »Hast du oft mit diesem Werres zu tun?« Brunos Stimme klang genauso düster, wie sein Gesicht wirkte.
Ich konnte es einfach nicht glauben und lachte drauflos. »Nun komm schon, Liebling. Er arbeitet für mich, ich habe täglich mit ihm zu tun. Aber ich habe auch mit anderen oft zu tun. Frage ich dich, wen du heute besucht hast?«

Da lachte er ebenfalls. »Nein, aber du hast versprochen, mich nicht zu fragen.«
Es gab mir einen kleinen Stich, der in die alte Wunde fuhr und ein wenig am Schorf kratzte. »Aha«, sagte ich nur.
Die beiden Cappuccino-Tassen in den Händen balancierend, ging Bruno in den Wohnraum hinüber. Ich folgte ihm langsam. Er drehte den Kopf über die Schulter zu mir um und lachte erneut. »Jetzt hast du wieder deinen gefährlichen Blick, Angelique. Willst du meinen Terminkalender sehen?«
Bevor ich darauf antworten konnte, stellte er die beiden Tassen auf dem Tisch ab, schlug sich leicht mit der Hand gegen die Stirn. »Ach, das ist ärgerlich. Ich glaube, ich habe ihn im Büro liegenlassen.«
Ich ging mit den Fäusten auf ihn los, konnte lachen dabei und so tun, als sei es wirklich nur eine scherzhafte Balgerei. »Du Schuft, dann wirst du jetzt eben aus dem Gedächtnis aufzählen, mit wem du mich heute betrogen hast.«

Ich wußte es, ich wußte es immer. Er war so leicht zu durchschauen. Nicht in der ersten Zeit, aber nachdem er dann bei mir eingezogen war ... An manchen Abenden, vor allem nach diesen späten Terminen war er anders, weicher, drängender, zärtlicher, leidenschaftlicher, von allem ein wenig mehr als sonst. Als ob er sich selbst etwas beweisen müsse, vielleicht hatte er auch nur ein schlechtes Gewissen.

So wie der kleine Junge, dem strikt untersagt worden war, am Flußufer zu spielen. Weil es gefährlich war, weil er abrutschen und von den Fluten mitgerissen werden konnte. Der kleine Junge kannte die Gefahr nicht. Seine Mutter hatte ihm nur gesagt, dort habe er nichts zu suchen, und wenn er trotz ihres Verbots hingehe, habe sie ihn nicht mehr lieb. Und er ging immer wieder hin. Er stand tausend Ängste aus, die Liebe seiner Mutter zu verlieren, aber der Reiz war einfach stärker.
So ungefähr war es. Brunos Flußufer konnte jede Frau sein, die ihm auf der Straße begegnete. Jedesmal, wenn er mich morgens verließ, sah ich ihn von einer Flut hübscher Gesichter und schlanker Körper mitgerissen und fortgespült werden. Aber ich konnte damit umgehen. Es waren so viele, das machte sie harmlos.
Es war schön, an zwei oder drei Abenden in der Woche neben Bruno im Bett zu liegen, ein wenig über die Risiken im Verlagsgeschäft jammern zu dürfen. Daß es mich Kopf und Kragen und ein Vermögen kosten konnte, dieses Buch auf den Markt zu bringen. Dann verschloß er mir den Mund, ließ seine Hände kreisen, flüsterte: »Nicht denken jetzt! Mach die Augen zu, Angelique! Und wenn du alles verlierst, dann hast du immer noch mich. Wir gehen nach Spanien, da brauchen wir nicht viel zum Leben.«
In solchen Stunden konnte ich alles vergessen, meine restlichen Fettpolster, Andy Goltsch und seinen besten Freund, den Schlagzeuger, und alle

Mannequins dieser Erde. In solchen Stunden gehörte er mir allein. Mein Bruno!
So habe ich ihn oft genannt. Beide Hände um sein Gesicht gelegt, den Blick verschwommen durch die Tränen, die mir die Lust in die Augen getrieben hatte. Noch geschüttelt von den Schluchzern der Erlösung. Mein Bruno!
Und jetzt habe ich das Gefühl, ich rede über ihn wie über ein Möbelstück. Ich weiß nichts von ihm, gar nichts oder nur ein bißchen. Seine Größe kenne ich und sein Gewicht. Ich weiß, wie viele Anzüge von ihm daheim im Schrank hängen und wie viele Paar Schuhe er besaß. Ich weiß, daß er mich mit unzähligen Frauen betrogen hat und ihm nicht eine davon mehr bedeutete als ein guter Kaffee am Nachmittag. Ich weiß, daß er selbst keinen Schmuck tragen mochte, nur die Armbanduhr und später den Ehering. Aber den zog er vom Finger, wenn er aus dem Haus ging. Wenn er zurückkam, steckte er ihn wieder an.
Gesehen habe ich das nie, aber an seinem Finger fehlen die Kanten. Bei mir hat sich über und unter dem Ehering jeweils eine Kante gebildet. Dazwischen ist die Haut weicher, sie glänzt auch ein wenig. Indizien nennt man das, ein Mittelding zwischen Vermutung und Beweis.
Als er noch nicht mit mir zusammenlebte, wachte ich manchmal mitten in der Nacht auf, dann lag er neben mir. Ich hörte seinen regelmäßigen Atem. Und wenn ich eine Zeitlang ins Dunkel geschaut hatte, sah ich auch, wie seine Brust sich hob und

senkte. Dann kroch ich so dicht an ihn heran, daß er im Schlaf den Arm um mich legte. Und dann fühlte ich mich sicher, dann wußte ich genau, daß mir nichts geschehen konnte, solange er bei mir war. Dann war ich selbst so stark, daß ich mich dreimal um das Haus herum und die Treppe zum Schlafzimmer hinauf hätte tragen können.
Und manchmal erwachte ich in einem leeren Bett. Dann dachte ich zuerst an Papa. An das Vermögen, das er mir hinterlassen hatte, die Reserven auf der Bank. Und daran, daß ich mit einem geschickten Werbefeldzug nicht nur das verdammte Buch loswerden, sondern eventuell Andy Goltsch zu einem Auferstehen aus der Asche der zweiten Vergessenheit verhelfen konnte. Wenn ich soweit gekommen war, dachte ich an das graue Mietshaus, an die kleine Wohnung, die Bruno mir nicht zeigen wollte. Von der ich nur wußte, daß Mario Siebert jetzt auf der Couch im Wohnzimmer schlief. Und Bruno . . . Er lag im Nebenraum und schlief ebenfalls. Und ich wollte das glauben. Mein Bruno!
Manchmal fand ich es selbst merkwürdig, fast schon lächerlich, daß ich immer nur um die Nächte besorgt war. Er hatte tagsüber genügend Gelegenheit. Aber tagsüber, wenn es denn überhaupt noch einmal tagsüber passierte, das war Spielerei, das wußte ich immer. Deshalb war ich so erleichtert, als Bruno schließlich bei mir einzog.
Es geschah, ein paar Tagen nachdem er mich zusammen mit Hans Werres gesehen und so komisch

darauf reagiert hatte. Er kam mit zwei Koffern und ein paar Aktenstücken. Frau Ströbel wußte sich vor Begeisterung kaum zu fassen. Ich war so glücklich, so unendlich glücklich. Keine Angst mehr, keine Nacht mehr, in der ich eine halbe Stunde brauchte, um mit der Vorstellung von zwei schlafenden Männern in einer Mietwohnung vom ersten Schlaf in den zweiten zu gelangen.
Ich war überzeugt, daß es damit vorbei war, als Bruno einzog. Irrtum! Es wurde sogar ein bißchen schlimmer, ich wollte es nur nicht wahrhaben. Ich wollte nicht darüber nachdenken müssen, daß ich mir einen Mann gekauft hatte. Ja, gekauft!
Es blieb nicht bei zehntausend Mark. Dreimal insgesamt bat Bruno mich um ein Darlehen. Beim dritten Mal fragte er gleich nach dreißigtausend. Ich gab sie ihm am nächsten Abend, doch er steckte sie nicht gleich ein. Er griff nach meiner Hand, die das Geldbündel auf den Tisch gelegt hatte.
Dann küßte er jeden Finger einzeln, zuletzt den Handteller. »Du hast mich bisher nicht einmal gefragt«, sagte er, »wofür ich dein Geld brauche.«
»Danach muß ich dich auch nicht fragen«, sagte ich. »Ich bin keine Bank, die sich nach dem Verwendungszweck und nach Sicherheiten erkundigt. Selbst wenn du mir das Geld nicht zurückgeben kannst, ist das kein Weltuntergang.«
Er schwieg, hörte nur zu und ließ mich dabei nicht aus den Augen. Meine Hand hielt er immer noch an den Lippen. Ich schaffte es sogar, zu lächeln.

»Solange ich flüssig bin«, sagte ich, »kannst du ruhig weiter bitten. Ich frage mich nur, was du tun wirst, wenn ich zum ersten Mal nein sagen muß.«
»Arme Angelique«, flüsterte Bruno, »es muß die Hölle sein, einen Mann zu lieben, von dem man eine so schlechte Meinung hat.«
Jetzt war ich es, die schwieg, zuhörte und ihn nicht aus den Augen ließ. Er sprach in ruhigem Ton weiter, jedes Wort sorgfältig überlegt.
»Ich weiß, was ich dir antue«, sagte er. »Aber du bist die einzige, die ich bitten kann. Ich will das Geld nicht für mich, und du bekommst es zurück. Irgendwann bekommst du es zurück. Das verspreche ich dir.«
Ich nickte, zuckte gleichzeitig mit den Schultern, lächelte und fühlte seine Lippen an meiner Hand. Und wenn er nachmittags um vier im Verlag anrief, nur um mich auf einen späten Termin vorzubereiten, dann schlug mein Herz in der Kehle, der Magen krampfte sich zusammen. Und wenn er dann nach dem Abendessen aufstand, die Krawatte zurechtrückte, dann wußte ich Bescheid.
Nora Elfgen, die sanfte, schüchterne Stimme am Telefon. Und eine halbe Million Mark. Von der Versicherung hatte sie keinen Pfennig bekommen, von mir vermutlich fünfzigtausend. Ich wollte es gar nicht so genau wissen. Ich sagte mir nur immer, daß Bruno sich eben verpflichtet fühlte, ihr ein bißchen unter die Arme zu greifen. Weil er selbst doch für diese Lebensversicherung, für die sie und ihr Mann sechs Jahre lang so enorm hohe

Prämien gezahlt hatten, eine hohe Provision kassiert hatte. Vielleicht genau fünfzigtausend. Und daß Bruno wenigstens diese Summe an Nora Elfgen zurückzahlen wollte. Weil ihr die eingezahlten Prämien aus diesen sechs Jahren wahrscheinlich nicht zurückerstattet wurden.
Ich setzte mich auf die Couch, wenn Bruno das Haus verließ. Ich nahm ein Buch auf den Schoß und beobachtete die Uhr. Um zehn würde Bruno zurückkommen, länger blieb er selten fort. Höchstens wenn er zwei Termine an einem Abend hatte. Das geschah nicht oft. Und wenn, dann war es völlig harmlos. Zwei Termine an einem Abend, das war rein geschäftlich. Ein Termin, das konnte eine Frau bedeuten, vielleicht Nora Elfgen. Die immer noch Rat und vielleicht auch Trost brauchte. Aber was sind schon zwei Stunden?
Ich konnte sie ebenfalls mit Arbeit verbringen, das tat ich auch oft. Oder ich nutzte die Zeit für meine Vorbereitungen. Ein ausgiebiges Bad, Gesichtsmasken, Maniküre, gymnastische Übungen und Massagen. Ich zupfte die Augenbrauen in Form, entfernte sämtliche störenden Härchen unter den Achseln und an den Beinen. Dann die diversen Cremes, Lotionen, Parfüms und zuletzt die Frisur. Dann suchte ich eine halbe Stunde lang in meinen Dessous herum, bis ich endlich ein Teil fand, von dem ich wußte, daß Bruno es besonders gerne an mir sah. Wenn ich mich dann noch einmal vor den großen Spiegel im Bad stellte, stieg ein sonderbares Gefühl in mir auf, eine Mischung

aus Sehnsucht, Verzweiflung, Erregung und Haß. Nur wußte ich nie, wen ich hassen sollte, ihn oder mich selbst.
Da stand mir eine Frau gegenüber, die es geschafft hatte, in ein paar Monaten eine Menge von dem Speck loszuwerden, den sie sich in dreißig Jahren angefressen hatte. Und während sie sich darauf konzentrierte, mit dem einzigen Zweck, einen Mann zu halten, war ihre Existenzgrundlage ins Wanken geraten. Durfte ich denn zulassen, daß Papas Lebenswerk ruiniert wurde, nur weil ich nicht auf Bruno verzichten konnte? Ich konnte mich tagsüber kaum auf meine Arbeit konzentrieren. In Gedanken war ich immer bei ihm: Wo ist er jetzt? Was macht er gerade? Ist er bei einer Frau? Muß er heute abend noch einmal weg? Warum konnte ich mich nicht dazu aufraffen, seine beiden Koffer wieder einzupacken?
Wenn ich vor dem Spiegel stand, wußte ich es genau. Weil ich ihn brauchte. Weil ich mir nicht vorstellen konnte, bei einem anderen Mann auch nur einen Bruchteil von dem zu finden, was er mir gab. Weil ich an nichts anderes denken konnte, gewiß nicht an den Verlag, nur daran, wie er gleich zur Tür hereinkommen würde. Wie er mich ansehen würde, wie er mich lieben würde. Und jedesmal dachte ich, daß ich die Stärkere war und bleiben würde.
Ich war immer noch dick, und ich war auch an einem Punkt, an dem es nicht mehr so rapide abwärts ging mit den Pfunden. Aber ich mußte mir

schließlich nur ein paar alte Fotos ansehen, um mit eigenen Augen zu erkennen, daß ich mein Ziel erreichen konnte, weil ich bereits mehr als die halbe Strecke geschafft hatte. Und ich mußte nur einen Blick auf die Bilanz des Reuter-Verlags werfen, um zu sehen, daß ich andere Prioritäten setzen mußte.

Drei Monate lebten wir ohne Trauschein zusammen. In der Zeit habe ich mir den Ruf eingehandelt, arrogant und despotisch zu sein. Zwei Sekretärinnen hat mich die Zeit bis zur Hochzeit gekostet. Frau von Mühlenberg lernte, rasch den Kopf zu senken, wenn ich am Empfang vorbeikam. Sogar Erich Nettekoven ging mir nach Möglichkeit aus dem Weg. Der einzige, der mir ganz unvoreingenommen und in keiner Weise ängstlich gegenübertrat, war Hans Werres.
Hans war fast eine Art Freund geworden, nicht mehr und nicht weniger. Wenn Bruno um vier anrief, um mich auf einen späten Termin vorzubereiten, ging ich anschließend zu Hans ins Lektorat. Einen Vorwand gab es immer: Andy Goltsch und sein Lebenswerk. Ein anderes Thema existierte kaum noch, jedes andere Projekt trat hinter dem Aufwand zurück, den wir damit betrieben. Aber das Buch hatte Format bekommen, wenn es auch nicht den Inhalt hatte, den ich gerne gesehen hätte, es war ausgezeichnet geworden.
Das war einzig und allein das Verdienst von Hans Werres. Der Ärmste hatte so unendlich viel Mühe

damit. Und soviel hatte ich an dem Wochenende in meinem Haus doch erreicht, daß er ein paar Änderungen am Text vornehmen durfte. Ein paar Änderungen!

Ein bißchen Koks, ein paar hübsche Mädchen, das gehörte wohl dazu. Der Rest wurde gestrichen und von Hans durch mühsam zusammengetragene Fakten über den ersten Aufstieg und Niedergang des Sängers ersetzt. Eine ganze Woche lang hatte er sich mit Andy Goltsch regelrecht eingeschlossen, ein Bandgerät auf dem Tisch. Und nun los, Junge! Sprich dir alles von der Seele. Geschrieben hatte dann Hans Werres. Andy Goltsch war zwar nicht hellauf begeistert vom Ergebnis, aber er gab sein Einverständnis zum Start. Ihm ging es wohl in erster Linie darum, die letzte Rate des Honorars zu bekommen.

Niemand im Verlag rechnete ernsthaft damit, daß wir diesen Vorschuß wieder hereinholen, geschweige denn einen Gewinn erzielen könnten. Nur Andy träumte von weiteren Zahlungen, das hatte er Hans Werres anvertraut.

Inzwischen lagen bereits die Korrekturfahnen vor, noch einmal Arbeit für Hans. Und wenn ich zu ihm ins Lektorat ging, sprachen wir immer zuerst über den Arbeitsaufwand. Gleich darauf von den Sorgen und den schlaflosen Nächten, die mir dieses Werk bereitete. Hans tat immer so, als würde er mir diesen Grund unbesehen abnehmen. Seine eigene Ehe war wieder einigermaßen ins Lot gekommen. Doch ich nehme an, er wußte noch, wie

das ist, die Angst, verlassen zu werden von einem Menschen, den man mehr liebt, als man selbst begreifen kann.
Manchmal lud ich ihn dann für den Abend zum Essen ein. Er nahm immer gerne an. Ich glaube, er benutzte diese Abende, um seiner Frau seinen Wert zu beweisen. Vielleicht machte er sie damit sogar ein bißchen eifersüchtig.
Mich lenkte es einfach nur ab. Ich weiß genau, daß hinter der Hand gemunkelt wurde, ich hätte ein Verhältnis mit Hans. Der Verdacht lag nahe. Zweimal die Woche mindestens gingen wir nebeneinander am Empfang vorbei, meist in eine angeregte Unterhaltung vertieft. Ich duzte ihn, und Frau von Mühlenberg wird wohl auch das eine oder andere Mal gehört haben, daß er mich ebenfalls mit dem Vornamen ansprach. Allerdings blieb er beim Sie, aber vielleicht hat sie das nicht gehört. Und draußen stieg ich dann in seinen Wagen. Ich führte ihn meist in die Restaurants, in denen Papa vor Jahren häufig verkehrt hatte. Zwei Stunden Nostalgie.
Wir sprachen über Papa und darüber, wie einfach es früher gewesen und wie schwer es heute war, ein gutes Buch zu verkaufen. Wir sprachen über Nettekoven und die Schlechtwettermiene, mit der er durch den Verlag schlich. Wir sprachen über die Zukunft und über die Angst, von der sich niemand freisprechen sollte. Aber niemals wieder über private Dinge, obwohl ich oft das Gefühl hatte, daß wir ausschließlich darüber sprachen.

Das war das Schöne an diesen beiden Stunden, ich mußte kein Wort sagen und fühlte mich trotzdem verstanden.
Kurz vor zehn ließ ich mich von einem Taxifahrer heimbringen. Ließ mich wenig später von Bruno in die Arme nehmen, schnupperte am Hemdkragen, suchte nach verräterischen Zeichen und fand nur Zärtlichkeit.
Nach drei Monaten legte mir Erich Nettekoven dann an einem Dienstag ein paar Entwürfe für das Cover des Buches vor. Ich steckte sie in meine Aktenmappe und nahm sie mit heim, um sie mir in Ruhe anzusehen. Aber an dem Abend kam ich nicht dazu. Mittwochs rief Bruno kurz nach vier an, nur der übliche Hinweis, daß es spät werden würde, und zum Essen sei er auch nicht daheim. Und abends saß ich mit Hans im Restaurant. Wir sprachen über die Entwürfe, die noch in Papas Arbeitszimmer lagen. Inzwischen benutzte ich den Raum selbst.
Als ich vorschlug, daß wir sie uns noch rasch gemeinsam ansehen könnten, stimmte Hans zu. Es war eine harmlose und unverfängliche Sache, zu Anfang jedenfalls.
Bruno war noch nicht daheim, als wir ankamen. Das dunkle Haus vermittelte mir plötzlich ein sonderbares Gefühl. Auf dem Weg zur Haustür hatten wir uns noch unterhalten, und dann waren wir beide still. Ich machte Licht, ging auf das Arbeitszimmer zu. Hans folgte mir zögernd. Damit es nicht am Ende peinlich wurde, erklärte ich in

halbwegs scherzhaftem Ton: »Ich würde dir gerne einen Kaffee anbieten. Aber ich fürchte, er wird nicht so besonders, wenn ich ihn aufbrühe.«
»Möchten Sie Kaffee trinken?« fragte er.
Wir hatten nach dem Essen darauf verzichtet, weil wir gleich aufgebrochen waren. Ich nickte, und Hans fragte: »Wo ist die Küche?«
So fand Bruno uns dann am Küchentisch sitzend. Die Entwürfe lagen zwischen uns auf der Tischplatte. Wir hatten uns für einen entschieden und kurz überlegt, ob wir Nettekovens Stimme noch dazu hören und eventuell einen Abzug an Andy Goltsch schicken sollten. Dann hatten wir über die Kosten gesprochen und über Nettekovens Vorschlag, sicherheitshalber nur mit der Hälfte der geplanten Auflage zu starten.
»Wahrscheinlich hat er recht«, sagte Hans, »Sie müssen damit rechnen, daß es ein Verlustgeschäft wird. Da reichen fünfzigtausend allemal.«

Den letzten Satz muß Bruno im Hereinkommen gehört und wohl auf sich bezogen haben. Er hatte Licht in der Küche gesehen und rief nach mir. Hans schaute ein wenig erstaunt auf, runzelte die Stirn und meinte schmunzelnd: »Das ist hübsch. Vor einem Jahr hätte ich vielleicht darüber gelacht, aber jetzt paßt es zu Ihnen, Angelique.«
Bruno runzelte, bei der Tür stehend, ebenfalls die Stirn. Ich machte die beiden Männer miteinander bekannt. Bruno gab sich sehr höflich. Aber so gut kannte ich ihn doch, um zu sehen, daß ihm gar

nicht wohl war in seiner Haut. Als wir dann wieder allein waren, als Bruno sich erkundigte: »Willst du mir jetzt erzählen, daß das eine geschäftliche Besprechung war? Daß der Tag nicht ausreicht, um alles zu klären, was du mit ihm klären mußt?«, da klang er nicht wütend, nur deprimiert.

Er tat mir leid in diesem Augenblick. Aber es verging gleich, als ich daran dachte, womit ich mir den Abend vertrieben und wie er sich wohl in der gleichen Zeit beschäftigt hatte.

»Ich muß dir nichts erzählen«, erklärte ich ungewollt heftig. »Wir waren zusammen essen. Ich habe ihn eingeladen, das tue ich häufig. Du hast es nur bisher nicht bemerkt, weil ich immer vor dir daheim war.«

»Essen«, murmelte Bruno.

Ich nickte. »Essen, reden, mehr war es bisher nicht.«

»Aber du magst ihn, nicht wahr?«

»Natürlich mag ich ihn. Er ist ein guter Mitarbeiter und ein Freund. Wir verstehen uns ausgezeichnet. Mit Hans komme ich entschieden besser zurecht als mit dem alten Nettekoven. Stört dich das? Willst du mir jetzt etwa eine Szene machen, weil ich ihn noch ins Haus gebeten habe?«

Bruno schüttelte den Kopf, schluckte einmal heftig und fragte seinerseits: »Warum tust du das, Angelique? Was willst du mir beweisen? Was fehlt dir?«

Ich weiß noch, daß ich ihn angestarrt habe, mit ei-

nemmal so verbittert, daß ich schließlich sagte: »Mir fehlen fünfzigtausend Mark. Wenn du sie für dich verschleudert hättest, würde mich das an keiner Stelle berühren. Aber du hast sie dieser Frau gegeben, nicht wahr? Dieser Nora Elfgen. Da muß ich mich doch fragen, wieviel sie dir bedeutet. Du hast sie schon gekannt, bevor wir uns trafen. Du hast mir sogar einmal erklärt, daß du aus Mitleid mit ihr geschlafen hast. Es war doch Mitleid – oder irre ich mich da? Ihr Mann war krank, und sie brauchte Zärtlichkeit. Aber wie auch immer, du hast für sie deine Grundsätze über Bord geworfen: ›Ich will nicht dein Geld, Angelique, ich will dich.‹ Jetzt ist es wohl umgekehrt.«
Bruno schüttelte den Kopf, kam einen Schritt auf mich zu. Er streckte die Hände aus, und ich schrie: »Rühr mich nicht an. Heute nicht, bitte. Ich weiß, was ich dir versprochen habe, keine Fragen, keine Forderungen, keine Szenen. Ich verlange ja auch nichts, absolut nichts, keine Erklärung, keine Lügen, gar nichts, nicht einmal mein Geld zurück. Aber du kommst gerade von ihr, nicht wahr? Also faß mich nicht an!«
Bruno ließ die Hände wieder sinken, das Gesicht völlig unbeweglich, dann nickte er einmal kurz. »Ekelt es dich?« fragte er.
Ich schüttelte stumm den Kopf.
»Was ist es dann, Angelique?«
»Nur Wut«, sagte ich. Dann lagen wir im Bett, jeder für sich, abgekapselt, eingesponnen in ein Netz aus verletztem Stolz. Ich hatte Angst in der

Nacht, entsetzliche Angst, daß er mich nun verlassen würde.
Am darauffolgenden Tag rief er mich an. Ich saß zusammen mit Nettekoven in meinem Büro, als die Sekretärin seinen Anruf meldete. »Da ist ein Herr von einer Versicherung am Telefon«, sagte sie, »er hat seinen Namen nicht genannt, aber er will sie unbedingt persönlich sprechen.«
Und dann Brunos Stimme, ein vorsichtiges »Hallo«.
»Hallo«, sagte ich und fühlte, wie sich mein Puls beschleunigte, wie sich die Kehle zusammenschnürte. Jetzt kam der Abschied. Vielleicht hatte er seine Koffer schon gepackt. Ich gab Nettekoven mit einem Handzeichen zu verstehen, daß wir ein andermal weiterreden konnten.
»Wenn ich dich störe«, sagte Bruno, »sag es mir. Dann lege ich auf und melde mich später noch einmal.«
»Du störst mich nicht.«
Mein Herz füllte mit den wuchtigen Schlägen immer noch den gesamten Brustkorb aus. Doch das ging vorbei, als Bruno dann weitersprach. »Ich habe dir eine Menge zu erklären«, sagte er. »Möchtest du mir noch einmal zuhören?«
»Ja«, sagte ich, »ja, das möchte ich.«
»Gut«, seine Stimme klang so ernst, »dann hole ich dich ab. Ich bin in einer Viertelstunde da. Ich werde draußen warten.«
»Du mußt nicht warten«, sagte ich. »Ich bin in einer Viertelstunde draußen.«

Kurz nach sechs stieg ich zu ihm in den Wagen.
»Was willst du mir erklären?« fragte ich.
Und er sagte: »Wir haben Zeit, Angelique. Du hast doch bestimmt noch nicht zu Abend gegessen. Darf ich dich einladen? Ich habe das so lange nicht mehr getan.«
Eine halbe Stunde später saßen wir in unserer Nische. Die Kerzen auf dem Tisch warfen ihr flakkerndes Licht auf seine Hände. Er sprach mit gesenktem Kopf über Nora Elfgen. »Es war ein Fehler, nicht mit dir darüber zu reden«, sagte er, »das weiß ich inzwischen. Aber es war nicht so, daß ich dir etwas verheimlichen wollte. Ich wollte dich nicht belästigen mit Problemen von Leuten, die uns beide im Grunde genommen nichts angehen.«
Er hob die Schultern, lächelte verlegen. »Vielleicht fühle ich mich Nora Elfgen gegenüber nur schuldig«, erklärte er.
Und dafür gab es Gründe. Genau die Gründe, die ich schon so oft vermutet hatte. Die ich für sehr wahrscheinlich hielt, weil es einfach zu Bruno paßte, so zu denken. Immerhin hatte er Nora Elfgen und ihrem Mann diese teure Versicherung empfohlen, um die Hypothek für ihr Haus abzusichern. Und jetzt hatte Nora Elfgen nicht einmal das Geld für die Beerdigung ihres Mannes aufbringen können. Das waren die ersten zehntausend Mark, die Bruno bei mir erbettelt hatte.
»Sie wird ihr Haus verlieren«, sagte Bruno. »Ich mußte ihr helfen, Angelique, wenigstens über die

erste Zeit hinweg. Damit sie sich in Ruhe nach einer kleinen Wohnung umsehen kann. Damit sie nicht von heute auf morgen auf der Straße steht. Verstehst du mich, Angelique?«
Ich konnte nur nicken. Er griff in sein Jackett, zog einen kleinen Karton hervor. Er war nicht eingewickelt; ich erkannte sofort, daß es sich um ein Schmuckstück handeln mußte. Bruno klappte den Karton auf. Er hielt ihn noch so, daß ich nicht hineinsehen konnte, betrachtete den Inhalt mit gedankenverlorener Miene. Dann drehte er den Karton langsam um und sagte dabei: »Ich habe meine Grundsätze nicht für Nora über Bord geworfen. Aber für dich würde ich es gerne tun, wenn du mich läßt. Ich weiß nicht, wie ich dir sonst zeigen soll, was du mir bedeutest. Einer für dich und einer für mich, wenn du mich noch willst, Angelique.«
In der kleinen Schachtel befanden sich zwei schlichte Ringe. Wieder konnte ich nur nicken. Bruno zog den kleineren Ring aus dem Steckkissen und schob ihn mir über einen Finger der linken Hand. »Wir sollten die Verlobungszeit nicht zu lange ausdehnen«, meinte er lächelnd. »Ich weiß, daß ich immer gesagt habe, wir haben Zeit. Aber vielleicht habe ich mich geirrt. Sag es, Angelique, sag es mir.«
»Ja«, sagte ich, »ja, ich will dich heiraten.«

Es war Brunos Idee, einen Vertrag miteinander zu schließen, in dem vor allem die finanzielle Seite unserer Ehe geregelt war. Ich hielt es für überflüssig, aber er bestand darauf. Es sollte niemals jemand auf die Idee kommen, er hätte mich nur des Geldes wegen geheiratet, sagte er. Auf sein Drängen hin erkundigte ich mich beim alten Roßmüller nach einem Notar. Es kam, wie es kommen mußte. So traf ich Herbert wieder.

Auch wenn ich nicht genau gewußt hätte, wer mir da in einem luxuriös eingerichteten Büro gegenübersaß, ich hätte ihn auf Anhieb wiedererkannt. Er hatte anscheinend seine Schwierigkeiten. Als wir in sein Büro geführt wurden, als er sich mit einem Stirnrunzeln nach meinem Namen erkundigte und dann erstaunt die Augen aufriß – es war für mich mehr als ein Kompliment. Sein Blick schweifte von mir zu Bruno hinüber, dann überschlug er sich förmlich vor Höflichkeit und Diensteifer. Beides galt ausschließlich mir.

Frau Reuter hinten, Frau Reuter vorne. Und all die Klauseln. Guter Gott, ich kannte mich mit Verträgen aus. Ich wußte genau, daß der stärkere Teil stets bemüht ist, in seiner Position zu bleiben. Aber was Herbert mit neutral geschäftsmäßiger Miene vorschlug, war der Gipfel der Infamie.

Im Falle einer Ehescheidung sollte Bruno keinerlei Ansprüche gegen mich geltend machen können. Das konnte ich akzeptieren, weil mir der Begriff Ehescheidung an dem Tag so ähnlich in den Ohren klang wie die Behauptung, der Mensch fände auf der Venus optimale Lebensbedingungen vor.

Im Falle meines Todes sollte Bruno auf jegliche Erbschaftsansprüche verzichten. Das war hirnverbrannt. Wem hätte ich denn etwas vererben sollen, wenn nicht meinem Mann? Außer ihm war doch niemand da. Aber als ich protestierte, legte Bruno mir eine Hand auf den Arm. »Laß nur, Angelique, das ist in Ordnung. Ich werde das unterschreiben.«
Herbert riß bei dem Namen noch einmal die Augen auf, aber das Grinsen verkniff er sich. Anscheinend konnte er sich nicht zu der gleichen Meinung wie Hans Werres durchringen, daß der Name zu mir passe. Nun gut, Hans Werres hatte miterlebt, wie mehr als zwei Zentner auf siebzig Kilo schrumpften. Immer noch zuviel Gewicht. Aber Herbert hatte mich vor Jahren zuletzt gesehen, ich konnte riechen, was er dachte: fettes Mädchen, dicke Frau.
Als er dann jedoch kurz zu Bruno hinschaute, begann dieser zu grinsen und fügte an: »Nur für den Fall, daß ich einmal auf dumme Gedanken kommen sollte, nicht wahr? Ich kann es mir zwar nicht vorstellen, aber man weiß ja nie. Und wenn ich bei deinem Tod leer ausgehe, muß ich doch alles tun, ihn zu verhindern.«
Ich wollte trotzdem nicht, daß er nach meinem Tod völlig mittellos dastand. Er hätte ja nicht einmal mehr ein Dach über dem Kopf gehabt. Seine kleine Wohnung war inzwischen an Mario Siebert vermietet, und an seinen Beruf dachte ich nie als Einnahmequelle.

»Ich werde es nicht unterschreiben«, sagte ich endlich. »Und jetzt darf ich vielleicht erklären, wie ich mir diesen Vertrag vorstelle. Punkt eins: Für den gemeinsamen Lebensunterhalt komme ich auf. Das Haus in Spanien wird auf dich überschrieben. Es gehört dir, auch im Falle einer Trennung. Und im Falle meines Todes«, ich schaute Herbert an, sprach über Gebühr betont weiter, »ist mein Mann Alleinerbe des gesamten Vermögens. Ich sehe nicht ein, daß es dem Staat zufallen soll oder irgendwelchen Leuten, die ich überhaupt nicht kenne, die jedoch eine Verwandtschaft um fünf Ecken nachweisen können.«
Nach drei Sekunden eisigem Schweigen erklärte Herbert: »Wir sind jetzt dabei, einen Ehevertrag aufzusetzen und kein Testament. Das sollten wir bei anderer Gelegenheit in aller Ruhe besprechen.«

Zwei Wochen später, genau ein Jahr nach Papas Tod, wurden wir getraut. Ich hätte gerne eine Hochzeit gehabt mit allem, was dazugehört. Brautkleid und Schleier, Hochzeitskutsche. Wir hatten darüber gesprochen, und es war so ähnlich verlaufen wie das Gespräch, ob wir nun nach Spanien fahren oder fliegen.
Bruno sagte: »Wenn du darauf bestehst.«
Und ich sagte: »Wir machen es so, wie du möchtest.«
Eine große Feier bekam ich trotzdem, auch das Kleid ließ ich mir nicht nehmen, immer noch Grö-

ße zweiundvierzig, eine Wolke aus Taft und Spitze. Die Gästeliste umfaßte gut fünfzig Namen. Bruno kannte nur zwei davon, Hans Werres und Herbert Roßmüller. Ja, ihn hatte ich auch eingeladen, mit Gattin. Von seinem Vater wußte ich, daß er verheiratet war.
Aber er kam allein. Abends forderte er mich einmal zum Tanzen auf. Dabei entschuldigte er sich für die Gemeinheiten, die er Bruno hatte servieren wollen. Er hätte mir nur zu diesen Klauseln geraten, weil er derzeit am eigenen Leibe erfahre, wie wichtig es sei, die finanzielle Seite vorher zu regeln, sagte er. Gerade dann, wenn ein Partner vermögend und der andere mittellos sei. Solange man verliebt sei, denke kein Mensch darüber nach. Und keiner könne sich vorstellen, zu welch einem Kampf eine solche Ehe ausarten könne.
So beim Tanzen benutzte er auch das vertraute Du aus der Schulzeit. »Stell dir nur einmal vor«, sagte er, »oder versuch wenigstens, es dir vorzustellen, daß dein Mann dich eines Tages betrügt. So richtig nach Strich und Faden betrügt.«
Dabei schaute er zu Bruno hinüber, der neben Hans Werres und dessen Frau an der Bar stand und sich angeregt mit beiden unterhielt. Ich folgte Herberts Blick, sah Bruno da stehen. Ein wenig größer als Hans, schlank und aufrecht. Das dunkle Haar und die sonnenbraune Gesichtshaut, seine Hand, die ein Glas hielt, sein Lächeln, als er sich zu Frau Werres hinbeugte und

ihr mit diesen Funken von Humor in den Augen etwas zuflüsterte. Mein Mann!
»Er sieht phantastisch aus«, stellte Herbert leise und ohne jeden Anflug von Neid fest. Aber wozu hätte er auch neidisch sein sollen? Von ihm konnte man jederzeit das gleiche behaupten. »Und mir scheint«, fuhr er fort, »er kann mit Frauen umgehen. Es ist also nicht völlig auszuschließen, daß er dich eines Tages betrügt. Hast du eine Ahnung, wie weh das tut, Angelika? Vorausgesetzt natürlich, du erfährst davon.«
»Er wird mich niemals betrügen«, sagte ich ebenso leise.
»*Niemals* ist ein großes Wort, Angelika. Zugegeben, du kannst dich sehen lassen. Ich hätte dich nicht erkannt, wenn du mir auf der Straße begegnet wärst. Aber *niemals* solltest du nicht sagen.«
Ich schaute ihn an und lachte leise. »Betrug ist«, erklärte ich, »wenn er mir schadet, wenn ich etwas entbehren muß. Das wird nie geschehen, nicht bei ihm, ich kenne ihn lange genug.«
»Du bist dir deiner Sache aber verdammt sicher«, meinte Herbert noch, dann schwieg er endlich und brachte mich zurück an Brunos Seite, bedankte sich bei ihm für den Tanz mit der Braut. Kurz darauf verabschiedete er sich. Wir verließen den Saal etwa eine Stunde später.
Die Hochzeitsreise ließ Bruno sich von mir spendieren. Drei Wochen auf den Kanarischen Inseln wäre mein Traum gewesen. Oder Hawaii, traumweiße Strände, Palmen gesäumt, menschenleer,

unter mir der Sand, über mir Bruno. So ungefähr hatte ich es mir vorgestellt und nicht bedacht, daß es vielleicht doch nicht nur die Kosten für einen regulären Flug gewesen waren, die Bruno dazu veranlaßt hatten, zwei Tage und zwei Nächte hinter dem Steuer zu verbringen.
Diesmal lag es an den drei Wochen. So lange konnte er unmöglich aus seiner Agentur fortbleiben. Und für zehn Tage lohnte der Aufwand nicht. Aus den drei Liebeswochen unter einem goldenen Mond wurden zehn Tage Venedig. Auch nicht übel. Ein Hotel, nicht zu groß, dennoch teuer. Von der Stadt haben wir nicht viel gesehen, wir sind nicht einmal mit einer Gondel gefahren, weil wir kaum aus dem Zimmer gekommen sind.
»So ein teures Bett«, sagte Bruno, »muß sich erst amortisieren, ehe man es verlassen kann.«
Und jede Nacht war anders, jede Zärtlichkeit noch unerlebt. Ich hatte vorher nicht gewußt, daß es noch eine Steigerung geben konnte. Ich hätte es vorher auch nicht geglaubt.

Sechstes Kapitel

Aus und vorbei! Nur ein Jahr habe ich durchgehalten. Ein Jahr und vier Monate, um genau zu sein. Aber die letzten vier Monate ... Meine Beine sind tot, ich weiß es. Es hat mit diesem lahmen Gefühl begonnen. Zuerst in den Fingern, dann in den Händen, dann in den Füßen, dann in den Beinen. Alles ist tot. Was ist das für ein Sterben, das am äußersten Rand beginnt und sich langsam nach innen frißt?
Warum hat er nicht einfach den Hammer genommen? Es wäre gnädiger gewesen. Ich bin so leer geworden. Als ob ich mit dem, was ich bisher erzählt habe, meine Erinnerung daran verloren hätte. Das Sprechen fällt mir schwer, es klingt auch so undeutlich. Obwohl ich meine, die Zunge noch ganz gut unter Kontrolle zu haben. Sie ist dick und pelzig und schwer. Sie ist träge – genau, träge, das wollte ich sagen.
Es kommt vom Schwitzen, vom Flüssigkeitsverlust. Manchmal habe ich schon geglaubt, sie klebt mir am Gaumen fest, und ich kann das nächste Wort nicht mehr aussprechen. Aber es ging immer weiter, noch ein Satz und noch einer.

Ich muß ein bißchen raffen, ein ganzes Jahr zusammenfassen. So hatte ich es mir nicht vorgestellt. Und es sind genug Cassetten da, um gerade die ersten Monate unserer Ehe ausführlich zu erklären. Aber ich kann nicht mehr. Und noch schlimmer ist, daß ich mich gar nicht an Einzelheiten erinnere.
Unsere Hochzeitsreise. Ja, sie war schön. Welch ein unzulängliches Wort, um den Himmel zu beschreiben. Einen Himmel, in dem man nur noch weinen konnte vor Glück. Ich weiß noch, daß es sich in diesem Hotelbett steigerte mit den Tränen. Das Schluchzen begann kurz vor dem Orgasmus, und es steigerte sich zu einer wahren Eruption. Zuerst habe ich Bruno damit erschreckt. Ich konnte ihm ja nicht einmal erklären, warum ich weinte. Es war pure Lust. Sie beschränkte sich nicht länger auf den Unterleib, sie baute sich auf, stieg hoch und höher, und dann floß ich über davon.
Und dann der Alltag, zwei-, dreimal in der Woche so ein Fest. Am nächsten Tag fühlte ich mich immer wie betrunken. Wir haben nicht mehr über Geld gesprochen. Die Fünfzigtausend vergaß ich einfach. Sie taten mir nicht weh. Nora Elfgen hatte mir weh getan, aber sie vergaß ich auch. Ich war sicher, daß Bruno sie nicht mehr sah. Er war bezaubernd, so aufmerksam, so geduldig mit meinen Launen, so sanft, so wild. Und ich wollte, daß es so blieb. Um allem vorzubeugen, schnüffelte ich sogar in seinen privaten Dingen herum, suchte

nach seiner Kontonummer. Dann gab ich meiner Bank den Auftrag, monatlich eine kleine Summe von meinem Privatkonto auf seines zu überweisen.

Abends hörte er mir stundenlang zu, wenn ich über meine Sorgen sprach. Geschäftliche Sorgen, ausschließlich geschäftlich. Wir hatten das verdammte Buch endlich auf den Markt gebracht, es ließ sich ganz gut an. Eine Zeitlang schien es sogar, als hätten wir uns alle nur unnötig Sorgen gemacht. Noch vor dem offiziellen Erscheinungstermin kam es zu einer stattlichen Anzahl von Vorbestellungen.

Niemand machte sich Gedanken darüber, daß der Buchhandel diese Masse erst einmal verkaufen mußte, ehe wir mit Nachbestellungen rechnen konnten. Wir erhöhten die Auflage, pumpten eine sechsstellige Summe in die Werbekampagne, alles andere war zurückgestellt. Es war russisches Roulette für den Reuter-Verlag, ich wußte das. Ich wußte auch, daß sich in fünf Kammern eine Kugel befand, die uns den tödlichen Schlag versetzen konnte. Nur eine Kammer war frei, und jeder von uns hoffte – ach was, jeder von uns war überzeugt, daß wir uns die leere Kammer an die Schläfe hielten.

Ach Bruno, du hast es nicht verstanden, ich weiß. Zweihundertachtzigtausend Mark, nur um ein Buch zu verkaufen. »Mit solch einer Summe«, hast du gesagt, »hätten andere sich von allen Sorgen befreien können. Und dann wäre das Geld besser angelegt gewesen.«

Ach, mein Liebling, ich wußte, von wem du sprichst. Ich habe nur so getan, als hätte ich es nicht verstanden. Wir waren uns doch einig darüber, daß wir Nora Elfgen vergessen mußten, wir beide. Es tut immer noch so verdammt weh, nicht in den Beinen, nicht im Kopf. Ich weiß nicht genau, wo der Schmerz sitzt, ich fühle ihn nur, überall. Ich will ins Bett, es ist doch sinnlos, hier zu sitzen. Man kann das nicht erklären.

Liebe, was ist das überhaupt? Ich habe Papa geliebt, ich habe meine Arbeit geliebt. Ich habe Papa verloren. Ich habe meine Arbeit verloren. Ich hatte Papa versprochen, unser Baby zu hüten, es gegen die Haie im Teich zu verteidigen. Es gibt sie in jedem Teich, diese Art von Haien. Sie schwimmen herum und fressen die kleinen Fische auf. Ratsch und weg. Man muß immer auf der Hut sein.

Zweihundertachtzigtausend Mark, um ein Buch zu verkaufen. Zusammen mit den Herstellungskosten und dem Honorar für Andy Goltsch war es eine halbe Million. So viel hätte die Elfe bekommen, wenn ihr Mann nicht dieses Teufelszeug in seine Milch gerührt hätte. Vermutlich Viren, eine neue Sorte. Irgend so ein Idiot, wahrscheinlich der kranke Herr Elfgen höchstpersönlich, mußte der Natur unbedingt ins Handwerk pfuschen, als ob es nicht schon genug Grauen gegeben hätte.

Ausfallerscheinungen! Bruno hat mir einmal erklärt, was damit gemeint war. Die armen, kleinen Mäuse konnten sich nicht mehr auf den Beinen halten. Sie torkelten nur herum, bevor sie zusammenbrachen und verreckten. Warum muß es immer die treffen, die sich nicht wehren können? Wer liebt, kann sich nicht wehren. Letale Wirkung: Hundert Prozent! Exitus!

Wenn Bruno nicht mitten auf dem Bett läge, würde ich mich wirklich zu ihm legen. Warum auch nicht? Es ist doch immer noch Bruno, der da liegt. Es ist kein böser oder rachsüchtiger Geist. Und es war mir doch immer so wichtig, bei ihm zu liegen. Neben ihm, unter ihm, über ihm, vor ihm.

Ich weiß nicht, wie sich ein Körper anfühlt, der seit Stunden tot ist. Ich kann mir das auch nicht vorstellen, Brunos Hände steif. Er könnte sie wohl nicht mehr auf meine Brust legen. Und wenn ich sie ihm dahin legte, könnte er die Finger nicht darum schließen. Von der Starre und der Kälte des Todes habe ich auch nur gelesen. Die Kälte wäre vielleicht ganz angenehm.

Ich mochte die Winterabende so gerne. Die frühe Dunkelheit und die Wärme im Haus. Wenn Bruno dann heimkam, waren seine Hände kalt wie zwei Eisklumpen. Nachdem ich ihm den blauen Japaner zu Schrott gefahren hatte, hatte er sich einen anderen Gebrauchtwagen gekauft. Ein älteres Modell, die Heizung funktionierte nicht richtig.

Zu Weihnachten wollte ich ihm ein Auto schenken. Er wollte das nicht. »Ich komme lieber mit kalten Händen heim«, sagte er. Ich nahm seine

Hände und wärmte sie auf, eine zwischen den Schenkeln und eine zwischen den Brüsten. Im Dezember hatte ich schon so viel Zeit, daß ich mich wochenlang nicht auf den Friedhof getraut habe. Immer wenn ich daran dachte, Papas Grab zu besuchen, sah ich mich die Papiere unterzeichnen.
Ich hätte nicht verkaufen müssen. Ich wollte auch nicht. Als die Nachbestellungen ausblieben und die Buchhändler anfragten, ob wir eventuell einen Teil der Ware zurücknähmen, machte ich unsere Reserven flüssig. Papas Lebensversicherung, damit hielt sich der Reuter-Verlag noch eine Weile. Damit ließen sich andere Projekte finanzieren. Aber es reichte nicht ewig. Dann wollte ich mit dem privaten Vermögen einsteigen.
Bruno sagte: »Jetzt sei vernünftig, Angelique. Man muß erkennen, wann das Spiel zu Ende ist. Willst du dich völlig ruinieren? Zuerst dein Vermögen, dann das Haus, und wie soll es weitergehen?«
Ich dachte, ich wüßte, wie es weitergeht. Er würde mich verlassen. Er würde für mich bestimmt niemanden anbetteln. Und sein Geld reichte ja nicht für zwei. Eine ganze Woche lang war ich wie gelähmt – der Verlag oder Bruno? Ihn konnte ich doch nicht aufgeben, ihn doch nicht. Dann eben den Verlag.
Im August bekam ich völlig überraschend ein gutes Angebot von einem Konzern. Die Zusicherung, daß meine Mitarbeiter ihre Arbeitsplätze behielten. Eine Party zum Abschied. Und zwei

Wochen später erfuhr ich von Hans Werres, daß Nettekoven die Sache eingefädelt hatte. In ehrenvollem Gedenken an Papa, damit ich nicht auch noch den Rest ruinieren konnte.
Der Reuter-Verlag behielt seinen Namen. Ich hieß ja inzwischen Lehmann. Und dann hatte ich eben Zeit, sehr viel Zeit und sehr viel Geld. Einen Verlag verkauft man schließlich nicht für ein Butterbrot, vor allem dann nicht, wenn er einen bestsellerverdächtigen Titel auf Lager hat. Und den hatte er. Es brauchte nur ein bißchen Anlaufzeit, ein bißchen Klatsch in der Regenbogenpresse. Hier ein Sensatiönchen, da ein kleiner Skandal, darin war Andy Goltsch doch immer so groß. Warum hatte ich das nicht mit einkalkuliert?
Erst vor ein paar Tagen, kurz vor unserer Abfahrt nach Spanien habe ich in einer Illustrierten gelesen, daß sie jetzt die fünfte Auflage bringen. Mehr als eine halbe Million Exemplare waren inzwischen verkauft. Es war auch ein Foto dabei, von Nettekoven, wie er den Arm um seinen Star legt, als sei das alles nur sein Verdienst. Von Hans Werres spricht niemand.
Aber Andy Goltsch ist wieder in den Schlagzeilen. Nicht mit seinem Gesang, nur mit seinem Buch und mit schmutziger Wäsche. Er hat auch geheiratet, kurz nach uns, ein Mannequin. Hat bei der Hochzeit ein paar Fotografen verprügelt. Das macht man jetzt so. Ein paar Monate später hat er sie alle eingeladen zu einem Interview. Sei-

ne Frau hatte er kurz vorher hinausgeworfen. Er hatte sie mit einer Freundin im Bett erwischt.
Das wäre jetzt eine Stelle zum Lachen. Man muß sich das vorstellen: Der arme Andy, von dem immer noch die halbe Welt glaubt, er sei schwul, nur weil er sich mit dem Schlagzeuger seiner Band auch privat so gut versteht, der arme Andy will der ganzen Welt das Gegenteil beweisen. Er heiratet, und dann stellt sich heraus: Seine schöne, schlanke Frau ist lesbisch. Wenn ich nicht so müde wäre, würde ich wirklich darüber lachen.

Jetzt starre ich schon seit fünf Minuten zum Herd hinüber. Braune Bohnen mit Fleisch. »Es schmeckt auch kalt noch sehr gut«, sagt Bruno in meinen Gedanken. Bruno kann nicht mehr reden. Bruno ist tot.
Ich habe mich immer gefragt, was er mit dem Geld macht. Es muß viel Geld gewesen sein. Seine Mutter starb vier Monate nach unserer Hochzeit. Damit entfielen die Kosten für das Pflegeheim, immerhin viertausend Mark monatlich. Von mir bekam er monatlich zweitausend. Und er hatte ja auch vorher von irgendwas gelebt. Ich hatte einfach zu viel Zeit, um über alles nachzudenken. Und immer die gleichen Fragen: Wo ist er jetzt? Was macht er jetzt? In seiner Agentur saß Mario Siebert, Bruno besuchte Kunden. Er kam zu unregelmäßigen Zeiten heim, manchmal mittags nur für eine Stunde. Oder nachmittags, um mit mir ein paar Einkäufe zu machen. Und manchmal

sagte er dann: »Heute abend wird es etwas später, Angelique.« Meist sagte er das dienstags und freitags.

Es waren die Tage, die mich so wütend und hilflos machten. Dienstags und freitags, das waren meine Tage gewesen. Er hatte kein Recht, sie einer anderen zu widmen, auch nicht für zwei Stunden.

Ich mochte nicht herumsitzen und darüber nachdenken, also ging ich ins Kino. Jeden Dienstag und Freitag, monatelang. Manche Filme schaute ich mir gleich mehrfach an.

»Eine verhängnisvolle Affäre.«

Viermal habe ich mir angesehen, wie diese Hexe aus der gefüllten Wanne hochschießt und ihr Ende findet. Jedesmal sah ich mich selbst in diesem Badezimmer stehen. Ich hatte eine bestimmte Vorstellung von Nora Elfgen. Obwohl ich mir große Mühe gab, davon überzeugt zu sein, daß Bruno sie nicht mehr sah, mein Gott, ein ganzes Jahr nach unserer Hochzeit. Aber sie tickte mir immer im Hinterkopf wie eine kleine Zeitbombe. Vielleicht lag es nur daran, daß sie die einzige war, deren Namen ich kannte. Die einzige, von der ich mit Sicherheit wußte, daß sie für Bruno eine von diesen besonderen Kundinnen gewesen war. Doch die Vorstellung, die ich von ihr hatte, entsprach nicht den Tatsachen. Vor vier Monaten, im März, habe ich sie zum ersten Mal gesehen.

Es war an einem Donnerstag, und wieder war es ein Telefonanruf. Bis dahin wußte ich zwar, daß Nora Elfgen existierte. Ich ahnte auch, daß Bruno ihren Lebensunterhalt finanzierte. Was sonst hätte er mit all dem Geld tun sollen? Aber Geld kann man schließlich überweisen, das muß man nicht persönlich vorbeibringen. Und dann rief sie an. Es war noch sehr früh, kurz nach sieben. Wir hatten noch nicht zu Abend gegessen. Bruno ging ans Telefon.

Ich habe nicht bewußt zugehört. Ich wußte doch nicht, mit wem er sprach. Es kam auch nicht dieses: »Ach, du bist es!« Ich hörte ihn nur fragen: »Wo genau ist das?«

Dann sagte er: »Ja, ich kenne die Gegend. Da ist doch ein Kino in der Nähe.« Und dann kam der Satz: »Es tut mir leid, Angelique, ich muß noch einmal weg.«

Bruno war seit knapp einer halben Stunde fort, als ich plötzlich das Gefühl bekam, die Decke würde mir auf den Kopf fallen. Das große Zimmer um mich herum wurde kleiner, enger, bis es schließlich wie ein Seil um meinen Hals lag und mir die Kehle zuschnürte.

Das Telefongespräch ging mir nicht aus dem Kopf. Wer hatte ihn angerufen? Wenn es um Versicherungsangelegenheiten ging, das lief alles nur über sein Büro. Keiner von seinen Kunden, auch keine von seinen Kundinnen kannte unsere Privatnummer. Bis auf eine! Warum hatte er den Anrufer nicht mit Namen angesprochen? Die Antwort lag auf der Hand, aber ich wollte nicht darüber nachdenken. Ich wollte nicht wieder verrückt werden bei der Vorstellung, daß Bruno vielleicht genau in diesem Moment dabei war, seine Hosen auszuziehen. Oder sie sich ausziehen ließ. Daß er genau in dieser Sekunde einen Frauenkopf über seinem Schoß festhielt, sich in einen Mund drängte oder seinen Kopf zwischen zwei Schenkel preßte. Ich wollte mich lieber auf den Moment konzentrieren, wenn er heimkam.

In zwei Stunden. Da war ein Hämmerchen in meinem Kopf, das unentwegt auf dieser Frist herumklopfte. In zwei Stunden. Bis dahin mußte ich mich irgendwie ablenken. Und wie sonst dienstags und freitags rief ich mir ein Taxi und ließ mich zu einem Kino bringen.

Die Schaukästen im Eingangsbereich waren gespickt mit den bewährten Szenen. Liebe, Lust und Leidenschaft, aber diesmal funktionierte es nicht so recht. Ich schaffte es zwar, mir einzureden, daß ich in spätestens drei Stunden ebenfalls auf einem Bett liegen würde. Ich mußte nur wollen. Ich mußte nur zu Bruno hinübergreifen, mich an ihn schmiegen. Ich mußte mich vielleicht ein wenig mehr anstrengen als sonst, um seine Leidenschaft noch einmal anzufachen. Ich mußte nur die Phantasie ausschalten, mich dem Gefühl überlassen, mich seinen Händen hingeben und seinem Mund. Und nicht darüber nachdenken, was seine Hände und sein Mund vielleicht kurz vorher getan hatten. Vielleicht! Ich wußte es ja nicht sicher. Sicher weiß man immer nur das, was man mit eigenen Augen gesehen hat.

Ich ging vor den Schaukästen auf und ab, die

rechte Seite hinauf auf die Kinokasse zu, die linke Seite hinunter zur Straße. Eine vierspurige Straße, durch einen schmalen Grünstreifen geteilt. Gegenüber, auf der anderen Seite, lag eine Kneipe. Eine von der billigen Sorte. Nur eine Leuchtreklame über der Eingangstür, die verkündete, welche Biersorte ausgeschenkt wurde. Und noch einmal zurück in Richtung Kinokasse. Nun kauf dir schon eine Karte, Angelika, bring es hinter dich. Setz dich irgendwo in die letzte Reihe, verkriech dich für anderthalb Stunden in einem Melodrama! Es lenkt ab.

Und wieder zurück zur Straße. Ich war nervös, vielleicht hatte ich irgendeine Ahnung, ich weiß es nicht. Ich hatte nicht auf die Wagen geachtet, die auf der gegenüberliegenden Straßenseite parkten, jedenfalls nicht bewußt. Wozu denn auch, am Telefon hatte Bruno keine Adresse genannt.

Und dann sah ich ihn. Er kam aus dieser Kneipe, und er war nicht allein. Die Frau neben ihm war mädchenhaft zierlich. Er hatte einen Arm um ihre Schultern gelegt.

Nun gut, es war dunkel. Zwischen mir und der gegenüberliegenden Straßenseite lagen etliche Meter, auf denen Autos in beide Richtungen fuhren. Aber vermutlich hätte ich Bruno auch in fünfhundert Meter Entfernung und bei totaler Finsternis erkannt. Wie denn auch nicht – er war mein Mann.

Eine Elfe, dachte ich. In dem Moment war es

doch der Name, der die Verbindung herstellte. Ich war mir vom ersten Augenblick an völlig sicher, daß sie es war. Ich sah, daß Bruno mit ihr sprach. Sah, daß er den Kopf zu ihr hinunterbeugte. Sie war um etliches kleiner als er, noch kleiner als ich. Sie hatte langes, glattes, dunkles Haar, das ihr fast bis zur Taille reichte. Bis dahin war sie körperlos gewesen, hatte kein Gesicht gehabt, keine Hände, kein Haar und auch sonst nichts, womit sie mich hätte verletzen oder verdrängen können.
Ohne darüber nachzudenken, folgte ich ihnen auf der einen Straßenseite bis in Höhe von Brunos Wagen. Er stand gute fünfzig Meter von der Kneipe entfernt auf dem Parkstreifen am Straßenrand. Und er stand so, daß ich das alles ganz genau erkennen konnte. Bruno öffnete die Tür an der Beifahrerseite und ließ die Elfe einsteigen. Dann beugte er sich in den Wagen hinein, und sein Kopf verdeckte den ihren.
Es dauerte! Es dauerte so entsetzlich lange, ehe er sich wieder aufrichtete und endlich um den Wagen herumging. Ich wurde ganz steif vom Zusehen. Diese weitausgreifenden Schritte, das Schlüsselbund in der Hand, und wie er dann einstieg, es war alles so vertraut, so persönlich, so grauenhaft. Als der Wagen abfuhr, machte sich irgend etwas in mir selbständig. Ein bösartiges Etwas, das mir blitzlichtartig ein paar Lösungen zeigte. Eine gefüllte Badewanne, ein Messer. Ein Strumpf um eine Kehle. Eine Portion neuer Viren in einem Rüdesheimer Kaffee. Oder ein Auto, die beste

Möglichkeit von allen. Bei meiner Fahrpraxis würde sich niemand wundern, wenn ich einen Menschen überfuhr. Es würde mich den Führerschein kosten, aber den brauchte ich sowieso nicht. Ich brauchte nur meinen Mann.
Es war mir wirklich ernst mit meinen Gedanken. Es war nicht nur die erste Wut. Wut hatte ich in dem Moment noch gar keine. Aber es war auch nicht so etwas wie Schmerz oder Enttäuschung. Es war zuerst einfach eine beruhigende Vorstellung. Töten! Ich gab mich minutenlang den verschiedenen Varianten hin, ohne es eigentlich recht zu bemerken. Ein zerschmetterter Körper am Straßenrand, ein weißer Hals mit blauen Würgemalen, ein verzerrtes Gesicht mit Schaum vor dem Mund. Dann entschied ich mich endgültig für den zerschmetterten Körper, weil ich genau den zerstören wollte und auch sonst keine Möglichkeit hatte, an die Elfe heranzukommen. Ich würde sie überfahren, einfach überfahren. Ich ging zur nächsten Telefonzelle und rief mir ein Taxi. Die Lust auf den Film war mir gründlich vergangen. Aber heimbringen lassen mochte ich mich auch nicht.
Ich nannte dem Fahrer eines dieser Restaurants, in denen ich früher manchmal zusammen mit Papa und später so oft mit Hans Werres gegessen hatte. Ein bißchen Nostalgie gegen den wütenden Schmerz und die bohrenden Gedanken. Ein klein wenig Hoffnung, vielleicht mit Hans zusammenzutreffen. Und die Frage, warum ich nie versucht

hatte, ihn in mein Bett zu bekommen. Die Gewißheit, weil ich vor einem halben Jahr noch keine Chance gehabt hätte. Aber jetzt hatte ich eine. Zweiundfünfzig Kilo, ein Traumgewicht. Kleidergröße sechsunddreißig! Taillenweite: fünfundsechzig Zentimeter. Ein flacher, straffer Bauch, kein Gramm Fett zuviel auf den Hüften, schlanke Beine. Die Oberweite für mein Gefühl immer noch etwas zu üppig. Aber das mochten die Männer ja.

Ich hatte nur noch nie daran gedacht, mit gleicher Münze heimzuzahlen. Aber ich hatte auch noch nie zusehen müssen, wie Bruno eine andere Frau küßte. Er hatte sie geküßt! Warum sonst hatte er so lange ihren Kopf mit seinem verdeckt? Er hatte sie erst einsteigen lassen, weil er genau wußte, daß ihr die Knie zittern würden, wenn er seine Zunge spielen ließ. Er war immer so fürsorglich. Guter Gott im Himmel, hilf mir, dachte ich, laß mich die nächsten beiden Stunden mit ein wenig Anstand überstehen. In zwei Stunden ist er wieder daheim. Und ich liebe ihn! Mehr als das, ich brauche ihn! Mehr als das, ich will ihn für mich allein.

Irgendwann saß ich an einem winzigen Ecktisch. Es bohrte immer noch dumpf und schmerzhaft in meiner Herzgrube. Ich las die Speisekarte hinauf und hinunter. Kein Appetit, der Magen randvoll mit Grübeleien, die Kehle zugeschnürt von dunklem Haar, das einer Elfe bis auf die Taille reichte. Ich bestellte einen Salat, ein Glas Wein. Dann stellte ich mir vor, ich säße mit Hans Werres hier.

Wenigstens in Gedanken wollte ich Bruno einmal das antun, was er mir angetan hatte – und jetzt, in genau diesem Moment wieder antat.
Jeder Schluck Wein rann in eine Höhle, in deren Mitte ein Feuer glühte. Keine Eifersucht, nein, es war nur die Glut der Hölle. Ich fühlte mich wie Satan, weil es so schwankte zwischen den Vorstellungen: einmal die sanfte Variante, mit Hans Werres im Bett; ein andermal die harte Tour, gleich morgen früh ein Auto kaufen. Ich konnte beides natürlich auch kombinieren.
Dann wurde mir endlich der Salat serviert, und ich konnte mich damit beschäftigen. Das Dressing schmeckte widerlich. Eine merkwürdige Kombination aus Zucker, Essig und roten Zwiebeln. Und plötzlich die erstaunte Stimme dicht vor mir. »Habe ich mich doch nicht getäuscht. Die ganze Zeit überlege ich: Ist sie es nun, oder ist sie es nicht? Ich hatte wirklich Mühe, dich zu erkennen, Angelika.«
Ich hob den Kopf und schaute direkt in das Gesicht von Herbert Roßmüller. Eine fragend unsichere Miene. »Bist du allein hier?«
»Nein«, sagte ich, »ich habe meine ehemalige Belegschaft komplett zum Essen eingeladen. Die sind nur gerade alle mal pinkeln.«
Herbert Roßmüller! Natürlich Herbert Roßmüller. Wen sonst hätte ein gnädiger Himmel an meinen Tisch schicken können, um mich zur Vernunft zu bringen? Mein letzter Ausdruck hatte ihn sichtlich schockiert. Er rang mit sich, quälte

sich ein mißtrauisches Lächeln ab. Dann entschuldigte er sich.
»Ich wollte dich nicht stören. Ich wollte eigentlich nur rasch guten Tag sagen. Wir haben uns ja eine Ewigkeit nicht gesehen.«
»Quatsch«, erwiderte ich, »du willst nicht alleine essen, gib es zu. Bitte.« Ich zeigte auf den zweiten Stuhl. Mehr als zwei Stühle gab es nicht an dem Tisch.
»Hast du wirklich nichts dagegen?« Herbert Roßmüller war immer noch unsicher, aber er zog bereits an der Stuhllehne und setzte sich mir gegenüber. »Du bist doch allein hier«, stellte er noch einmal fest, grinste plötzlich und fügte hinzu: »Ich beobachte dich nämlich schon die ganze Zeit. Ich war mir wirklich nicht sicher, ob du es bist. Wie lange haben wir uns nicht gesehen? Das müssen fast zwei Jahre sein, nicht wahr?«
»Genau eins«, sagte ich, »es war bei meiner Hochzeit.«
Jetzt gab er sich leutselig. Ich hoffte nur, daß er mich mit Komplimenten verschonte. Er schien sich wirklich zu freuen, mich zu sehen. Aber er wußte nicht, wie er sich verhalten sollte. Gegessen hatte er bereits. Als der Ober an den Tisch kam und sich erkundigte, ob wir noch Wünsche hätten, schob ich den Salat mit dem widerlichen Dressing zur Seite und bestellte Kaffee. Herbert tat es mir gleich, erkundigte sich jedoch anschließend mit einem bezeichnenden Blick auf

den Rücken des Obers, der meinen Salat zum Müllschlucker trug: »War das dein Abendessen?«
Ich zuckte mit den Schultern, murmelte: »Kein Appetit.« Dann lachten wir plötzlich beide.
»Jetzt wundert mich nichts mehr«, erklärte Herbert. »Wann ist dir denn der Appetit vergangen?«
Noch bevor ich antworten konnte, griff er über den Tisch nach meiner Hand, hielt sie einen Moment lang und entschuldigte sich dabei erneut. »Tut mir leid, Geli, wechseln wir das Thema. Du siehst phantastisch aus.«
Geli! Wie kam er dazu, mich mit diesem Namen anzusprechen? Das war Papas Privileg gewesen. Es tat unvermittelt weh, doch es war ein anderer Schmerz. Ein bißchen Sehnsucht vielleicht nach der Zeit, in der ich diesen Namen noch täglich gehört hatte. Die Vergangenheit schien mir plötzlich so unkompliziert und harmonisch. Und irgendwie hatte Herbert Roßmüller doch dazugehört.
»Danke«, sagte ich, »ich kann das Kompliment nur zurückgeben.«
»Jetzt lügst du«, widersprach Herbert ruhig. »Aber reden wir nicht von mir. Wie geht es dir? Was macht dein Mann?«
»Er ist geschäftlich unterwegs.« Da er bereits festgestellt hatte, daß ich log, kam es auf einen Satz mehr oder weniger nicht an. Es ging hin und her. Der Kaffee wurde serviert, wir unterhielten uns zwanglos. Aber irgendwie kam er immer wieder auf Bruno zurück. Etwas an Bruno schien ihn zu

faszinieren, vielleicht nur die Tatsache, daß ich mir mit meinem ursprünglichen Aussehen so einen Mann geangelt hatte.
Die Tassen waren schon seit einer Weile leer. Der Ober schlich in einiger Entfernung herum wie ein Hund, der nur darauf wartet, daß man ihm endlich den Knochen zuwirft. Natürlich schlich er in vornehmer Zurückhaltung, aber Herbert bemerkte es ebenso wie ich. »Trinken wir noch einen Kaffee?«
»Lieber nicht«, sagte ich, »er war ziemlich stark. Sonst liege ich die halbe Nacht wach.«
Danach war es zwei Sekunden still. Herbert dachte nach. Man sah es deutlich, wie er die bewußte Frage wälzte. Dann kam sie endlich: »Wirst du erwartet, oder hast du noch ein bißchen Zeit?«
Ich schaute auf die Uhr. Es war zehn vorbei. Bruno würde möglicherweise bereits daheim sein. Möglicherweise! Aber wenn ich mich nicht irrte, wenn die Frau tatsächlich Nora Elfgen gewesen war, dann konnte es auch sehr spät werden. Beim ersten Anruf von ihr war es auch sehr spät geworden. Zu spät, um noch zu mir zu kommen. Dann würde ich daheim sein und mich mit Phantasiebildern quälen. Eine Elfe mit dunklem Haar.
Herbert sah, daß ich zögerte. »Ich mache den Kaffee längst nicht so stark«, erklärte er grinsend. »Und wenn es dir später beim Einschlafen hilft, darfst du auch gerne einen Cognac dazu trinken.«
Also erlösten wir den Ober endlich. Herberts Wagen stand auf dem Parkplatz hinter dem Restau-

rant. Er ließ mich einsteigen, nachdem ich ihm erklärt hatte, daß ich mit einem Taxi gekommen sei. Während der Fahrt sprachen wir nicht viel. Ein paar belanglose Sätze, und mit jedem Satz wurde er mir ein wenig vertrauter. Mit jedem Wort glich er ein wenig mehr dem Herbert Roßmüller unserer Schulzeit. Nur das, was ihn damals zu meinem persönlichen Feind gemacht hatte, fehlte völlig.

Herbert lebte in einer geräumigen Wohnung direkt über seiner Kanzlei. Zwei große Räume, Bad und Küche, eine riesige Diele mit Eßplatz. Die Einrichtung wirkte teuer und gediegen, aber irgend etwas fehlte. Keine Pflanzen, nicht ein einziges grünes Blatt zwischen all dem Holz und den Polstern.
Er ging kurz in die Küche, machte tatsächlich Kaffee. Ich blieb bei der Tür stehen und schaute ihm bei den wenigen Handgriffen zu. Offenbar war ihm das peinlich. Und plötzlich begann er mir vom Scheitern seiner Ehe zu erzählen, vielmehr von der Zeit danach, als er lernen mußte, so alltägliche Verrichtungen wie Kaffee aufbrühen selbst zu tun.
Schließlich saßen wir in seinem Wohnzimmer. Er schenkte mir zusätzlich einen Cognac ein, sprach weiter in bemüht humorvollem Ton von der Art, wie man ihn hintergangen, betrogen und schließlich ausgenommen hatte. Dann entschuldigte er sich zum dritten Mal.
»Tut mir leid, Geli. Ich habe dich nicht eingela-

den, um dich als Müllschlucker zu mißbrauchen. Erzähl mir lieber, wie es dir geht. Dem Anschein nach prächtig. Bist du glücklich mit deinem Mann?«

Ich konnte nur nicken und verschluckte mich dabei fast am Kaffee. Herbert nickte ebenfalls, ganz versonnen und leicht melancholisch. »Das freut mich für dich. Was macht er eigentlich beruflich? Du sagtest eben, er sei geschäftlich unterwegs.«

»Er ist Versicherungsvertreter.«

»Ach!« Herbert wußte anscheinend nicht, ob er lächeln oder seine Verblüffung offen zeigen sollte. Er entschied sich für das Lächeln. »Versicherungsvertreter, da ist er wohl oft noch abends unterwegs.« Jetzt brach sogar ein kleines Lachen durch. Es wirkte auf mich wie eine weitere Entschuldigung.

»Und ich dachte schon, ihr hättet euch getrennt, als ich dich allein da sitzen sah. Da war wohl der Wunsch der Vater des Gedankens. Weißt du, als ich den Vertrag für euch aufsetzte, habe ich deiner Ehe keine drei Wochen gegeben. Vielleicht lag es nur daran, daß bei mir gerade alles zu Bruch gegangen war. Man wird richtig bösartig in so einer Situation. Es wundert mich eigentlich immer noch, daß dein Mann die Vereinbarungen so bedingungslos akzeptieren wollte. Manch einer hätte mir nach dem Puls gefühlt.«

Seine Direktheit behagte mir nicht. Er benahm sich, als seien wir seit Jahren gut befreundet. Ich schaute auf die Uhr. Sein melancholisches Nicken

erschien mir wie eine Aufforderung: Na komm schon, Angelika, jetzt hast du die Möglichkeit, dir das Elend von der Seele zu reden. Er hatte die Gelegenheit beim Schopf ergriffen und sich ausgeweint. Und das wollte ich nicht.
Herbert hatte meinen verstohlenen Blick sehr wohl bemerkt. »Soll ich dir ein Taxi rufen?« fragte er.
Es war inzwischen elf vorbei. War Bruno jetzt daheim, oder war er noch nicht da? Ich hätte kurz anrufen können, um mich zu vergewissern, aber auch das war mir peinlich. Vor allem hätte ich nicht gewußt, wie ich Bruno gegenüber meinen Anruf begründen und wie ich ihm erklären sollte, wo ich jetzt war. Ich schüttelte den Kopf. Herbert lächelte dankbar.
»Du bist wohl häufiger abends allein«, nahm er den Faden wieder auf.
»Zweimal in der Woche«, sagte ich, »mindestens.«
Und Herbert nickte wieder so versonnen, senkte für Sekunden den Kopf, hob ihn wieder und schaute mir direkt ins Gesicht. »Stört dich das nicht?«
»Ich habe mich daran gewöhnt«, erwiderte ich ruhig. »Es gehört eben zu seinem Beruf. Wenn er geschäftlich unterwegs ist, was soll mich denn daran stören?«
Noch so ein verdammtes Nicken von Herbert Roßmüller. Und dann kam es: »Es stört mich nicht einmal, wenn es nicht geschäftlich ist. Von

Zeit zu Zeit überkommt es ihn halt. Aber ich bin da nicht kleinlich.« Es ging alles ganz leicht über die Lippen. All die gesichtslosen Gestalten und diese Elfe gegenüber dem Kino. Und daß ich zugeschaut hatte, wie Bruno sie küßte.
Ich versuchte, einen ebenso humorvollen Ton zu treffen, wie Herbert es vermocht hatte. Doch bei mir wurde beißender Sarkasmus daraus. »Früher war er nicht sehr wählerisch«, sagte ich, »er konnte an keiner Frau vorbeigehen, ohne es nicht wenigstens zu versuchen. Aber die Zeiten sind unsicher geworden. Jetzt hat er anscheinend seit geraumer Zeit nur noch eine.«
Da saßen wir dann, die Peinlichkeit wie ein dicker schwarzer Berg zwischen uns auf dem Tisch. Hätte ich doch nur meinen Mund gehalten, es hätte ein angenehmer, zwangloser, vielleicht sogar unterhaltsamer Abend werden können. Nach einer Weile schaute Herbert mich nachdenklich an.
»Und das steckst du einfach so weg?« Er sprach gleich weiter, bevor ich ihm antworten konnte. Zuckte leicht mit den Schultern, deutete etwas wie ein Grinsen an. »Alle Achtung, Geli, vielleicht sind Frauen tatsächlich das stärkere Geschlecht. Ich habe es nie verkraftet. Als ich dahinterkam, daß Carola mich betrog, dachte ich, die Welt geht unter. Nach dem ersten Schmerz kam die Verzweiflung, danach die Wut. Und dann habe ich es vorgezogen, den Schlußstrich unter diese Ehe zu ziehen.«
Er hatte keine Frage mehr gestellt, doch er schau-

te mich an, als erwarte er eine Antwort. »Du warst nur in deinem Stolz verletzt«, sagte ich. »Männer empfinden das vermutlich anders. Bruno wäre sicher auch nicht begeistert, wenn ich ihn betrügen würde.«
»Hast du noch nie daran gedacht, es zu tun?«
Ich schüttelte den Kopf. Aber dann, es kam ganz automatisch, es kam gegen meinen Willen, erzählte ich ihm, was ich am Straßenrand empfunden hatte. Daß mir meine Phantasie angst gemacht hatte und mit welchen Vorstellungen ich ins Restaurant gefahren war.
Herbert hörte einfach nur zu. Er verzog nicht einmal eine Miene, gab mit keiner Geste zu verstehen, was er dachte. Ich weiß nicht mehr, wie lange ich sprach, eine halbe Stunde vielleicht. Und Herbert Roßmüller, der Dichter eines Spottverses, der einzige Mensch, den ich in meinem Leben wirklich gehaßt hatte, abgrundtief und mit allen Konsequenzen. Mit dem Wunsch, er möge eine stark entzündete Akne bekommen oder ein Drüsenleiden, das ihn aufschwemmte wie einen Wasserball, Herbert Roßmüller war in dieser halben Stunde einfach nur ein alter Freund aus Jugendtagen. Einer, dem man einmal sein Herz ausschüttet, ohne befürchten zu müssen, daß es am nächsten Tag die halbe Stadt wußte.
Nachdem ich endlich zum Schluß gekommen war, war es noch ein paar Minuten still zwischen uns. Herbert schüttelte plötzlich den Kopf, als müsse er eine grauenhafte Vision loswerden. Dann sah er

mich an. »Das ist entsetzlich, Geli, es tut mir so leid für dich. Ich dachte, du wärst glücklich mit ihm.«

»Aber das bin ich doch.«

»Das bist du nicht«, widersprach Herbert sanft und belehrend, »und du weißt es auch. Ein glücklicher Mensch wälzt keine Mordgedanken. Ich will mich hier nicht zum Ratgeber aufspielen. Aber ich habe das alles auch durchgemacht, ich weiß, wie das ist. Wenn man allein sitzt, wenn man sich unentwegt fragt: Was macht sie jetzt? Wo ist sie? Mit wem treibt sie sich herum? Ist er besser als ich? Was hat er, was ich nicht habe? Erzähle mir nicht, du hättest dir solche Fragen noch nie gestellt.«

Ich erzählte ihm nichts, ich zuckte nur mit den Achseln.

»Geli«, sagte er eindringlich, »ich kann mir vorstellen, wie sehr du ihn liebst. Er war dein erster Mann, nicht wahr? Vermutlich ist er bisher auch dein einziger.«

Und als ich kurz nickte, fuhr er langsam fort: »Daß du dich vor zwei Jahren an ihn geklammert hast, war verständlich. Aber jetzt, Geli, hast du das nötig, dich so von ihm demütigen zu lassen? Am Ende gar noch irgendwelche Dummheiten zu machen? Schau dich doch an. Du bist nicht mehr auf ihn angewiesen. Kennst du das Märchen vom häßlichen Entlein?«

»Ich kenne nur das Märchen vom fetten Suppenhuhn, das kein Hahn besteigen wollte«, erklärte ich. Ich weiß nicht, warum, aber ich war plötzlich

wütend auf ihn. Ausgerechnet Herbert Roßmüller maßte sich an, mir Komplimente zu machen, um mich damit zur Vernunft zu bringen. Dabei war er doch derjenige gewesen, der mir einen Großteil meiner Komplexe eingeimpft hatte, nicht einmal, sondern regelmäßig.
Herbert lachte. »Es tut mir leid, Geli, wirklich. Ich war ein Ekelpaket, ich weiß das. Vielleicht sind alle Jungs in dem Alter so. Man fängt allmählich an, sich für weibliche Kurven zu erwärmen. Aber es schwankt noch stark zwischen dem Bedürfnis nach Muttermilch und dem Trieb, einmal hinzulangen. Man weiß nicht genau, was passieren wird, wenn man hinlangt. Vielleicht bekommt man nur eine gescheuert, vielleicht geschieht ein Wunder. Der Himmel öffnet sich, und die Hose wird feucht. Und wenn einem in diesem Zwitterzustand so üppige Rundungen geboten werden, die man nicht anrühren darf, dann wird man eben gemein. Wenn ich mich recht entsinne, warst du damals das einzige Mädchen, das bereits einen Büstenhalter tragen mußte. Du ahnst gar nicht, wie gerne ich dir den einmal ausgezogen hätte.«
Es war nichts Ungewöhnliches, daß sich sein Blick bei den letzten Worten zu meiner Bluse verirrte und sich im Stoff verfing. Ein undefinierbarer Blick, mit einem Hauch von Nostalgie behaftet, voll mit Zweifeln.

Plötzlich wurde der Boden heiß. Ich spürte es ganz deutlich unter den Füßen. Herbert wurde

verlegen, als er bemerkte, welchen Fixpunkt sich seine Augen gesucht hatten. Er beugte sich zu der Kanne auf dem Tisch und goß uns beiden noch einmal Kaffee ein. Ich gab mir Mühe, die Situation zu retten, indem ich sagte: »Aus dem gefährlichen Alter bist du ja glücklicherweise heraus.«
Es zog nicht, der gewollt humorvolle Ton verfehlte völlig seine Wirkung. Herbert stellte die Kanne zurück, blinzelte, die Augen wieder auf dem gleichen Fleck wie vorhin. Er räusperte sich, zuckte mit den Achseln, hob endlich den Kopf ein wenig an und schaute mir ins Gesicht.
»Meinst du?« fragte er. »Du irrst dich, Geli, du irrst dich gewaltig.« Er seufzte, versuchte ein Lächeln, es fiel ein wenig gequält aus. Dann wiegte er den Kopf, startete den zweiten Versuch mit Humor, aber auch der kam nicht so recht zur Geltung. »Aus dem Alter wächst man nie heraus. Was, glaubst du wohl, ist der Grund für die vielen blanken Busen in den Illustrierten? Es gibt da keine Altersgrenze, es beginnt so mit zehn oder zwölf Jahren, und dann hält es sich. Eine Frau kann das vielleicht nicht nachempfinden.«
»Und ob sie das kann«, sagte ich, »eine schöne Männerbrust kann mich durchaus auf dumme Gedanken bringen. Festes Fleisch und wenig behaart. Und dann zuerst mit den Händen darüber und anschließend mit dem Mund.«
Der Boden wurde noch heißer, er glühte unter den dünnen Ledersohlen meiner Pumps. Warum hatte ich eigentlich nur an Hans Werres gedacht?

Den armen Kerl hätte ich doch nur in Verlegenheit gebracht, in Gewissensnöte gestürzt. Es gab andere, bei denen derartige Befürchtungen überflüssig waren. Mein Gegenüber zum Beispiel. Herbert Roßmüller, mein Folterknecht aus Jugendtagen, bekam dieses verdächtige Glitzern in die Augen. Seine Hände auf den Armlehnen des Sessels bewegten sich, ein untrügliches Zeichen von Nervosität. Und wieder betrachtete er mit begehrlichem Blick meine Bluse.

Es war ein herrliches Gefühl, ein Hauch von Macht und Gewalt, der Kampf mit den Waffen der Frau. Es war nur das Verlangen nach Rache, ich weiß das genau. Gleichzeitig war es der Reiz der Versuchung, der Verführung, die zum Leben notwendige Bestätigung der eigenen Person. War ich wirklich reizvoll genug, um meinen Spötter auf seine eigene Couch zu legen?

Einen Versuch war es doch wert. Spielerisch zuerst noch, um sich jederzeit aus der Affäre ziehen zu können, wenn es nicht funktionierte. Ich hatte plötzlich so ein Kitzeln im Bauch, elektrischen Strom in den Fingerspitzen, den Lippen und zwischen den Schenkeln, ein geteiltes Hirn. Ich werde dir zeigen, wie das ist, Bruno. Du sollst es wenigstens einmal am eigenen Leib fühlen. Und dir, Herbert Roßmüller, dir werde ich zeigen, daß auch Suppenhühner Feuer im Leib haben. Ich krieg' dich. Willst du wetten? Die fette Angelika denkt nicht mehr an Marzipan,

nur noch an dich und das pulsierende Stück Fleisch zwischen deinen Beinen.
»Zieh dein Hemd aus«, sagte ich, lehnte mich entspannt zurück und schlug die Beine übereinander, so daß der Rock ein bißchen höher rutschte. Es war köstlich. Herbert starrte mich an, als sei ich eine Erscheinung aus einer anderen Welt. Einer verderbten Welt, wild und verrucht, in der nur die Gesetze der Lust galten. Er wußte anscheinend gar nicht mehr, wohin er zuerst sehen sollte. Auf die Bluse oder den Rocksaum.
»Bist du verrückt geworden, Geli?« Er mußte sich räuspern. Seine Kehle ruckte auf und ab in dem Bemühen, den Brocken zu schlucken, den ich ihm zugeworfen hatte.
»Zieh es aus«, wiederholte ich. Und diesmal klang meine Stimme genauso, wie ich sie hören wollte. Rußig und rauh, triefend vor Verlangen und Sinnlichkeit. »Oder möchtest du, daß ich es tue?«
Noch drei Sekunden Stille, dann nickte er, murmelte: »Ja.«
Ich dachte noch einmal an Bruno, wünschte mir, daß er mir zusehen könnte. Aber Bruno war jetzt ebenfalls beschäftigt. Vollauf beschäftigt mit seiner Elfe. Das gab endgültig den Ausschlag. Ich stand auf, ging zu Herberts Sessel und beugte mich vor. Ich wußte, daß er jetzt etwas mehr als den Ansatz des Busens sehen konnte. Bruno hatte mir die Bluse geschenkt

und es mir gesagt, als ich sie zum ersten Mal trug. »Wenn du dich vorbeugst, Angelique . . .«
Ich beugte mich noch ein wenig tiefer, und Herberts Blick saugte sich fest. Er murmelte etwas. Ich verstand es erst, als er es wiederholte. »Du bist schön, Geli, du bist so verdammt schön.«
»Ich weiß«, flüsterte ich, nestelte an seinen Hemdknöpfen, öffnete zwei davon und schob die Hand in den Spalt dazwischen. Ich setzte mich auf die Sessellehne. Herbert griff in meinen Nacken und versuchte ungeschickt, meinen Kopf zu sich herunterzuziehen, um mich zu küssen. Als er es endlich geschafft hatte, seinen Mund auf meinen zu pressen, rutschte ich von der Lehne auf seinen Schoß. Und während ich die Lippen für ihn öffnete, dachte ich: Einhundertvier Pfund sind nicht zuviel für dich, Herbert Roßmüller.
Sein Kuß war hektisch, er drängte mir den Vergleich mit einem Ertrinkenden auf. Oder nein, ausgehungert, er setzte die Zähne ebenso ein wie die Zunge. Kein Wunder, er lebte seit mehr als einem Jahr allein, er mußte ausgehungert sein. Er war nicht der Typ, der sich für Geld eine schnelle Entspannung kaufte. Zu stolz, zu selbstbewußt und durchaus fähig, zu leiden und zu verzichten.
Allmählich wurde er ruhiger, stöhnte verhalten und versuchte seinerseits, die Hand unter meine Bluse zu schieben. Doch auch dabei ging er so ungeschickt vor, daß ich fürchtete, er würde mir die Knöpfe abreißen. Das fehlte mir noch, Brunos Geschenk von den Händen eines anderen Mannes

zerrissen. Plötzlich bekam ich doch ein bißchen Angst vor den Konsequenzen. Aber es war noch zuviel Wut da, um der Sache ein Ende zu machen.
»Warte«, sagte ich nur. Es war gar nicht so einfach, mit zwei Zungen im Mund zu sprechen. »Warte, warte, langsam, wir haben doch Zeit.«
Herbert stöhnte noch einmal auf, dann gab er meinen Nacken frei. Er lächelte kläglich, als ich mich aufrichtete.
»Laß mich jetzt nicht einfach so sitzen, Geli.«
Dieses Betteln in seiner Stimme. Ich hatte es tatsächlich geschafft. In dem Moment fühlte ich mich sehr stark. Ein doppelter Triumph. Bruno betrügen mit Herbert Roßmüller.
Es kostete kaum noch Mühe, ihn zum Ende zu treiben. Vor ihm stehend zog ich mich aus. Er begann gleichzeitig, sich seine Kleider vom Leib zu schaffen. Unwillkürlich beobachtete ich ihn dabei und zog ein paar Vergleiche. Herbert schnitt nicht schlecht ab. Seine Figur war schlank und sportlich, wirkte durchtrainiert. Vermutlich spielte er Tennis oder betrieb sonst eine Sportart regelmäßig. Die Haut war leicht gebräunt, nicht ganz von dem Bronzeton, den Bruno erzielte, wenn er mit Sonne in Berührung kam. Die Brust glatt, nicht zu muskulös, genau so, wie ich sie mochte. Die Beine lang und sehnig, von Unmengen krauser Härchen bedeckt. Und was sich darüber aufgerichtet hatte, hätte bei Bruno vielleicht sogar Neidgefühle erwecken können.
Rein körperlich war er Bruno durchaus ebenbür-

tig, vielleicht sogar überlegen. Aber er hatte längst nicht Brunos Einfühlungsvermögen, nicht Brunos sanfte Hände, nicht den Blick, in dem sich das Feuer widerspiegelte, nicht die Fähigkeit, so zu küssen, daß das Blut in den unteren Gliedmaßen versackte.

Ich ging vor ihm her zur Couch. Herbert folgte mir wie ein treuergebener Hund. Dann hielt ich ihn. Ich war überhaupt nicht erregt, es gab ein paar Schwierigkeiten. Aber mit ein bißchen Nachdruck geht schließlich alles. Ich spürte ihn tief und schmerzhaft in mir, nicht lange. Es ging so schnell, daß es ihn anscheinend selbst überraschte. Fünf, sechs heftige Stöße, ein Aufbäumen, ein Fallenlassen, der heftige Atem, ein paar sinnlos dahergestammelte Silben.

Ich fühlte mich neben den Krämpfen, die unser Gewaltakt verursacht hatte, plötzlich so hohl, keinesfalls ausgefüllt oder zufrieden. Eine niederschmetternde Erkenntnis. Ich hatte Bruno betrogen, und das Ergebnis waren Bauchschmerzen und ein Gefühl von Leere. Von dem Triumph war nichts mehr übrig. Herbert bemerkte nicht einmal, was in mir vorging. Er war ausschließlich auf seine eigenen Empfindungen konzentriert.

»Ich komme mir vor wie ein pubertierender Knabe«, sagte er. Und dann, nach einer nachdenklichen Pause. »Das war nicht richtig, Geli, es war ein großer Fehler. Wir hätten das nicht tun sollen.«

»Dann vergessen wir es auf der Stelle wieder«,

antwortete ich, während ich mich rasch wieder anzog. Er schaute mir dabei zu, blieb selbst auf der Couch sitzen, folgte mit den Augen meinen Bewegungen.
Ich konnte nicht schnell genug in meinen Rock schlüpfen, die Bluse zuknöpfen, die Schuhe anziehen. Dann ging ich zur Tür. »Es war ein netter Abend, bestimmt unterhaltsamer als der blöde Film, den ich mir beinahe angesehen hätte. Danke für den Kaffee.«
Als ich zur Tür hinauswollte, rief Herbert: »Warte doch, Geli! Willst du wirklich einfach so gehen? Das war doch nicht alles, oder?«
Er war aufgesprungen, kam hinter mir her. Der Gedanke, daß er nach meiner Schulter greifen würde, um mich zurückzuhalten, daß er vielleicht sogar versuchen würde, mich noch einmal zu küssen, schüttelte mich förmlich. Ich konnte ihn nicht eine Sekunde länger in meiner Nähe ertragen. Seine Nacktheit brachte mich fast um. Obwohl der Unterschied zu Bruno wirklich nur minimal war, ein anderes Gesicht eben, die Haarfarbe einen Ton dunkler, andere Hände, es war ein fremder Körper. Ich wußte in dem Augenblick nicht einmal mehr, wie es gewesen war, ihn in den Armen zu halten.
»Es war nichts«, sagte ich. »Ich habe es schon vergessen.«
Herbert blieb mitten im Zimmer stehen, als sei er gegen eine Wand geprallt. Er lächelte. Es fiel ziemlich bitter aus. »Schon gut, Geli«, hörte ich

ihn murmeln. Dann zog ich die Tür hinter mir zu.

Für den Heimweg ließ ich mir Zeit. Von Herberts Wohnung über der Kanzlei bis zum nächsten Taxistand waren es gute dreihundert Meter Fußweg. Ich ging sie langsam und zögernd und so ungläubig. Ich hatte Bruno betrogen. Ich hatte diesen Körper, in den Bruno eingedrungen war, so daß er jetzt jede Faser ausfüllte, jeden Nerv, jedes noch so winzige Gefäß und jede Gehirnwindung, einem anderen Mann überlassen. Aus reiner Wut. Aus verletztem Stolz, viel mehr war es wirklich nicht gewesen. Und was hatte ich erreicht? Nichts! Einen krampfartigen Schmerz im Unterleib, ein Gefühl von Wundsein. Und die Gewißheit, daß ich andere Männer haben konnte, für ein paar Minuten. Es war ein trauriges Spiel gewesen, nichts als ein billiger Abklatsch des großen Meisters. Einen Bruno gab es nur einmal.

Mit dem Begreifen kam eine schon panische Furcht auf. Ich war mir ziemlich sicher, daß Herbert keine Spuren auf meiner Haut hinterlassen hatte, dafür war alles viel zu schnell gegangen. Aber das bedeutete keine Sicherheit. Wenn nicht auf der Haut, dann vielleicht anderswo. Es war auch zu schnell gegangen, um sich Gedanken über einen Empfängnisschutz machen zu können. Der Verstand erfaßte die zurückliegenden Vorgänge, versuchte auch, sie zu bewältigen, das Gefühl wehrte sich gegen die aufsteigende Panik.

Ich habe es schon vergessen! Nein, nicht ganz. Ich hätte es gerne vergessen. Aber wenn ich Pech hatte, würde ich es nie vergessen können. Dann saß ich in einem Taxi, nannte dem Fahrer meine Adresse, lehnte mich im Polster zurück und schloß die Augen. Ich hätte es besser nicht getan. Hinter den Lidern tauchten augenblicklich die einzelnen Szenen auf, ohne daß ich mich dagegen wehren konnte. Bruno neben dieser Elfe. Sein Arm um zerbrechlich wirkende Schultern gelegt. Sein Gesicht dieser Porzellanskulptur zugewandt. Sein Mund hatte sich bewegt. Was hatte er ihr zugeflüstert?

Sie hatte ihn angerufen, soviel stand fest. Sie hatte ihn um ein Treffen gebeten, und er war augenblicklich darauf eingegangen. Was hatte sie in dieser Kneipe zu suchen gehabt? Sie hatte nicht ausgesehen wie eine Frau, die sich normalerweise in solchen Lokalen aufhielt.

Der Taxifahrer fuhr zügig und schweigsam über die fast leeren nächtlichen Straßen. Kaum noch ein Wagen unterwegs. Meiner Schätzung nach mußte es kurz nach Mitternacht sein. Aber als ich dann auf die Uhr schaute, war es kurz nach drei. Die Furcht teilte sich. Auf der einen Seite Bruno, in einem Sessel wartend, auf der anderen Seite ein leeres Haus und die Gewißheit, er ist immer noch bei dieser Frau.

Bruno war daheim, aber er wartete nicht in einem Sessel auf mich. Er lag bereits im Bett, die Decke halb über die Brust gezogen, die Arme im Nacken

verschränkt, nicht unbedingt mißtrauisch, nur aufmerksam.
»Du kommst sehr spät, Angelique. Ich habe mir Sorgen gemacht. Du hast mir nicht gesagt, daß du noch weggehen wolltest.«
»Ich habe mich auch sehr plötzlich dazu entschlossen«, erklärte ich. »Ich wollte nicht stundenlang hier herumsitzen. Da bin ich lieber ins Kino gegangen. Danach war ich noch in einem Restaurant.«
So dumm war Bruno nicht, kein Restaurant hat bis drei Uhr nachts geöffnet. »Und danach?«
»Ich traf zufällig Herbert Roßmüller. Er lud mich ein, wir haben noch einen Kaffee bei ihm getrunken und sind ins Reden gekommen.« Um nichts in der Welt hätte ich ein Geständnis ablegen können, dabei hatte ich mir gerade das vorher als den Gipfel des Triumphes vorgestellt. Ihn verletzen, ihn am eigenen Leib fühlen lassen, wie weh das tut. Aber wie er da im Bett lag, so ahnungslos und vertrauensselig.
Er nickte nur, voll und ganz zufrieden mit meiner Erklärung, als ob Herbert Roßmüller ein Name sei, den er dutzendmal am Tag hörte. Ich wagte es nicht, mich einfach auszuziehen, wie ich es sonst tat. Ich ging ins Bad, stopfte Rock, Bluse und Unterwäsche tief unten in den Korb. Der Slip war feucht. Herberts Spuren. Meine Finger begannen zu zittern. Sie zitterten noch, als ich die Dusche aufdrehte. Auch dabei ließ ich mir viel Zeit. Anschließend kontrollierte ich vor dem Spiegel mei-

ne Haut. Aber da war wirklich kein verräterisches Mal.
Als ich dann ins Schlafzimmer zurückkehrte, hatte Bruno sich auf die Seite gedreht. Er schlief noch nicht. Ich kroch zu ihm unter die Decke, kroch so dicht an ihn heran wie nur eben möglich. Er legte einen Arm um mich und streifte meinen Nacken mit den Lippen.
»Halt mich ein bißchen«, flüsterte ich, »halt mich einfach nur fest.«
Das tat er, legte den Arm um mich, murmelte: »Du zitterst ja. Was ist denn los, Angelique?«
»Ich weiß nicht. Mir ist kalt.«
»Gleich wird dir warm«, murmelte Bruno. Kurz darauf schlief er ein. Das hörte ich an seinem Atem. Ich lag noch wach, starrte mit weit offenen Augen ins Dunkel und fror. Und wenn ich nun schwanger war?
Ein paar Tage lang schlug ich mich mit der Angst herum. Jeden Abend flüchtete ich in Brunos Arme, war immer nahe daran zu beichten. Was mich davon abhielt, war nur die Furcht vor seiner Reaktion. Vielleicht kam ihm mein Fehltritt gelegen, sein Geld reichte doch inzwischen für zwei. Und ich wollte ihn nicht gegen Herbert Roßmüller tauschen.
Nach gut einer Woche löste sich das eine Problem in einem Blutschwall auf, doch die Erleichterung blieb aus. Bruno hatte bemerkt, daß etwas nicht mehr so war wie früher. Vielleicht bildete ich es mir nur ein, daß er mich mit fragenden und zwei-

felnden Blicken betrachtete. Vor allem dienstags und freitags fielen mir diese Blicke auf.
Wir aßen zusammen, und er beobachtete mich. Er erhob sich, und sein Blick lag auf meinem Gesicht wie eine Hand auf einem kostbaren Schmuckstück. Er rückte die Krawatte zurecht und fragte: »Willst du noch ausgehen?«
»Ich weiß nicht.«
Dann kam er um den Tisch herum, küßte mich auf den Nacken, schob seine Hand über die Schulter nach vorne, flüsterte dicht neben meinem Ohr: »Wenn du noch ausgehst, Angelique, laß es nicht wieder so spät werden. Ich bin um zehn zurück, spätestens um zehn. Ich liebe dich.«
In den ersten beiden Wochen nach meinem Fehltritt – und genauso faßte ich es auf, eine Sache, die man bereuen mußte, die nie wieder vorkommen durfte – blieb ich daheim. Ich wollte lesen und konnte mich nicht auf den Text konzentrieren. Ich schaltete den Fernseher ein, und egal, was auf dem Bildschirm geboten wurde, ich sah nur Bruno auf der anderen Straßenseite. Seinen Arm um die mädchenhaften Schultern gelegt. Und wie er sich dann in den Wagen hineinbeugte, um sie zu küssen.
Gut, ich war schlank geworden, aber ich war nicht zierlich. Ich sah nicht aus wie ein Mädchen, das gestern noch die Schulbank gedrückt hatte. In meiner Phantasie wurde sie mit jedem Tag jünger. Und ich war Mitte Dreißig. Ich konnte noch ein paar Pfund verlieren und die Cremes gegen Fält-

chen gleich pfundweise auftragen, mit ihr konkurrieren konnte ich nie.
Und dann, in der dritten Woche, an dem Freitagabend rief Herbert an. Bruno war kaum fünf Minuten aus dem Haus. Herbert fragte nicht lange, ob ich allein sei, er stellte es lediglich fest. »Ich habe deinen Mann eben wegfahren sehen«, sagte er.
Er hatte irgendwo in der Nähe gewartet und das Haus beobachtet. Jetzt war er in einer Telefonzelle. Er war nicht Bruno. Ihm kam gar nicht erst die Idee, um etwas zu bitten. Sein Ton klang eher nach Befehl. »Ich muß mit dir reden, Geli. Wenn es dir lieber ist, hole ich dich in zehn Minuten ab. Wir können spazierenfahren. Ansonsten komme ich jetzt zu dir.«
»Nein«, protestierte ich, »ich will das nicht. Ich wüßte auch nicht, worüber wir reden sollten.«
Herbert lachte. Er lachte tatsächlich. »Hauptsache«, sagte er, »ich weiß es. Ich werde es dir schon erklären.«
Im Haus wollte ich ihn nicht haben, auf gar keinen Fall. Seinem Ton nach zu urteilen, traute ich ihm ohne weiteres zu, daß er hier auf Bruno wartete.
Ein letzter Versuch. »Hör zu, Herbert, hör mir bitte gut zu. Du selbst hast gleich festgestellt, daß wir einen Fehler gemacht haben. Den möchte ich nicht wiederholen. Es hat absolut keinen Sinn.«
Er lachte noch einmal, es klang sogar lustig. »Du bist dir deiner Sache wieder einmal sehr sicher. Aber du hast dich schon einmal geirrt, nicht wahr? In zehn Minuten, Geli, die Zeit läuft. Wenn

du nicht draußen stehst und mich auch nicht ins Haus läßt, warte ich eben, bis dein Mann zurückkommt.«

Er wollte wohl noch etwas anfügen. Ich unterbrach ihn mit einem wütenden Aufschrei. »Ich lasse mich nicht von dir erpressen.«

»Ich will dich nicht erpressen, Geli.«

Ich schrie noch einmal: »Was willst du dann?«

»Warte es ab«, meinte er lässig und fügte hinzu: »Noch neun Minuten.«

Fünf Minuten später stand ich am Straßenrand. Und noch einmal vier Minuten später stieg ich in seinen Wagen. Ich war so wütend, nur noch wütend. Kein Wort der Begrüßung. Herbert fuhr los, ich sagte knapp: »Fang an!« Und als er nicht gleich reagierte. »Ich gebe dir genau eine Viertelstunde, damit du dir deine Sorgen von der Seele reden kannst. Danach stehe ich wieder vor meiner Haustür, oder du wirst es bereuen.«

Herbert ließ ein paar Sekunden verstreichen, musterte mich mit einem spöttischen Seitenblick. »Und wie willst du dir die Zeit bis zehn vertreiben? Früher kommt er doch nicht heim. Ich weiß das so genau, weil ich ihm am vergangenen Freitag nachgefahren bin. Am Dienstag übrigens auch, um sicherzugehen. Es ist nur eine, da hast du richtig vermutet. Sie bringt ihn zum Wagen, wenn er sie verläßt. Wußtest du das? Sie läuft sogar noch ein Stück neben dem Wagen her. Er dreht die Scheibe herunter und hält ihre Hand bis zur nächsten Ecke. Dort hält er dann noch einmal

an. Letzten Freitag stieg sie ein, um sich von ihm zu verabschieden. Am Dienstag spielte sich das nur durch das offene Wagenfenster ab. Aber da dauerte es auch noch seine Zeit. Dein Mann hat sehr geschickte Hände. Mir wurde ganz schummrig, nur vom Zusehen. Soll ich weitererzählen?«
Ich konnte nicht antworten, nur flüstern: »Du mieser Hund.«
Herbert grinste. Ich sah es nicht, ich fühlte es nur. Ich hörte es auch an seiner Stimme. »Ich dachte mir«, sagte er, »daß du die Einzelheiten nicht kennst. Dabei machen gerade die Einzelheiten den Unterschied, findest du nicht?«
Auf eine Antwort wartete er nicht. »Ich meine«, fuhr er in diesem genüßlichen Ton fort, »daß es irgendwo Grenzen geben muß. Es ist zwar heute nichts mehr dabei, auf offener Straße Zärtlichkeiten auszutauschen, doch allzu intim sollte man dabei nicht werden.«
In der Art sprach er noch eine ganze Weile. Er erzählte mir, daß sie am Dienstag nur ein dünnes Hemdchen getragen hätte. Daß sie noch minutenlang an der Straßenecke stehengeblieben sei und Brunos Wagen nachgeschaut habe. Daß sie dann langsam zu einem Haus zurückgegangen sei, mit diesem gewissen Lächeln auf dem Gesicht, wie ein Mensch, der irgendwo über den Sphären schwebt. Und dann sagte Herbert plötzlich: »Jetzt brauchst du einen Cognac, Geli, ich sehe es dir an der Nasenspitze an.«
Ich hatte nicht darauf geachtet, wohin er fuhr.

Erst als er den Wagen anhielt, bemerkte ich, daß wir vor seiner Kanzlei standen. Er stellte die Zündung ab, drehte sich halb im Sitz zu mir, strich mit einem Handrücken über meine Wange.
»Armes Mädchen«, murmelte er. Und in dem Augenblick klang seine Stimme so sehr nach Bruno.

Ein Cognac wäre nicht schlecht gewesen. Guter, alter französischer Cognac. Den hätte ich gebrauchen können, heute früh. Jetzt nicht mehr. Jetzt ist es egal, daß wir hier keinen Cognac haben. Wein müßte noch da sein, fällt mir gerade ein. Wir haben gestern abend davon getrunken, die Flasche war noch gut zur Hälfte gefüllt. Wahrscheinlich hat Bruno sie in den Schrank gestellt. Da komme ich nie im Leben mehr hin. Der Schrank ist links oder rechts von mir. Im Augenblick weiß ich es nicht so genau. Ich habe die Orientierung verloren.
Es ist dunkel geworden, ganz plötzlich, vor gut einer halben Stunde. Meiner Schätzung nach muß es zwischen zwei und drei Uhr nachmittags sein. Es rechnet sich ganz einfach: sechs Cassetten zu je neunzig Minuten, das sind neun Stunden. Angefangen habe ich ungefähr um halb sechs heute morgen.
Die Sonne müßte immer noch in beiden Fenstern stehen. Hier drin dürften es gut vierzig Grad sein, vielleicht noch mehr. Ich weiß es nicht. Mir ist

nicht mehr warm, mir ist auch nicht kalt, mir ist gar nichts mehr.
Ausfallerscheinungen! Immer wieder fallen mir die kleinen Mäuse ein. Ich habe sie nicht torkeln sehen, aber ich weiß jetzt ungefähr, wie es gewesen sein muß. Die kleinen Mäuse konnten nicht wissen, warum das mit ihnen geschah. Ich weiß es. Kein Gefühl in den Beinen, kein Gefühl in den Armen, der Körper dazwischen wie ein Ballon, aus dem langsam die Luft entweicht, blind und taub, völlig ohne Empfindungen. Ich denke mir, daß ich wohl noch spreche, aber ganz sicher bin ich nicht. Ich kann nichts mehr hören.
Ich bin auch nicht sicher, ob ich nach dem letzten Cassettenwechsel vor ein paar Minuten die Aufnahmetaste gedrückt habe. Es ist egal. Ich habe das Mikrophon auf dem Tisch liegen lassen. Es war gar nicht so einfach, es überhaupt aus den Händen zu bekommen, weil ich die Hände nicht lösen konnte. Aber den Mund hatte ich noch unter Kontrolle, ich konnte die Zähne einsetzen. Vom Stuhl aufstehen konnte ich nicht mehr. Ich mußte mich zur Seite fallen lassen. Über kurz oder lang wäre ich ohnehin gefallen. Ich glaube nicht, daß ein Körper sich aufrecht halten kann, wenn er sich überhaupt nicht mehr spürt.
Es ist ein sonderbares Gefühl von Tod, nur der Kopf scheint noch zu leben. Und nicht einmal der komplett. Ich würde jetzt gerne auf dem Bett neben Bruno liegen. Der Boden ist hart, obwohl ich ihn nicht so empfinde. Ich weiß es eben, weil ich

es mehr als einmal habe feststellen müssen. Sagen wir lieber, feststellen dürfen. Ich fand es immer sehr aufregend, wenn Bruno mich mitten im Zimmer hinunterdrückte. Dann – und nur dann – war eine verhaltene Aggressivität bei ihm spürbar, sonst nie. Sonst hat er immer zurückgesteckt, sich tausendmal entschuldigt. Es hat mich oft gestört, daß er sich für alles mögliche und unmögliche entschuldigte. Das konnten Gegebenheiten sein, die er gar nicht hatte beeinflussen können. Er entschuldigte sich trotzdem.
Bruno war kein Kämpfer. Nur wenn er mich auf den Boden drückte, brach ein bißchen von dem Bruno in ihm durch, den ich immer in ihm sehen wollte. Gestern morgen hat er das noch getan, bevor wir nach Valencia aufbrachen. Da war er plötzlich so . . . ich weiß nicht, wie ich es ausdrükken soll, wie besessen war er. Ich war schon auf dem Weg zur Tür, als er mich zurückriß und mich auch gleich auf den Boden zwang. Er hielt meine Hände so wie damals, beide Handgelenke in einer Faust, hoch über meinem Kopf zusammen. Er preßte mich mit seinem Gewicht auf die Dielenbretter. Und mit einem Knie meine Schenkel auseinander. Dabei küßte er mich, bis mir schwindlig wurde und alle Gedanken sich zu einem wirren Knäuel drehten. Ich werde dich lieben, bis dir der Atem ausgeht. Warum habe ich mir sein Gesicht nicht noch einmal angesehen, solange noch Zeit war? Weil ich zu feige war!
Jetzt wäre ich es nicht mehr, aber jetzt ist es zu

spät. Wenn ich nur hören könnte, ob ich noch spreche. Vielleicht denke ich ja nur noch und bilde mir ein, daß die Stimmbänder und die taube Zunge noch ausgeschlossen sind. Aber selbst wenn sie es nicht sind – vielleicht habe ich nach dem letzten Cassettenwechsel die Aufnahmetaste verfehlt. Es macht nichts. Herbert könnte weitererzählen, wenn auf dem Band nur Rauschen ist. Herbert kennt den Schluß, nicht in allen Einzelheiten, aber die wesentlichen Fakten. Wir haben ja über alles gesprochen. Und er hat genug Phantasie, um die fehlenden Details sinnvoll zu ergänzen.
Ich hätte nie gedacht, daß er so viel Phantasie hat. Er war, nein, er ist – bei Herbert muß es heißen, er ist. Nur wenn ich von ihm in bezug auf mich spreche, dann muß ich sagen, er war.
Also doch! Er war plötzlich ernst und deprimiert, als wir da in seinem Wagen saßen. Was immer er mir an der Nasenspitze angesehen hatte, es hatte ihn zumindest für Sekunden weicher gemacht. Nur deshalb war er Bruno für einen Augenblick ähnlich. Es verlor sich gleich wieder, und dann war er hart.
»Gehen wir hinauf«, sagte er. Es war mehr ein Befehl. »Da spricht es sich gemütlicher als hier im Wagen.«
Er stieg aus, kam um den Wagen herum und öffnete die Tür an meiner Seite. »Nun komm schon, Geli, wir sind noch nicht fertig. Ich habe dir noch längst nicht alles erzählt.«
Da ich keine Anstalten zum Aussteigen machte,

griff er nach meinem Arm und zog mich förmlich aus dem Wagen.
»Ich hatte dich für härter gehalten«, meinte er, während er mit mir die Treppen zu seiner Wohnung hinaufstieg, immer noch meinen Arm haltend. Er schloß die Tür auf, schob mich vor sich her in die Diele.
»Weißt du«, murmelte er, während er eine Hand unter mein Kinn legte, »ich wollte es eigentlich nicht so machen wie dein Mann. Ich wollte mir nicht irgendwann vorwerfen müssen, ich hätte eine Situation ausgenutzt. Aber andererseits – warum eigentlich nicht? Jeder kämpft mit seinen Mitteln. Wenn ich dich erst wieder zur Vernunft kommen lasse, habe ich meine Chance vermutlich schon verspielt.«
Er war sanft. Zeichnete mit den Fingerspitzen die Konturen meiner Lippen nach, bevor er mich küßte. Doch, er gab sich wirklich Mühe, zärtlich zu sein. Er schaffte es auch ein paar Sekunden lang, dann brach der Hunger durch. Ich kannte das noch so gut von mir selbst. Dieses In-Besitz-Nehmen mit den Händen und dem Mund. Knöpfe öffnen und einen Reißverschluß. Mein Rock fiel mir auf die Füße. Von der Bluse öffnete er nur zwei Knöpfe, streifte sie mir dann von den Schultern. Sie hing wie ein Knebel in meinem Rücken und hielt mir die Arme zusammen.
Dann hob er mich hoch, immer noch mit dem Mund auf meinen Lippen. »Du bist ja wirklich nur noch ein Püppchen«, flüsterte er undeutlich

und trug mich hinüber in sein Schlafzimmer. Mit einem Ellbogen drückte er den Lichtschalter, legte mich auf dem Bett ab wie einen Kleidersack, setzte sich dazu und schaute auf mich herunter.
»Nicht weinen, Geli, nicht weinen. So schlimm ist es gar nicht. Auch ein mieser Hund hat seine guten Seiten. Meist kann er lauter bellen und fester zubeißen als die anderen. Und was man ihm zuwirft, das verteidigt er gegen Gott und die Welt. Wußtest du das nicht?«
Während er sprach, öffnete er die restlichen Knöpfe meiner Bluse, streifte die Träger des Büstenhalters von den Schultern. Sein Blick bekam etwas von Bitterkeit. Er seufzte einmal vernehmlich, dann sprach er leise weiter:
»Du bist wirklich schön, Geli, verdammt schön. Aber das hatte ich dir schon gesagt, und ich mag es nicht, wenn Leute sich ständig wiederholen oder immerzu das Thema wechseln. Bleiben wir bei dem miesen Hund. Wolltest du mit ihm nur ein Spielchen spielen? Hast du geglaubt, er bliebe in seinem Zwinger, nachdem du ihn so gereizt hast? Ich eigne mich nicht für Spielereien, vielleicht hätte ich dir das früher sagen müssen. Aber du hast mir ja keine Zeit gelassen, hast gleich losgelegt als schöne Wilde. Komm, Geli, mach es noch mal. Zieh mir das Hemd aus.«
Ich konnte mich endlich dazu aufraffen, etwas anderes zu tun, als nur stumm und steif dazuliegen. Aber ich knöpfte nicht sein Hemd auf, sondern meine Bluse zu. Dann setzte ich mich hin, zog die

Beine an, umschlang die Knie mit beiden Armen und umfaßte zusätzlich meine Handgelenke.
»Laß mich in Ruhe!«
Herbert Roßmüller schüttelte den Kopf, sehr langsam und sehr bedächtig. »Das werde ich ganz bestimmt nicht tun.«
»Du hast mir diesen Unsinn doch nur erzählt, um mich ins Bett zu kriegen.«
Herbert nickte, lächelte dabei, nur ein wenig. »Ins Bett kriegen ja, Unsinn nein. Die Wahrheit ist nie Unsinn.«
»Es tut mir leid«, sagte ich, »wenn ich dir mit meinem Verhalten irgendwelche Hoffnungen gemacht habe. Für mich war es eine einmalige Angelegenheit.« Dann wurde ich gemein, weil ich hoffte, ihn damit zu ernüchtern. »Und eine äußerst unbefriedigende obendrein.«
Herbert war weder verletzt noch ernüchtert, er lachte nur. »Das kann ich mir denken. Ich habe mich noch Stunden später dafür gehaßt. Allein deshalb bist du jetzt hier. Und das bist du mir schuldig, Geli. So viel Recht wirst du mir einräumen. Einmal darf ich dir beweisen, daß ich nicht immer einer von der schnellen Sorte bin. Nur noch einmal, Geli! Und wenn das dann auch eine äußerst unbefriedigende Angelegenheit für dich wird, dann vergessen wir die Sache eben.«
Er strich mit einem Finger mein Schienbein hinauf, bis ihn meine Arme hinderten, das Knie zu erreichen. Und wieder hinunter. Noch einmal hinauf, über den Arm zur Schulter, in den Nacken.

»Ich weiß ja nicht«, meinte er leise, »wie dein Mann das macht. Anscheinend hat er ein paar Tricks auf Lager, die Kleine jedenfalls schien ganz hingerissen, konnte sich gar nicht von ihm trennen. Ich vermute, dir geht es so ähnlich. Aber ich habe nicht vor, mit ihm zu konkurrieren, Geli, nicht im Bett. Weißt du, für mich ist das schönes Beiwerk. Man sollte auf eine gewisse Übereinstimmung achten. Und darauf, daß beide zu ihrem Recht kommen. Aber man sollte nicht darauf aufbauen. Das geht unweigerlich schief. Ich weiß das, ich habe es einmal versucht.«

Jetzt waren es schon mindestens drei Finger in meinem Nacken, die ganz leicht über die Haut fuhren. Herbert sprach weiter, so ruhig und bedächtig, als sei jedes Wort hundertmal überlegt. Vermutlich war es das. Er hatte genug Zeit gehabt, über alles nachzudenken und sich die Worte zurechtzulegen.
»Ich baue mehr auf den Alltag«, erklärte er. »Da muß man sich bewähren. Zuverlässigkeit, Harmonie, gleicher Bildungsstand und nach Möglichkeit gleiche Interessen, ein bißchen Romantik für den Hausgebrauch, keine allzu hohen Erwartungen, ein wenig Rücksicht. Und Treue, die jedoch absolut. Denk darüber nach, Geli, wenn du gleich wieder daheim bist. Für den Augenblick wäre es mir lieber, wenn du nicht zuviel denkst. Und nimm endlich die Arme weg.«
Ich schüttelte den Kopf. Er schien schwerer als

vorhin, zu viele Gedanken darin. Treue, die jedoch absolut. Und eine Elfe, die nur mit einem dünnen Hemdchen bekleidet über den Sphären schwebte. Die Sinnlichkeit in Brunos Stimme: »Laß es nicht so spät werden, Angelique.« Und wie er sich in den Wagen beugte, um sie zu küssen. Und wie ich vor ihm stand, wie ich ihm ins Gesicht schauen und gestehen mußte: »Ich bin schwanger.«

Ich konnte nicht schwanger werden. Ich mußte nur gehen. Herbert würde mich schon nicht mit Gewalt zurückhalten. Ich konnte auch nicht gehen. Ich war wie gelähmt. Eine Lähmung, die mich bereits im Wagen überfallen hatte, als Herbert von der Straßenecke erzählte. Ich konnte nicht heimgehen und auf Bruno warten. Ich hätte es nicht ertragen, seinen Blick, seinen Mund, seinen Schatten in der Dusche, heute nicht. Aber ich konnte auch nicht bleiben.

»Ich bin ungefähr in der Mitte vom Zyklus«, sagte ich, »und ich nehme keine Verhütungsmittel.«

Herbert stieß die Luft aus. »Du fährst schwere Geschütze auf, um einen liebeskranken Mann zur Räson zu bringen, Geli. Ist das jetzt nur ein Trick?«

»Bei meinem Mann brauche ich keine«, sagte ich. Mein Mann! Ich sah das vor mir. Den langsam rollenden Wagen, die heruntergedrehte Seitenscheibe, seine Hand, ihre Hand. Ein bißchen Romantik. Und konnten zusammen nicht kommen, das Pflegeheim war zu teuer gewesen. Wie oft

Bruno es seit dem Tod des Herrn Elfgen wohl bereut hatte, seiner Mutter einen schönen Lebensabend zu bereiten, wo sie doch ohnehin nichts davon bemerkte. Was wäre geschehen, wenn ...

»Willst du keine Kinder?« fragte Herbert.

»Ich weiß es nicht. Warum hätte ich mir den Kopf darüber zerbrechen sollen, ob ich Kinder will oder nicht, wenn nicht die Möglichkeit bestand, welche zu bekommen?«

Wenn ... die Verpflichtung für das Heim nicht gewesen wäre? Daß Noras Mann krank war und in absehbarer Zeit sterben würde, hatte Bruno möglicherweise schon an dem Abend gewußt, als er zu mir kam, um mir beim Ausfüllen der Formulare zu helfen. Krebs wächst nicht in ein paar Wochen; das hatte ich bei Papa erlebt, wie sich das Sterben über Jahre hinziehen kann. Was war ich gewesen an dem Abend? Eines von vielen flüchtigen Abenteuern und zusätzlich eine Kuh, die man melken konnte? Um irgendwann, wenn Not am Mann war, wenn Herr Elfgen das Zeitliche gesegnet hatte, aber Brunos Mutter immer noch Pflege brauchte, die Kosten fürs Heim auszugleichen?

Es war entsetzlich, so etwas zu denken. Aber Bruno war bei mir eingezogen, nachdem er mich mit Hans Werres gesehen hatte. In einer Situation, die völlig harmlos war, die bei einem Zuschauer jedoch den Eindruck von Vertrautheit erwecken konnte. »Ich will nicht dein Geld, Angelique, ich will dich.« Bruno hatte die Trauringe gekauft, nachdem er mich mit Hans in der Küche angetroffen und ich ihm Vorhaltungen wegen der fünfzigtausend Mark gemacht hatte. »Ich will nicht dein Geld, Angelique, ich will dich.« Bruno hatte die Klausel im Ehevertrag, die ihn zum Verzicht auf das Erbe zwang, akzeptieren wollen. »Ich will nicht dein Geld, Angelique, ich will dich.« Bruno hatte gewußt, daß ich diese Klausel nicht akzeptieren würde, weil ich ihn liebte, weil er meine Gefühle kannte, weil er meine Gedanken lesen konnte.

»Und jetzt zerbrichst du dir den Kopf darüber?« fragte Herbert. »Das solltest du nicht tun, Geli, überlaß es mir. Wenn das der einzige Grund war, dann kannst du jetzt wirklich die Arme herunternehmen. Ich werde dich nicht schwängern, großes Ehrenwort.« Er grinste. Sein Gesicht verschwamm mir vor den Augen. Aber seine Hand sah ich deutlich. Er hob drei Finger der rechten Hand, die linke lag noch in meinem Nacken.

Es war nicht der einzige Grund, aber . . .

»Was hast du eben im Wagen gesagt, sie ging zu einem Haus?«

Ich hatte ihn aus dem Konzept gebracht. Er mußte erst nachdenken, dann kam die Antwort: »Ja. Warum, ist das wichtig?«

»Nein«, sagte ich, »es ist nicht wichtig.« Und dann ließ ich endlich meine Handgelenke los, nahm die Arme herunter und legte mich zurück.

Bruno hatte gesagt: »Sie wird ihr Haus verlieren.«

Da waren zwei Hände, die mich auszogen, ganz langsam, Stück für Stück, bis nur der Slip übrigblieb. Bruno hatte gesagt: »Ich mußte ihr helfen, wenigstens über die erste Zeit hinweg.« Und eine Hand strich über die weiße Spitze, zog sie langsam über meine Beine nach unten. Es gab eine Menge weißer Spitze in meinem Wäscheschrank. Bruno liebte sie. Von jedem Einkaufsbummel brachte ich welche mit. Ich konnte nicht genug davon bekommen. Von Bruno auch nicht. Bruno hatte gesagt: »Vielleicht fühle ich mich ihr gegenüber nur schuldig.«

Herbert saß immer noch auf der Bettkante, ganz still und andächtig. »Weißt du, wie lange es her ist«, fragte er, »daß ich eine Frau so berührt habe? Bei deinem Überraschungsangriff bin ich ja nicht dazu gekommen, dich großartig anzufassen. Aber ich mag das. Vielleicht bilde ich es mir nur ein, aber ich meine immer, die Haut einer Frau fühlt sich ganz anders an als zum Beispiel meine.«

Dann beugte er sich über mich, stützte sich mit einem Ellbogen ab, murmelte: »Und das mag ich auch.« Er küßte zuerst nur mit den Lippen, ganz leicht und mit geschlossenen Augen. Ich schloß die Augen ebenfalls, bemühte mich darum, die Gedanken auszuschalten und mich auf das Fühlen zu konzentrieren. Dieser weiche Druck auf den Lippen, die Zungenspitze, die sie teilte. Der Atem, irgendwann schwerer und tiefer werdend. Dann ein Seufzer. »Geli, ich muß ein bißchen vorsichtig sein. Jetzt komme ich mir wieder vor wie ein grüner Junge. Ein Blick auf einen nackten

Busen, und die Sache steht. Zieh mir das Hemd aus, aber wag dich nicht tiefer.«

Fünfzigtausend für den Anfang und danach regelmäßig die Summen, die ich auf sein Konto überweisen ließ. Für sich brauchte er nicht viel. Halb lag ich auf dem Bett in Herberts Wohnung, und halb war ich bei Bruno. Aber es war nicht der Bruno, den ich seit zwei Jahren kannte. Es war ein schäbiges, berechnendes Subjekt, das sich nur ein fettes, gieriges Weib hörig gemacht hatte.

Es ging alles fließend ineinander über. Die Sinnlichkeit, langsam ansteigende Erregung. Herbert war zwar nicht so routiniert. Aber routiniert war Bruno auch nicht, eher erfahren im Umgang mit meinen Empfindungen. Er hatte zwei Jahre Zeit gehabt, das Instrument zu stimmen. Nein, das war nicht korrekt. Er hatte es vom ersten Augenblick an meisterhaft beherrscht. Nun gut, wer jahrelang auf allen möglichen Flügeln klimpern durfte, der entlockte auch einem verstimmten Klavier noch ein paar harmonische Töne. Und so viel Erfahrung besaß Herbert wohl nicht.

Bei ihm war es mehr der Reiz des Neuen, der einen Hauch von Erotik im Zimmer verteilte und die Luft zum Knistern brachte. Das Unbekannte, Zärtlichkeiten, die ich von Bruno nicht gewohnt war. Zärtlichkeiten vielleicht, die Bruno nicht brauchte, weil man sich mit ihnen nur zögernd und ängstlich vorantastete. Mit denen Bruno sich deshalb auch nicht lange aufhielt, weil er wußte,

daß es bessere gab, mir jeden lästigen Gedanken aus dem Hirn zu treiben.
Die Art zu küssen, bei der es immerhin Sekunden brauchte, ehe ich weich wurde. Alles dauerte länger, aber irgendwann war auch der letzte Gedanke verscheucht. Gerade eben hatte ich noch gesehen, wie Bruno sich einem Mund entgegendrängte. Und jetzt drängte ich selbst vor, mich einer Hand entgegen. Nur einer Hand, aber ich empfand es nicht so. Ich fühlte ihn, hörte ihn. Das Locken in Herberts Stimme, das Verlangen. »Ja, Geli, du bist süß. Ja, so ist es gut.« Noch ein paar feurige Wellen, die im Sand ausliefen, ein letztes Zittern. Herbert richtete sich auf. »Schade«, sagte er, »es war nicht ganz so, wie ich es mir vorgestellt hatte. Aber es war sicher. Und jetzt sind wir quitt.«
Das Zittern hielt noch an, aber so stark war es nicht mehr, daß ich den Arm nicht hätte heben können. Ich holte aus und schlug zu. All die Wut und die Verzweiflung, die er kurz zuvor ausgeschaltet hatte, lag in dem Schlag. Herbert war verblüfft, rieb sich die Wange, starrte mich an. »Was denn«, fragte er, »so nicht? Du willst es genauer wissen? Das kannst du haben. Na warte, du Biest.«
Und noch einmal von vorne, nicht mehr langsam voran, keine Vorsicht mehr, keinerlei Zurückhaltung. Er war über mir, in mir, noch bevor ich überhaupt wußte, was geschah. Er riß mich einfach mit, obwohl ich es gar nicht wollte. »Du hast völlig recht«, sagte er, es war mehr ein Keuchen,

»wenn schon, denn schon, nicht wahr? Und wenn wir uns ein halbes Dutzend Kinder auf einen Schlag machen, wen stört das denn? Wir werden sie alle lieben, und wir haben Geld genug, sie aufzuziehen. Stellen wir eben drei Kindermädchen ein, damit wir noch ein bißchen Zeit für uns haben.«

Er sprach noch weiter, aber ich verstand ihn nicht mehr. Ich schrie, spürte eine Welle von Feuer und noch eine und noch eine. Es nahm einfach kein Ende, bis endlich die Tränen kamen und die Glut löschten.

Herbert hielt mein Gesicht mit beiden Händen, drückte die Lippen abwechselnd auf beide Augen, flüsterte immer wieder meinen Namen: »Geli . . .«

Später, viel später saßen wir in seinem Wohnzimmer. Er hatte mir einen Cognac eingeschenkt, sich selbst auch einen. Ich saß in einem Sessel, er in dem anderen, zwischen uns der Tisch. »Immer noch böse?« wollte er wissen. Ich schüttelte den Kopf. »Ich rufe dir gleich ein Taxi«, versprach er. »Ich würde dich gerne heimbringen. So ein Abschiedskuß vor der Haustür ist doch romantisch. Aber das gäbe wohl Schwierigkeiten.«

Als er mich zur Tür brachte, bat er: »Denkst du über das nach, was ich gesagt habe? Ich weiß nicht, was dein Mann dir bietet. Aber ich komme auch nicht mit leeren Händen.«

Ich kam heim in der Nacht, es muß so gegen eins

gewesen sein. Bruno wartete in einem Sessel. Ich war ganz ruhig, er auch. Als ich ins Zimmer trat, schaute er mir nur entgegen. Eine volle Minute verging, ehe er fragte: »Wo warst du, Angelique?«
»Im Kino.«
»Es ist eins vorbei.«
»Ich war in der Spätvorstellung.«
»Wann bist du gefahren?«
»Soll das ein Verhör werden?« fuhr ich ihn an. »Kannst du mir nicht die gleichen Rechte einräumen, die du dir selbst nimmst? Ist es wichtig, wann ich in die Stadt gefahren bin?« Ich hatte ein wenig härter als beabsichtigt gesprochen.
Bruno antwortete erst nach ein paar Sekunden. »Ich weiß nicht, ob es wichtig ist. Du hast geweint, man sieht es noch.«
»Es war ein rührseliger Film«, sagte ich.
Bruno nickte, murmelte »Ja« und stemmte sich aus dem Sessel hoch. »Komm her. Komm zu mir, Angelique. Ich warte seit drei Stunden auf dich.«
Ich glaubte, es nicht ertragen zu können, daß er mich in die Arme nahm. Aber es war ganz einfach. Er war kein schäbiges, berechnendes Subjekt, nur ein Mann zwischen zwei Frauen, die er wohl beide auf seine Art liebte. Er drückte sein Gesicht in meine Halsbeuge. Die Hände auf meinen Hüften, zog er mich ganz dicht an sich heran. Dann schaute er mir ins Gesicht.
»Sag es mir. Sag es mir noch einmal, Angelique.«
Ich mußte nicht schlucken, nicht würgen. Mir

wurde nicht übel, und es kam nicht der Geschmack von Galle hoch. »Ich liebe dich, Bruno.« Es war einfach so, es war keine Lüge.
Ich schlang die Arme um seinen Nacken, stellte mich auf Zehenspitzen und zog seinen Kopf zu mir herunter. Ich küßte ihn und wurde schwer dabei, so schwer, daß ich mich nicht länger auf den Beinen halten konnte. Er war eben Bruno. Und wie ein paar Stunden zuvor Herbert nahm er mich auf die Arme, trug mich die Treppen hinauf, legte mich auf unser Bett.
Ich hatte geduscht, noch bevor ich den Cognac getrunken hatte. Es war alles in Ordnung. Der Rest von Feuchtigkeit fiel nicht ins Gewicht. Bruno bemerkte ihn nicht einmal. Er war so damit beschäftigt, in mich hineinzukriechen, er hätte nicht einmal bemerkt, wenn das Haus über uns zusammengestürzt wäre. Dann lag er neben mir, müde, zufrieden, beruhigt, lächelnd.
»Ich hatte ein wenig Angst«, gestand er. »Ich wollte nicht hinter dir herspionieren. Aber ich hatte unentwegt das Bedürfnis, ein paar Restaurants anzurufen. Siehst du eigentlich deinen Lektor hin und wieder noch?«
»Er ist nicht mehr mein Lektor«, sagte ich. »Ich habe Hans Werres zuletzt bei der Abschiedsparty gesehen. Das weißt du doch. Hast du Angst, ich würde dich betrügen?« Auch das kam so leicht über die Lippen. Aber ihm ins Gesicht sehen dabei hätte ich wohl nicht gekonnt. Ich

schaute gegen die Zimmerdecke und wartete auf seine Antwort.
»Ja.« Und ein langgezogener Seufzer. »Ja, die hatte ich.«
»Mit anderen Worten«, sagte ich leise, »du darfst. Und ich darf nicht. Aber solange ich dir nichts wegnehme, dir nichts vorenthalte und dir nicht schade, so lange betrüge ich dich doch nicht.«
Bruno lachte leise. »Bist du sicher, daß du es so genau trennen kannst, Angelique?«
»Kannst du es so genau trennen?« fragte ich zurück.
Er nickte, erklärte gleichzeitig: »Ich denke schon, daß ich das kann.«
Das Wochenende war ruhig und friedlich. Wir sprachen nicht viel miteinander, aber das taten wir eigentlich nie. Es war immer so gewesen, daß einer von uns sprach, der andere hörte zu und verstand es nicht.
Dann kam der Montag. Bruno verließ das Haus kurz nach neun am Morgen. Mittags kam er zum Essen, fuhr nach einer Stunde zurück in sein Büro. Ich hatte Zeit genug, um nachzudenken. Doch es war alles noch zu frisch, die Gedanken drehten sich im Kreis, kamen nie zu einem Ergebnis.
Ich versuchte mir einzureden, daß ein Teil dessen, was mich an Bruno hielt, vielleicht aus Gewohnheit bestand. Er war mir vertraut. Ich wußte in jeder Situation genau, was ich von ihm zu erwarten hatte. Aber wußte ich das wirklich? So oft hatte ich mir vorgestellt, wie er eine andere liebte. Aber

niemals hatte ich bei dieser Vorstellung eine Elfe neben einem fahrenden Wagen herlaufen sehen. Und der Abschiedskuß an der Straßenecke.
Ich versuchte es rational anzugehen, um den brennenden Schmerz auszuschalten. Das gelang mir nicht. Das Haus – sie wird ihr Haus verlieren. Ich mußte wissen, ob sie es verloren hatte. Vielleicht stellte sich ja heraus, daß sie in diesem Haus nur zur Miete wohnte. Ein oder zwei Zimmer, mehr gönnte ich ihr nicht. In all der Zeit mit Bruno hatte ich insgesamt vielleicht zehnmal ein Geschenk von ihm bekommen. Angefangen bei dem Parfümfläschchen, über eine Wäschegarnitur aus Seide, als meine Figur es zuließ, derartiges zu tragen. Dann die Bluse, die ich am ersten Abend mit Herbert getragen hatte. Es waren immer nur Kleinigkeiten gewesen. Und für sie . . .
Fünfzigtausend für den Anfang und ein Haus.
Als Herbert mich am Dienstagabend anrief, fragte ich ihn, ob es Möglichkeiten gebe, festzustellen, wem das Haus gehöre. Er lachte. »Wenn das alles ist, worüber du bisher nachgedacht hast, Geli, dann stehen meine Chancen wohl schlecht. Schade, ich hatte gedacht, wir könnten uns sehen. Dein Mann ist doch unterwegs. Sei barmherzig, Geli, nur für eine halbe Stunde, dann verschwinde ich wieder. Ich rühre dich nicht an. Ich will dich nur sehen.«
Er kam wenig später, hatte wohl wieder irgendwo in der Nähe gewartet und beobachtet, wie Bruno wegfuhr. Und er blieb tatsächlich nur eine halbe

Stunde. Wir saßen uns im Wohnraum gegenüber, sprachen über das vergangene Wochenende, über meine Gefühle, daß ich Bruno liebte, ausschließlich ihn. Und Herbert, na ja, ich mochte ihn schon. Gleichgültig war er mir jedenfalls nicht, mir graute auch ein wenig vor dem Gedanken, ihn zu verletzen. Er hörte sich das an, ohne eine Miene zu verziehen. Dann sprachen wir noch einmal über Nora Elfgen, von der ich nicht viel mehr wußte als ihren Namen.
»Ich kann dir ein paar Informationen beschaffen, wenn du das möchtest«, versprach Herbert, schränkte jedoch gleich ein: »Aber ich sehe nicht ganz, wozu das gut sein soll. Du willst doch keine Dummheiten machen, oder? Ich meine, das war doch ein Scherz, als du gesagt hast, du wolltest sie umbringen. So was sagt man in der ersten Wut, aber man tut es dann doch nicht. Was hast du also davon, wenn du Details erfährst?«
»Ich mache keine Dummheiten, und ich will keine Details. Ich will nur wissen, ob das Haus ihr gehört.«
Herbert zuckte mit den Achseln. »Gut, wenn dir so viel daran liegt. Das kann ich dir vermutlich schon am Freitag sagen. Machen wir es doch so: Du rufst mich an, wenn dein Mann geht. Dann muß ich mich nicht auf die Lauer legen wie ein Einbrecher auf Diebestour. Dabei komme ich mir nämlich etwas blöd vor. Du kannst auch zu mir kommen, ohne vorher anzurufen. Kommst du?«
Ich nickte.

»Ich freue mich darauf«, sagte er, »wir können eine Kleinigkeit zusammen essen.«
Bis dahin hatte ich das Gefühl gehabt, daß er in seinem Denken und Handeln mir ähnlich war. Jetzt glich er plötzlich wieder Bruno. Und das mochte ich nicht.
»Kochst du selbst?«
Herbert lachte lauthals. »Gott bewahre. Ich ernähre mich hauptsächlich von Tiefkühlkost. Fertiggerichte, die schiebt man einfach in die Mikrowelle. Anschließend braucht man nicht mal einen Teller. Ich habe eine Zugehfrau, aber die kommt nur morgens für zwei Stunden. Für meine Mahlzeiten muß ich selbst sorgen. Zwei- oder dreimal die Woche gehe ich abends in ein Restaurant, ansonsten gibt es eben Lasagne oder Tortellini. Aber für den besonderen Anlaß lasse ich uns am Freitag eine Pizza bringen. Magst du Pizza?«
»Gott bewahre«, sagte ich. Plötzlich waren wir albern. Auch etwas, was man mit Bruno nicht so gut konnte. Einmal war ich mit ihm albern gewesen, nur einmal, in unserem ersten Urlaub in Spanien, mit der Gießkanne. Es fiel mir erst später ein, als Herbert längst gegangen war und ich auf Bruno wartete.
Als ich schon dieses Ziehen in der Brust fühlte, bei dem Gedanken, daß Bruno gleich kommen würde, und immer noch lachen mußte über die Art, wie Herbert eine Unzahl von italienischen Gerichten aufgezählt hatte. Seinen erwartungsvollen Gesichtsausdruck dabei, die anschließende

Enttäuschung. Und wie er dann zuletzt sagte: »Weißt du was, Geli, bring einfach einen Salat mit. Wir stellen ein paar Kerzen auf den Tisch, verteilen die Blätter rundherum, und dann schauen wir uns daran satt.«
Vielleicht hing das sehnsuchtsschwere Ziehen in der Brust auch mit ihm zusammen. Ich brachte ihn zur Tür. Bevor er ging, fragte er: »Habe ich mein Versprechen gehalten oder nicht?«
Ich wußte nicht gleich, was er meinte.
»Ich bin im Sessel geblieben«, sagte er, »ich habe dich nur angesehen.«
Als ich nickte, meinte er: »Dann habe ich mir eine Belohnung verdient. Sei lieb, Geli, schenk mir eine Minute Romantik, einen Abschiedskuß an der Haustür.«
Ich legte meine Arme um seinen Nacken. Sein Blick irritierte mich. Er war mit einemmal so todernst. Griff mit der Hand unter mein Kinn, hob meinen Kopf an und hielt meine Augen mit seinem Blick fest. Sein Daumen strich über meine Lippen.
»Wie lange kennen wir uns schon?« fragte er.
»Seit vierundzwanzig oder fünfundzwanzig Jahren.«
»Warum hast du mir damals nicht gesagt, daß ich ein verdammter Idiot bin? Hätte ich nur in Biologie besser hingehört, hm? Das mit den Bienen und den Blümchen habe ich wohl mitbekommen. Aber das mit den Raupen und den Schmetterlingen muß ich verschlafen haben.«

Er schluckte hart, sein Daumen drückte mir das Kinn leicht nach unten und öffnete so meine Lippen.
»Geli«, murmelte er, schüttelte den Kopf, schluckte noch einmal, dann kam er näher. Ich wollte die Augen schließen, es ging nicht. Aber ich sah, wie er sie schloß, fühlte, wie er den Arm um mich legte, mit der Hand den Rücken hinunterstrich, mich gegen sein Becken preßte, und dieser Kuß. Er machte mich benommen. Unvermittelt gab Herbert mich frei und war auch gleich zur Tür hinaus. Ohne sich noch einmal umzudrehen, hob er die Hand und winkte. »Bis Freitag, Geli, denk an den Salat.« Ich lachte noch, als ich wieder im Sessel saß.

Die nächsten Wochen, nein, Monate – es war eine herrlich schlimme Zeit. Ich konnte nicht begreifen, was mit mir passierte. Wie oft habe ich an Papa denken müssen. Was er wohl gesagt hätte? Zwei gutaussehende Männer, beide auf ihre Art hinreißend. Von einem Arm in den anderen. Wochenlang ging es so. Ich wollte es gar nicht. Aber wenn Bruno dienstags und freitags aus dem Haus ging, hielt es mich auch nicht dort. Ich wußte ja, daß da einer war, der auf mich wartete, sehnsüchtig wartete. Der mich mit seiner unkomplizierten Leidenschaft fortriß, der mich zum Lachen brachte, wenn ich ein Lachen brauchte.
Bruno muß gespürt haben, daß ihm jeweils dienstags und freitags ein anderer zuvorgekom-

men war. Er reagierte mit Intensität, mit Sinnlichkeit. Herbert dagegen kämpfte systematisch, wie sein Beruf es ihn gelehrt hatte.
Zuerst die Zärtlichkeit, verschiedene Gesten und Berührungen trieben mir wohlige Kälteschauer über die Haut. Seine Blicke, ein Gemisch aus Trauer und Begehren. Der Griff unter mein Kinn, wenn er mit dem Daumen meine Lippen öffnete. Dann die Leidenschaft und ein Lachen, das den Bann von Schwermut brach und mich von der Last befreite. Es war eine Last, bei ihm zu sein und ihn nach nur anderthalb Stunden wieder zu verlassen. Ich wäre gerne einmal über Nacht geblieben, einmal morgens neben ihm aufgewacht.
Ich wollte ihn einmal müde und verschwitzt erleben, verstimmt oder wütend, gähnend, schlafend. Ich wollte wissen, ob er auch im Schlaf den Arm über mich legte, wie Bruno es tat. Daneben stehen, wenn er sich die Zähne putzte oder die Füße wusch. Bei Bruno kannte ich das. Alles. Außer der Wut vielleicht. Ich wollte einfach wissen, ob ich mit Herbert leben konnte. Ja, ich spielte mit dem Gedanken.
Herbert kämpfte mit Fakten. Aber damit erst ganz zum Schluß. Immer wieder sprach ich ihn auf das Haus an. Immer wieder erklärte er mir: »Es braucht Zeit, Geli. Ich habe ja auch noch etwas anderes zu tun.«
Dann bestellte er mich nachmittags in seine Kanzlei. Mein Gott, es ist erst gut eine Woche

her. Vergangene Woche. Donnerstag ist es gewesen. Mir kommt es vor wie eine Ewigkeit.
Im Vorzimmer saßen ein paar junge Mädchen vor den Schreibmaschinen und Aktenstücken. Herbert war anders als sonst. Ernst, sachlich, der Anwalt eben. Was Bruno nie schaffte, er konnte es trennen, den Beruf und die Liebe. Er legte mir Fotografien vor. Weil ich doch die Details wissen wollte. Jede noch so kleine Einzelheit. Wie die Fotos in seine Hände gelangt waren, sagte er mir nicht. Ich fragte ihn auch nicht danach. Vermutlich hatte er ein Detektivbüro beauftragt.
Es waren große Fotografien, doppelt so groß wie eine Postkarte. Einige waren bei Dunkelheit aufgenommen worden. Brunos Wagen, er hinter dem Lenkrad, Nora Elfgen neben der noch offenen Tür. Weit in den Wagen hineingebeugt. Brunos Kopf gegen die Nackenstütze gedrückt, zum größten Teil verdeckt von ihrem Kopf. Allein vom Ansehen schnürte sich mir die Kehle zu. Und es gab noch schlimmere Aufnahmen.
Ein Vorgarten, ein paar Ziersträucher, ein paar mannshohe Tannen oder Fichten. Dazwischen ein Paar in inniger Umarmung. Die Frau in einem Kleid oder Nachthemd, es war nicht genau zu erkennen, ein sehr kurzes Kleid oder Hemd. Eine Hand des Mannes in ihrem Rücken, etwa auf Höhe der Taille, die andere Hand tiefer. Sie trug nur einen winzigen Slip.
In der Art gab es gut ein Dutzend Fotos. Andere waren bei Tageslicht gemacht. Das Haus, gehobe-

ne Mittelklasse, Schätzwert: eine halbe Million. Die Eintragung im Grundbuch wies eine Hypothek der Dresdner Bank aus, insofern gehörte das Haus noch zum größten Teil der Bank. Aber Nora Elfgen kam ihren Verpflichtungen pünktlich nach. Nora Elfgen war nur ein Jahr jünger als ich. Nach vierzehnjähriger Ehe mit Horst Elfgen verwitwet.

Und geschieden. Vor ihrer Ehe mit Horst Elfgen war sie schon einmal verheiratet gewesen, allerdings nur zwei Jahre lang, eine Kinderehe. Nora Elfgen hatte mit sechzehn Jahren eine Ausbildung zur Bürogehilfin bei einer Versicherung begonnen und mit siebzehn zum ersten Mal geheiratet.

Dieser nüchterne Bericht brachte mich fast um.

Nora Elfgen hatte ihren ersten Ehemann nach zwei Jahren wegen des wesentlich älteren Horst Elfgen verlassen. Armer Bruno. »Ich wäre fast daran gestorben«, hatte er gesagt. Und zweimal hatte er sogar versucht, sich umzubringen.

»Hast du wirklich nichts davon gewußt?« fragte Herbert.

Ich konnte zuerst nur mit dem Kopf schütteln. Ich war so steif, als ob mir jemand einen schweren Holzpflock in den Rücken gejagt hätte.

»Arme Geli«, sagte Herbert.

»Er hat mir gesagt, daß er geschieden ist. Ich habe ihn nie nach dem Namen seiner ersten Frau gefragt.«

»Es gibt Fälle«, sagte Herbert, »da reicht eine

Scheidung nicht. Manche Leute können nicht miteinander leben, aber ohne einander leben können sie auch nicht.«
Dann sah er mich lange an, erklärte: »Ich komme mir sehr schäbig vor. Ich habe den Kram schon eine ganze Weile hier. Als ich den Bericht las und die Fotos sah, wollte ich dir zuerst nichts davon zeigen. Ich will nicht, daß du deine Entscheidung aus Wut oder Enttäuschung triffst. Ich liebe dich, Geli, ich liebe dich wirklich.«
»Ich liebe dich nicht«, sagte ich.
Herbert nickte, lächelte sogar. »Ich weiß, aber ich bin ein geduldiger Mensch. Frag meine Exfrau, wenn du mir nicht glaubst. Wenn sie auch sonst nicht allzu gut auf mich zu sprechen ist, das wird sie dir bestätigen. Und Liebe«, er zuckte mit den Achseln, »Liebe ist etwas, das manchmal Zeit braucht, viel Zeit. Man mag sich, man versteht sich, man ist gerne zusammen. Und wenn man schon glaubt, jetzt sei es zur Gewohnheit geworden, stellt man plötzlich fest, daß man liebt. Darauf kann ich warten, Geli.«
»Bei ihm war es anders«, sagte ich, »ihn habe ich gleich geliebt. Von der ersten Stunde an hatte ich das Gefühl, ohne ihn nicht mehr existieren zu können.«
Herbert wiegte bedächtig den Kopf hin und her. »Vielleicht verwechselst du da etwas«, meinte er schließlich. »Man kann das auch schwer auseinanderhalten. Aber trotzdem besteht zwischen Liebe und Leidenschaft ein großer Unterschied.«

Dann schob er die Fotografien zusammen, steckte sie zurück in den Umschlag, dem er sie entnommen hatte. Auch den schriftlichen Bericht nahm er wieder an sich.
»Kommst du morgen zu mir, Geli?«
Ich nickte und erhob mich gleichzeitig. Nora Elfgen, Nora Lehmann, wie ein Hammer schlugen die Namen auf mein Gehirn ein. Und bei jedem Schlag krampfte sich das Herz zusammen. Meine Hände waren feucht und eiskalt, die Knie zitterten.
»Ich lasse dir ein Taxi rufen«, sagte Herbert. »Willst du einen Cognac? Du bist so blaß. Ein Cognac wird dir guttun.«
Wieder nickte ich nur. Er stand vom Schreibtisch auf, ging zu einer Anrichte, schenkte ein Glas ein. Dann kam er auf mich zu. Ein Jahr jünger als Bruno, das Haar einen Ton dunkler, ein schmales Gesicht, ein sinnlicher Mund und graue Augen, feingliedrige Hände. Dunkler Anzug, weißes Hemd, die Uhr an seinem Handgelenk mußte ein Vermögen gekostet haben. Herbert Roßmüller, mein Folterknecht, mein Liebhaber.
Ich wollte nach dem Glas greifen, aber plötzlich war mir nicht mehr nach einem Cognac, sondern nach etwas ganz anderem zumute. Ich ging in die Knie. Herbert dachte wohl im ersten Augenblick, ich würde ohnmächtig werden. Als er dann begriff, half er mir und protestierte gleichzeitig. »Nicht hier, Geli.«
Er ließ den Blick nicht von der Tür. Jedesmal,

wenn ich zu ihm hochschaute, sah ich, daß er sich auf die Lippen biß. Kein Laut, nicht einmal ein Stöhnen. Er legte statt dessen den Kopf in den Nacken und atmete schließlich mit halboffenem Mund.
Irgendwann legte er die Hände auf meine Schultern und bestimmte damit den Rhythmus. Dann fiel sein Kopf nach vorne. Er griff unter meine Achseln und zog mich hoch. Ich glaube, er war wütend.
»Trink deinen Cognac«, sagte er, »und tu das nie wieder. Nicht hier. Das fehlt mir noch, daß ich mir den Ruf einhandle, meine Klientinnen zu nötigen.«

Als Bruno an dem Donnerstagabend heimkam, fühlte ich mich irgendwie tot. Ich ließ mich von ihm küssen und dachte dabei, daß er jetzt vielleicht sie vor Augen hatte. Als er später in mich eindrang, hätte ich schreien können vor Schmerz. Er war überall, dieser Schmerz, aber vor allem war er im Kopf. Und dort war er zusammen mit dem Gedanken, daß ich für Bruno nie etwas anderes gewesen sein konnte als die Frau, die das Geld hatte, die es ihm erlaubte, seiner großen Liebe hilfreich zur Seite zu stehen. Ich dachte, ich müsse ihn hassen dafür. Aber ich konnte ihn nicht hassen. Ich konnte nichts weiter tun, als ihn lieben und daran zugrunde gehen. Aber ich wollte nicht zugrunde gehen.
Freitags fuhr ich zu Herbert. Mit einer kleinen Ta-

sche, meiner Zahnbürste, frischer Unterwäsche – was man so braucht übers Wochenende. Damit hatte er nicht gerechnet, er war verblüfft. »Ist das dein Ernst, Geli?«
»Nur bis Sonntagabend«, sagte ich.
Es war ein stilles Wochenende. An dem Freitagabend tranken wir eine Flasche Wein, gingen zusammen ins Bad, stiegen gemeinsam in die Wanne. Es war kurz vor zehn, und ich dachte an Bruno, während Herbert mich auf seinen Schoß zog. Daß Bruno jetzt gleich das Haus betreten würde. Unser Haus, mein Haus. Daß er warten würde, so wie er dienstags gewartet hatte. Daß er Angst haben würde, so wie er dienstags Angst gehabt hatte. Daß er sich fragen würde, wer der Mann war, mit dem er mich teilen mußte. Er wußte, daß da ein Mann war. Er wußte es genau, auch wenn ich nicht darüber gesprochen hatte. Aber auf Herbert wäre er vermutlich nie gekommen.
Aus dem Bad gingen wir zurück in den Wohnraum. Wir setzten uns auf die Couch, beide nur in Badelaken gewickelt. Herbert sagte: »Da ist etwas, was ich bisher vermißt habe. Wir hatten ja nie die Zeit für eine richtig schöne, ausgedehnte Knutscherei. Die brauche ich jetzt, Geli, und danach gehen wir ins Bett.«
Dann grinste er. »Manchmal denke ich, nie älter als siebzehn oder achtzehn geworden zu sein. Da habe ich mich auch so gerne in Hauswinkel gedrückt.«
Und ich dachte an Bruno. Als wir ins Schlafzim-

mer gingen, war es fast Mitternacht. Ob er jetzt herumtelefonierte, ein paar Restaurants anrief oder gar Hans Werres? Und morgen früh? Wie würde er sich fühlen, wenn er feststellen mußte, daß ich gar nicht heimgekommen war? Falls er überhaupt schlief.
Wie ich da auf dem Bett lag, mit Armen und Beinen den Mann fester an mich ziehend, wußte ich plötzlich, daß Bruno allenfalls bis jetzt gewartet hatte. Es war eins vorbei. Ich hatte keine Nachricht hinterlassen, aber jetzt, in diesem Augenblick begriff Bruno, daß ich in der Nacht nicht mehr heimkommen würde. Er verließ das Haus wieder, fuhr zurück zu Nora Elfgen. Sie reagierte ähnlich erstaunt wie Herbert, als ich mit der kleinen Tasche vor seiner Tür stand. Und sie freute sich natürlich wie Herbert.
Aber dann, als Bruno ihr erklärte, was er vermutete, erschrak sie. Keine Ansprüche im Fall einer Scheidung. Keinen Pfennig mehr von der dummen Kuh.
Sehr viel geschlafen in der Nacht habe ich nicht. Herbert schlief, den satten Schlaf der Zufriedenheit. Den ganzen Samstag über war ich auch einigermaßen zufrieden. Es war einfach harmonisch und still. Wir redeten viel. Nicht unbedingt über uns und die Zukunft. Mehr über die Vergangenheit, über den Reuter-Verlag und die Autobiographie in den Bestsellerlisten.
Herbert sagte: »Es tut dir leid, das sehe ich dir an der Nasenspitze an. Als mein Vater davon sprach,

wollte ich es zuerst nicht glauben. Aber dann dachte ich, Geli will Familie. Sie hat sich einen hübschen Mann geangelt, jetzt will sie hübsche Kinder.«
»Daran habe ich nie gedacht.«
Herbert lächelte. »Warum versuchst du es nicht einfach noch mal, Geli? Du bist doch nicht der Typ, der daheim sitzt. Und du hast Geld genug. Hol dir Werres, dann hast du auch einen vernünftigen Lektor. Und dann fängst du ganz klein wieder an. So wie dein Vater damals.«
Zu Mittag wärmte er ein Eintopfgericht auf, Erbsensuppe mit Speck aus einer Konservendose. »Du magst ja die italienische Küche nicht«, meinte er. »Ich werde meine Vorräte in Zukunft mit einer Kalorientabelle in der Hand einkaufen, das verspreche ich dir.«
Die Nacht zum Sonntag war mild. Ich schlief ein, während Herbert mich noch im Arm hielt. Kurz vor neun am Sonntagmorgen stand ich auf. Samstags war Herbert der erste gewesen. Ich ging in die Küche und tat zumindest so, als könne ich ein Frühstück zubereiten. Der Kaffee war entsetzlich stark und bitter. Herbert goß Milch in seine Tasse, aber Zucker tat er nicht hinein. Im Kühlschrank hatte ich ein halbes Toastbrot gefunden und ein wenig Aufschnitt.
»Du bist so still, Geli, woran denkst du?«
»Ich werde heute abend mit ihm reden.«
»Und dann?«
Ich zuckte mit den Schultern, umklammerte mei-

ne Tasse mit beiden Händen, hob sie an die Lippen und ließ die Bitterkeit über die Zunge fließen.
»Ich sage das nur für den Fall, daß du dich wirklich von ihm trennen willst. Bis zur Scheidung müßt ihr mindestens ein Jahr getrennt leben«, erklärte Herbert. Es klang nicht so sehr nach Anwalt, wie ich es mir gewünscht hätte. »Glaubst du, er wird so einfach ausziehen?«
Ich konnte es mir nicht vorstellen. Ich wollte es mir auch gar nicht vorstellen. Es tat plötzlich so weh, so furchtbar weh. Bruno! Um Gottes willen, Bruno, was ist denn geschehen? Eine fremde Küche, ein fremder Mann, ein bitterer Kaffee. Ich liebe dich doch. Ich will dich nicht hergeben. Ich kann nicht auf dich verzichten. Hilf mir, ich bitte dich, Bruno, hilf mir doch.
Zu Mittag fuhren wir in die Stadt. Herbert war skeptisch. »Bist du ganz sicher, daß du mit mir in einem Restaurant essen möchtest? Wir können uns hier etwas kochen. Gestern sind wir auch nicht verhungert. Und dein Frühstück heute morgen war gar nicht so übel. Da werden wir doch gemeinsam ein leichtes Mittagessen auf den Tisch bringen.«
»Ich gehöre nicht zu den Frauen, die ihre Liebhaber verstecken müssen«, sagte ich.
Herbert pfiff durch die Zähne. »Was soll ich denn davon halten? Liebhaber? Geli, so gefällst du mir nicht. Aber gut, ganz wie du willst. Hast du ein bestimmtes Restaurant im Sinn?«
Ja, das hatte ich, aber so weit wollte ich nicht ge-

hen. Am Nachmittag liebte er mich noch einmal, sehr langsam und sanft, hielt mich danach noch eine Weile im Arm, fast wie man ein Kind hält. Und um acht rief er für mich ein Taxi.
»Ich kann dich doch heimbringen«, schlug er vor. »Schau, Geli, das wird hart und bitter. Kein Mann läßt sich gerne aus einem warmen Nest vertreiben. Es wäre mir lieb, wenn ich dabeisein könnte. Wir müssen ihm nicht sagen, daß ich es bin. Er kennt mich als deinen Anwalt.«
»Ich muß nicht lügen«, widersprach ich.
Herbert winkte mit beiden Händen ab. »Es war nur ein Vorschlag, Geli. Dann komme ich eben als Nebenbuhler oder Liebhaber mit. Es ist mir egal, wie du es nennen willst, aber laß mich dabeisein. Ich weiß, daß solche Gespräche nicht immer so verlaufen, wie man sich das vorgestellt hat. So manch eine Frau hat schon vor meinem Schreibtisch gesessen und das ärztliche Attest vorgelegt. Obwohl das gar nicht nötig gewesen wäre, weil die grünen und blauen Flecken, die aufgeplatzten Lippen und dergleichen nicht zu übersehen waren.«
»Würdest du mich auch verprügeln?« fragte ich Bruno und hörte ihn lachen. »Aber nein, Angelique, was denkst du denn von mir? Dich würde ich lieben. So lange lieben, bis dir der Atem ausgeht, bis du vergessen hast, daß es überhaupt andere Männer gibt.«
»Er wird mir nichts tun«, sagte ich. »Er wird vernünftig sein, vielleicht sogar erleichtert. Ich kann

ihm eine Abfindung anbieten, und er verdient nicht schlecht. Er ist nicht mehr das halbe Kind von damals. Er kann seiner Nora ein sorgloses Leben bieten.«
Nora! Bruno, was tust du uns an? Jede andere Frau hätte ich dir verzeihen können, aber sie ist nicht jede andere Frau. Sie war deine Frau, deine große Liebe, nicht wahr? Noch habe ich meinen Verstand beisammen, vielleicht nur, weil Herbert vor mir steht. Ich mag ihn, doch, ich mag ihn. Ich könnte mit ihm leben. Ihm fehlt etwas von deiner Intensität, Bruno. Es wird ein ruhiges Leben. Es wird so, wie das Wochenende war. Vielleicht werde ich ihm nie sagen können, daß ich ihn liebe, und wenn, dann werde ich lügen müssen. Und irgendwann, Bruno, irgendwann werde ich in deinem Büro anrufen, dich um einen Termin bitten. Du machst doch auch vormittags Besuche. Es gibt Leute, die nicht ohne einander leben können.
Herbert griff nach meinen Schultern, schaute mich an mit einem Blick, der mich ein bißchen an Tod denken ließ. »Geli, bist du ganz sicher, daß du es willst und daß du es schaffst?«
Ich nickte, und er küßte mich. Ich fühlte seinen Kuß noch, als ich bereits im Taxi saß.

Bruno wartete. Er sah schlimm aus, so übernächtigt, mit Bartschatten auf den Wangen und Augenrändern. Vor ihm auf dem Tisch standen eine Kanne voll Kaffee und eine halb gefüllte Tasse.

Er war so müde, daß er nicht aus dem Sessel aufstand, als ich hereinkam. »Wo warst du, Angelique?«
Ich sagte es ihm. Er lächelte flüchtig, als ich den Namen nannte. Als ich dann von Nora Elfgen zu sprechen begann, lächelte er nicht mehr. All die Bitterkeit legte sich auf sein Gesicht. Du wolltest doch nicht spionieren, Angelique. Manchmal nickte er versonnen. Er stritt nichts ab, keine Silbe.
Ja, er zahlte für sie und ihr Haus. Sie bekam nur eine winzige Witwenrente. Davon konnte sie nicht existieren und schon gar nicht das Haus abzahlen. Sie hatte sich auf diese Lebensversicherung verlassen, auf ihre Arbeitskraft. Aber sie hatte keine abgeschlossene Ausbildung.
»Es war meine Schuld«, sagte Bruno. »Ich war damals zu jung, um an die Zukunft zu denken. Und sie war so zart. Ich wollte nicht, daß sie arbeiten muß.«
Nora Elfgen hatte in der Kneipe gegenüber dem Kino gearbeitet, ein paar Monate lang. Bis der Wirt zudringlich wurde und sie Bruno, wie schon so oft, zu Hilfe rief. Davor war sie für kurze Zeit als Aushilfe in einem Supermarkt tätig gewesen. Und davor für ein halbes Jahr als Putzfrau in einer Arztpraxis, und davor . . . Es war eine lange Liste.
»Sie war immer ein Mensch«, sagte Bruno, »der eine gewisse Sicherheit brauchte. Einen Schutz, wenn du verstehst, was ich meine. Ihr Mann war so viel älter als sie. Solange er bei ihr war, hat sie

jede Arbeit angenommen, die sich ihr bot. Und sie hat jedem Kerl, der ihr zu nahe kam, auf die Finger schlagen können. Als er starb, war sie so hilflos wie ein Kind. Ich konnte sie doch nicht sich selbst überlassen.«

Ich stand bei der Tür und hörte ihm zu. »Du hast doch auch vor seinem Tod regelmäßig mit ihr geschlafen«, sagte ich. »Du hast in all den Jahren die Finger nicht von ihr lassen können. Du mußt mich nicht belügen, Bruno.«

»Das habe ich auch nicht vor, Angelique«, erklärte er ruhig. »In all den Jahren, wie du das ausdrückst, hatte sie ihren Mann. Da brauchte sie mich nur hin und wieder, um mir zu zeigen, daß es ihr gutging. Ich bin erst wieder mit ihr zusammen gewesen, als feststand, daß ihr Mann sterben würde. Als er in der Klinik lag. Seit er tot ist, besuche ich sie regelmäßig.«

»Und du schläfst auch regelmäßig mit ihr!«

Er schaute mich an, zuckte mit den Achseln. So ein müdes Gesicht. Bruno, ich liebe dich, aber ich kann nicht mehr. Ich sehne mich nach Ruhe.

»Warum?« fragte ich.

Noch ein Achselzucken. »Warum?« wiederholte er. »Weil sie einen Menschen braucht.«

»Und was ist mit mir? Hast du nie darüber nachgedacht, was ich brauche?«

Bruno lächelte bitter. »Du hast dir doch genommen, was du brauchst, Angelique. Sogar deine Rache. Jetzt hast du mir gezeigt, was man fühlt, wenn man betrogen wird. Auch wenn man dabei

nichts entbehrt. Es tut verdammt weh. Jetzt sind wir quitt, Angelique. Komm her. Komm her zu mir.« Seine Stimme, ein bißchen müde und so schwer vor Sehnsucht und Verlangen.
Ich schüttelte den Kopf. »Nein, Bruno. Nein, das funktioniert nicht mehr. Ich mache dir einen Vorschlag. Du kommst nicht los von ihr. Und ich will es dir nicht unnötig schwermachen. Ich zahle dir eine Abfindung. Es ist nicht vereinbart, aber ich möchte es so. Du kannst entscheiden, ob du gleich zu ihr ziehen willst oder lieber noch hierbleibst. In dem Fall ziehe ich eben in ein Hotel, es macht mir nichts aus. Wir müssen bis zur Scheidung ein Jahr getrennt leben. Das Haus ist zwar groß genug, aber ich glaube nicht, daß ich das schaffe, mit dir unter einem Dach.«
Bruno starrte mich an, öffnete auch den Mund. Aber er konnte nicht gleich sprechen. Erst nach einer Weile streckte er beide Hände nach mir aus und bat noch einmal: »Komm her zu mir, Angelique.«
Und ich schüttelte noch einmal den Kopf. »Nein, Bruno! Nein, es ist vorbei.«
»Dann muß ich zu dir kommen«, sagte er.
Er stemmte sich schwerfällig aus dem Sessel hoch. Einen Schritt vor mir ging er in die Knie. Er schlang die Arme um meine Hüften, preßte das Gesicht gegen meinen Schoß. Als er dann zu mir aufsah, konnte ich seinen Blick kaum ertragen.
»Du hast das nicht ernst gemeint, was du da eben gesagt hast, oder?«

»Doch, Bruno. Ich habe es ernst gemeint. Ich werde dich verlassen. Ich will die Scheidung.«
Er schüttelte ungläubig den Kopf. »Das kannst du nicht tun. Tu das nicht, Angelique. Ich bitte dich, tu das nicht. Ich kann nicht leben ohne dich, das weißt du doch. Du darfst mich nicht verlassen. Ich könnte es nicht ertragen, ohne dich zu sein.«
»Hör doch auf mit dem Theater.« Es klang nicht sehr fest, das hörte ich selbst. Bruno schüttelte wieder den Kopf, stand vom Boden auf. »Du verstehst es nicht«, sagte er. »Ich tu' alles, was du willst. Ich werde Nora nicht mehr sehen, wenn es nur das ist. Sie bedeutet mir nicht viel, Angelique. Das mußt du mir glauben. Ich habe sie einmal geliebt, was man so als Liebe bezeichnet, wenn man noch jung ist. Seit langem ist sie nur noch eine Verpflichtung, Angelique, weiter nichts.«
Ich antwortete ihm nicht. Er wartete ein paar Sekunden lang, dann sprach er weiter, schneller jetzt, hektischer.
»Ich werde sie anrufen, jetzt sofort. Du wirst zuhören.«
Bevor ich darauf reagieren konnte, lief er in die Halle. Er lief tatsächlich, obwohl er auch dabei noch sehr müde wirkte. Ich sah ihn eine Nummer wählen, ich hörte ihn reden. Ganz kurz und nüchtern. »Nora, ich werde in Zukunft nicht mehr kommen.«
Eine kleine Pause, dann sprach er weiter: »Dann

mußt du es lernen. Ich habe dir geholfen, so gut ich konnte. Jetzt kann ich nicht mehr. Du wirst nicht von mir verlangen, daß ich meine Ehe riskiere.«

Mit den paar Sätzen, fand ich, war das nicht aus der Welt. Bei der nächsten Gelegenheit würde er sie anrufen und sagen: »Vergiß, was ich dir am Telefon gesagt habe. Meine Frau stand daneben.«

Es war so grausam. Wir gingen zurück ins Wohnzimmer, saßen uns gegenüber. Bruno rauchte so hektisch, wie er zuletzt gesprochen hatte. Er war verzweifelt, ich konnte es kaum ertragen. Der flehende Blick, die bettelnde Stimme. »Bitte, Angelique, bitte.«

Irgendwann schrie ich ihn an: »Hör auf. Benimm dich nicht wie ein Waschweib.«

Er stockte einen Augenblick, nickte kurz und erhob sich. Mit drei großen Schritten war er neben mir, riß mich aus dem Sessel hoch. »Du hast recht. Du willst einen Mann, nicht wahr? Du willst immer nur den Mann.«

Noch während er sprach, hörte ich Stoff reißen. Und im nächsten Augenblick lag ich schon auf dem Boden. Bruno hielt meine Handgelenke über meinem Kopf zusammen.

»Wehr dich nicht«, murmelte er. »Ich will dir nicht weh tun, Angelique. Ich will dich nur lieben. Und ich will, daß du mich liebst. Ich will, daß du bei mir bleibst. Du wirst nicht noch einmal zu einem anderen Mann gehen. Zu keinem! Eher bringe ich dich um.«

Das hat er getan. Wir sind noch in derselben Nacht losgefahren. Es war sein Vorschlag. Zwei Wochen Spanien, das kleine Haus so weit weg von der Welt, wo wir immer alles vergessen konnten. Wo Bruno ein Mann war, der Regale zimmern und Wasserleitungen verlegen, der mich lieben konnte, bis ich nicht mehr wußte, ob ich noch lebte oder schon tot war.
Von irgendwo unterwegs rief er in seinem Büro an, erklärte Mario Siebert, daß er zwei Wochen Urlaub mache. Ich wollte ebenfalls telefonieren, aber das ließ er nicht zu. Nach unserer Ankunft haben wir geschlafen, ich weiß nicht, wie lange. Wir waren beide völlig erschöpft. In Alcublas hatten wir uns ein paar Lebensmittel besorgt. Mittwochs haben wir das Haus nicht verlassen. Während Bruno Musik hörte und in seinem Buch las, schrieb ich einen Brief an Herbert.
Das zumindest war ich ihm schuldig. Ich schrieb, wo ich war und daß ich mich entschieden hatte. Daß ich meinen Mann liebte, mehr liebte, als ich begreifen konnte. Daß ich es niemals geschafft hätte, mich wirklich von Bruno zu trennen. Äußerlich vielleicht, aber innerlich nicht. Daß ich wahrscheinlich schon nach wenigen Wochen erneut in Brunos Arme geflüchtet wäre, weil ich ihn eben brauchte. Weil ich ohne ihn nicht existieren konnte. Daß wir uns ausgesprochen hatten. Daß wir noch einmal ganz von vorne beginnen wollten. Keine anderen Frauen mehr. Und keine anderen Männer. Nur wir beide, Bruno und ich.

Bruno hat mich ein paarmal gefragt: »Was schreibst du da, Angelique?«
Jedesmal sagte ich: »Du hast mir ja nicht erlaubt, Frau Ströbel anzurufen. Die Arme weiß gar nicht, wo wir sind. Sie wird sich Sorgen machen.« Dann schrieb ich noch einen Brief an Frau Ströbel.
Und gestern waren wir in Valencia. Dort habe ich beide Briefe aufgegeben. Bruno wartete vor dem Postamt. Ich dachte, er hätte nicht gesehen, daß es zwei Umschläge waren. Auf der Heimfahrt steuerte er den Wagen mit nur einer Hand, hielt mich die ganze Zeit im Arm. Er war so stark dabei. Als wir dann ins Haus kamen, hat er einen Nagel in die Wand über dem Bett geschlagen und das Bild aufgehängt. Ich hatte es in Valencia gesehen, und ich fand es so friedlich.
Als er es aufhängte, sagte er: »Dort sollten wir hingehen.« Den Hammer ließ er einfach vor dem Bett liegen. Dann hat er für uns gekocht. Er selbst nahm sich zweimal von dem Fleisch und den braunen Bohnen. Ich habe nicht viel gegessen. Und dann liebte er mich noch einmal, langsam und intensiv, so als ob er seine Gefühle dabei mit hinübernehmen wollte.
Nicht lange danach schlief ich ein. Da saß er aufrecht neben mir im Bett und schaute mich an. Diesen Blick, den werde ich jetzt mitnehmen. Es war alles darin enthalten, was ein Mensch ausdrücken kann.
Wann Bruno sich hingelegt hat, weiß ich nicht. Er muß noch einmal aufgestanden sein, um mir einen

Brief zu schreiben. Ich fand ihn heute morgen neben meinem Gesicht auf dem Kopfkissen.
»Angelique,
ich weiß nicht, ob Du noch einmal aufwachst, um das hier lesen zu können. Du hast nicht viel gegessen, und ich wollte Dich nicht zwingen. Ich hoffe für Dich, daß Du müde genug wärst, um nicht mehr aufzuwachen. Wenn ich daran denke, was Dich sonst erwartet, dreht sich mir das Herz um. Wer weiß denn, ob die Mäuse nicht grauenhafte Schmerzen aushalten mußten? Niemand weiß, wieviel Angst sie hatten, als sie fühlten, daß der Tod kam. Ich habe schon daran gedacht, Dich jetzt mit dem Kissen zu ersticken. Du würdest es nicht fühlen. Aber ich kann es nicht.
Wenn Du das hier noch lesen kannst, dann sollst Du wissen, daß ich bereits auf Dich warte. Vielleicht habe ich deshalb das Kissen nicht nehmen können. Ich denke, es ist besser, wenn ich vorangehe und auf Dich warte. Umgekehrt würdest Du es vielleicht nicht tun. Und ich brauche Dich doch. Ich brauche Dich so sehr. Du warst die Frau, mit der ich leben wollte. Ich habe es Dir immer wieder gesagt. Und Du hast es mir nie glauben können. Ich verstehe das. Ich könnte Dir jetzt auch nicht mehr glauben. Deshalb denke ich, es ist besser für uns beide, wenn wir gehen. Wir werden uns lieben in einer Welt, in der es keine anderen Männer und keine anderen Frauen gibt, die uns gefährlich werden könnten.«
Er hat vergessen, den Brief zu unterschreiben.

Aber das hat er bei seinen ersten Zeilen an mich auch vergessen. Warum habe ich ihn nie gefragt, was mit diesem Schraubglas geschehen ist? Es war noch zur Hälfte gefüllt, so viel braucht man nicht für eine Laboruntersuchung.

Band 11954

Anne Maybury

Das Parfum des Schreckens

Erwartungsvoll kommt Cathy nach Bou Hammagan, das zu einer Luxusstadt mitten in der Wüste ausgebaut werden soll. Die Künstlerin hat den Auftrag erhalten, ein Glasfenster zu gestalten. Sie wohnt mit Marc, ihrem Mann, und dessen Tochter Pippa im „Haus der Springbrunnen". Doch vom ersten Tag an geschehen seltsame Dinge: Cathy erhält eine lebensbedrohende Botschaft und wird auf einer Besichtigungstour fast verschüttet; Marc wird durch einen anonymen Anruf in einen Mordfall verwickelt; vor allem aber nimmt Pippa stets um Mitternacht den Duft eines betörenden Parfums wahr. Als Cathy schließlich erkennt, welch gefährliches Netz sich um sie und ihre Familie zusammenzieht, ist es fast schon zu spät ...

BASTEI
LÜBBE

DIE FRAU UND DAS VERBRECHEN

lieferbar ab September 1993

Nr. 17 101

Nr. 17 103

Nr. 17 102

Nr. 17 105

Nr. 17 104

Nr. 17 100

BASTEI-LÜBBE-FRAUENKRIMI